文学鲁军新锐文丛

方如卷

声铺地

山东省作家协会 编

山东文艺出版社

《文学鲁军新锐文丛》编辑委员会

主　　任：王红勇
副主任：张　炜　杨学锋
委　　员（以姓氏笔画为序）：
　　　　刘　强　许　晨　李　军　李纪钊　李春风
　　　　李掖平　杨发运　张丽娜　陈文东　苗长水
　　　　武学海　罗寿宪　赵德发　高艳国　葛长伟
　　　　傅　勇　谭好哲

编辑说明

编辑出版《文学鲁军新锐文丛》，是山东省作家协会按照中央和省委省政府关于促进文化大发展大繁荣的部署要求，实施的一项文学战略措施，是围绕"多出精品、多出人才"中心任务，发现文学新人、培养青年作家的系统工程。"文丛"第一辑、第二辑分别于2001年、2012年编选出版，入选的20位青年作家脱颖而出，得到文学界广泛关注，已经成为"文学鲁军"的中坚力量。为深入学习贯彻习近平总书记文艺工作座谈会重要讲话精神，贯彻落实《中共中央关于繁荣发展社会主义文艺事业的意见》要求，进一步加强作家队伍建设，培养优秀青年作家，推出更多文学精品，在省委宣传部的支持下，省作协确定将"文丛"编辑出版工作制度化，缩短出版周期，加大扶持力度，并于2015年启动了"文丛"第三辑的编选工作。

省委及省委宣传部领导对"文丛"的编选工作非常重视，省委常委、宣传部长孙守刚多次听取汇报，对编选工作作出重要指示。省委宣传部副部长王红勇担任编委会主任，对编辑出版"文丛"提出指导性意见，给予了大力支持。

为保证"文丛"编选工作的科学性、权威性和规范性，省作协组成了由有关领导、专家等参加的编委会。编委会对入选青年作家的人员构成、文学导向的宏观把握、题材和体裁的合理布局、风格形式的丰富多样以及总体设计的协调统一等方面，进行了认真研究，确定了编选方案。

在各市、大企业文联作协和省作协各专业委员会及有关单位推荐的基础上,10月中旬,省作协组织专家对申报"文丛"第三辑的书稿进行了初评,评出19部候选作品。为确保评审客观公正,11月中旬,省作协又组织以中国作协和省外专家为主的评审委员会,经过认真审读、充分酝酿讨论,以实名投票的方式评选出10部入选书稿。经向社会公示后,最后确定10位青年作家的作品集入选《文学鲁军新锐文丛》第三辑。入选的10部作品包括6部小说作品集、3部诗歌作品集和1部散文作品集,既有实力作家的代表性作品,也有崭露头角的新人新作,均具有较高的思想性、艺术性、可读性,是我省近年来涌现出的优秀青年作家代表作品的一次集中展示和重点推介。这里需要说明的是,我们在征集作品时确定,入选作家原则上须为1974年以后出生,特别优秀者年龄可适当放宽。在评选过程中,根据参评作家的实际情况,为确保"文丛"第三辑的总体质量,对入选的优秀作者在年龄上适当放宽。

近年来,山东文学界非常活跃,新人佳作不断涌现,这次编选难免有遗珠之憾。但我们相信,通过我们与全省广大青年作家一起努力,会不断向社会推出更多优秀的青年作家和作品,使"文丛"的思想品质和文学艺术水平不断提高,把"文丛"打造成国内有影响的文学品牌。

省作协领导班子成员和有关方面专家参与了《文学鲁军新锐文丛》第三辑的编选出版工作。省作协主席张炜对"文丛"的编选工作提出了具体指导性意见。省作协党组书记、副主席杨学锋主持了"文丛"的策划、评审与编辑出版工作。省作协党组成员、纪检组长李军,省作协党组成员、副主席葛长伟,省作协副主席谭好哲、李掖平参与了"文丛"的策划、评审与统筹。省作协副主席赵德发、苗长水、许晨,副巡视员杨发运、张丽娜等对"文丛"的编选提出了许多建设性意见和建议。叶梅、胡平、彭学明、冯秋子、牛玉秋、水运宪、大解、任芙康等著名作家、评论家参加了"文丛"的终评工作,陈文东、孙书文、丛新强、房伟等参与了"文丛"的初评工作。省委宣传部文艺处对"文丛"的编选工作给予了指导。省作协创联部承担了"文丛"的征集和通联工作,省作协办公室承担了编委会的行政工作,省作协山东文学社承担了评审会的会务工作。山东文艺出版社对"文丛"的出版工作给予了大力支持。在此,谨向所有为《文学鲁军新锐文丛》第三辑编选出版工作给予大力支持和付出辛勤努力的单位和个人表示衷心感谢。

编者
2016年4月

目 录

子夜广场　　001
声铺地　　034
怨偶　　048
清秋和小寒　　060
过火的山林　　095
看大王　　138
号令一声　　151
离峨眉　　165
归乡记　　176
星米　　189

子夜广场

1

尽管《子夜广场》对欣然意义非常，可十几年前它诞生时，欣然却知道得很晚。

当然，那个时候欣然还不叫欣然呢。欣然本来的名字叫辛莉莉，来电台做主持人，便免去姓氏，叫了莉莉。那一年，莉莉二十三岁，连毕业前的实习都算上，也不过上了近两年的晚间娱乐节目，且一直是由一位声名远播的名主持人带着，在一旁见缝插针，充当捧哏。

《子夜广场》诞生在冬天，年终岁尾——欣然所在的电台，差不多每年都在这个时候策划节目改版。只是十几年前的那次改版动作稍显大些，因为赶上了初次推行节目主持人竞岗制。那些天，先是领导们忙活，一个多月，天天开策划会，一项项敲定好要设置的栏目，最终形成整个频道的节目改版策划表，再把节目表发下去，由每个主持人从中选出一两档自己想上的节目，在后面标上自己的名字。然后，又收回去，由领导定夺，先民主后集中——热点的、都抢着要上的节目，大家各自提交文案竞聘；没人愿意上的节目呢，便要靠领导思想教育，从热点节目的落聘者中平衡调整了。

欣然同《子夜广场》的初相遇，便是通过那一纸节目改版策划表。

虽只是征求意见稿，但那表的内容已经很详尽了。每一档节目的名称、时段、定位、所需主持人数量，甚至于绩效考评的评定标准、加班奖金的核算方式等等都标了个一清二楚。

欣然抻着脖子，到处寻找空隙探进头，和她七嘴八舌的同事们挤在一起，把那张策划表拖来拉去地看。后来，一拨又一拨的同事热热闹闹地签完了名，都散了，表便剩到了欣然手上。欣然站在那儿，一个节目一个节目地权衡掂量，在那表格的最后一栏，看到了《子夜广场》。

那时的《子夜广场》连名字都还没有，被写到最后是因节目时间最晚：从二十三点开始，到零点三十分全天播音结束。没名字，内容也只大致标了几个字：美文加音乐加热线。可就这么几个字，后面竟还紧跟了个比那些字的字号大出许多的醒目问号——很显然，这是一档连策划者们自己都没拿定主意的填空节目。和大多数同事一样，欣然需要好好掂量的是其他节目，她当然不会把自己的名字签到《子夜广场》的后面去。

不过，现在一晃十几年过去，坐在欣然当年所在电台资料室里的我，读过自己刚刚翻出来的那本上世纪90年代省广电厅内部发行、用于主持人间交流彼此工作心得的《广电周刊》杂志后，却得以发现——欣然在初次看到那张改版策划表时，就对《子夜广场》萌生过好感。

她看到了它，并且，还在那儿发了会儿呆。两年后的一期《广电周报》上刊发了欣然的一篇发言稿，在发言稿开篇，欣然用这样的文字来描述自己和《子夜广场》的初相遇："第一眼看到《子夜广场》，我就觉得它亲，那是一种惺惺相惜的亲近，因为我觉得，落寞地混杂在一档档已成型的节目中无人问津的它，和每天都工作在一大群名嘴同事中、总要深切地感受到压力无处不在的我，是一样的。我们，都因把握不好自己在群体中合适的位置，而显得无足轻重、可有可无。"

那篇发言稿写于1996年春天，推算起来，那是已成为《子夜广场》节目主持人两年多的欣然在用文字回望从前。不过，在我今天看来，当年写下这样文字的欣然有些矫情，因为我知道，欣然心目中的自己在人群中所处的位置，是根本没资格和《子夜广场》在众多节目中的位置相类比的——刚创办时的《子夜广场》，虽在"灯火阑珊处"，却并非"寂寞开无主"。而这一点，欣然本人是在和《子夜广场》照面没多久就已经清楚了的。

之所以敢如此讲，是因为我妈妈——欣然当年的直接领导，她曾告诉过我，在欣然和《子夜广场》初相遇两三天后，在自己的办公室，她和欣然曾有过一场谈话。

欣然是被单独叫进那间省文艺台台长办公室的。刚一进去，刚到我妈妈对面坐下来，几乎是听到我妈妈说出希望她能担纲主持《子夜广场》那句话的同时，欣然便再次看到了那张节目改版策划表。她发现，在那张已被各色人等的各色签名涂画得乱七八糟的策划表上，《子夜广场》的后面竟也已被龙飞凤舞地签满了名字。原来，彼时至少有五六个主持人在抢着要上这档节目，其中还不乏人气正旺、所办节目既叫好又叫座的当红同事。没听人讨论这节目啊，自己最后一次看到这表格时，这节目后面一个签名也没有啊。这么多人，他们什么时候决定了要竞聘这档节目？又是在什么时候，把自己的名字签到这表上的？妈妈说，谈话伊始，她注意到，欣然满脸疑惑。

"这是一档我为你量身定做的节目！"我妈边说话，边离开自己的办公桌，坐到欣然旁边的沙发上，拖过欣然的手，直视着欣然的眼睛，着重强调："你知道吗，这次改版，只有这一档节目是我在设置时脑子里就明确了人选的！这人选就是你，莉莉！

"莉莉，想想看，子夜时分，浮躁远去，正是许多人静下心来要面对自己内心的时候。陌生的、不曾谋面的人们，隐秘的困惑以及心得，人和人之间建立在彼此信任基础上的倾听和诉说、分享和分担……对一个主持人来说，这是一档多么有魅力、多么有挑战性的节目。这样的节目，其他省市电台都在办，办得都非常火。我们算是起步晚的，但起步晚，我们才有经验，才可以汲取经验办出自己的特色！你发现没有，现在在播的此类节目虽火，节目样式却大致相同，最明显的就是主持人，无论男女，都年龄偏大。为什么会这样？我的理解是：因为大家对这类节目的定位已有了思维定势，好像这类节目的主持人就该成熟、沉稳、有阅历、有见识，该是长者、智者、德高望重者。可是，把一个涉及面如此之广的公共媒体的主持人如此定位难道不是太天真了吗？你想啊，什么人才可以全知全能、包打天下？什么样的说话方式可以让一个形式不会大变的节目永保新鲜？现在，我要来办这类节目了，首先想到的就是打主持人特色牌！莉莉，我要让你低调出场，让听众耳目一新，让你年轻、坦诚、清新、有朝气的声音在大家想倾诉苦闷的夜晚出现，让听众感觉到轻松，激发出更多听众说话的欲望，由一个人、一个话题，引来更多的人、更多的话题，让更多的听众参与，不断拓展我们节目的内涵，增强我们节目的分量……

"莉莉，对于你，我非常有信心！你的声音特点，你将近两年里上娱乐节目时表现出来的说话态度、立场，以至风格，都让我确信你将是这档节目主持人的不二人选！现在呢，你欠缺的无非就是自信，但事实上，不自信同样也是我倾向选你的原因。你知道我为什么不希望××他们那些主动提出要上这档节目的人来主持？那是因为我更看重你的不自信！是的，不自信！我对你这种不自信的理解是，对工作的敬畏，懂得说话的边界和分寸。我们频道这是第一次开播子夜节目，我刚刚接到答复，已经申请下来了，我们可以开通热线了！莉莉，你完全可以想象得出，这档节目的主持人每天要面对的情况会有多复杂，会有多少无法预料的、需要主持人现场去应对解决的状况。所以，我希望主持这档节目的主持人，从始至终都能保持一种战战兢兢、如履薄冰的工作状态，而不是志得意满的熟练工……"

我妈妈是老播音员出身，一线播音做了二十几年，又转做社教专题近十年，才走到领导岗位上。扎实的专业功底，加上多年的职业习惯，使得妈妈早已将说话的技巧、功力化于无形。氛围气场的借用、情感气势的调度，对于她，常是一种下意识的行为，而对听者，则会呈现出一种自然、妥帖、声情并茂，已臻浑然天成之宏大境界。我还记得，有那么几年，妈妈只要一张嘴长篇大论，无论抒情还是说理，永远都是言辞逻辑丝丝入扣，层层递进；吐字归音真挚饱满，声声入耳。

正所谓"咬字千斤重，听者自动容"，据妈妈讲，当年她和欣然的那番谈话，前后都没超过二十分钟。那一天，二十三岁的辛莉莉除了频频点头，总共只说出三句话，而那三句话的内容，还全是在急切地表示自己愿意勇敢迎接挑战的坚定决心。

半个多月后，W城人迎来了自己的1994年。在那一年，为了呼应城建系统为即将实施的光亮工程喊出的"让城市的夜晚亮起来"的口号，广电人喊出了"让城市的夜晚响起来"的口号。那年元旦，回响在W城上空的五条广播电波都不同程度地延长了节目播出时间。其中，只有我妈妈领导下的省文艺台的节目停播时间延迟至子夜过后，且播出的还不是成品的录制节目，而是主持人一周七天的现场热线直播。那当然就是欣然和她的《子夜广场》。

是的，欣然和她的《子夜广场》。在那之后的日子里，在我们的城市，这两个名字渐渐融合到了一起，很快便成了彼此的代名词。甚至于直到今天，依然还有人认为，他们是我省广播夜话节目的代名词。

不过，据我妈妈讲，尽管欣然后来以已确定了的该节目唯一主持人的身份参与了前期策划，但对节目名字的诞生没起到任何实质性作用。

"我都记不清她起了些什么名字了，反正都是些极小资、极文艺腔的字眼儿，"妈妈叹着气和我重话当年，"不过呢，她倒是给自己改了个名字。我一直认为，那是她当年为《子夜广场》的诞生所做的最好准备。改名字是她自作主张，我没干预，也没和她讨论，因为我觉得改得还不错。我还记得，《子夜广场》刚开播时，她来找我审稿子，在稿子上签的名字就不再是'莉莉'，而变成了'辛然'这两个字。后来，开播后，她就正式开始用这个名字。不过，大约是过了半个来月吧，再审稿，这两个字又被她写成了'欣然'。从那以后，她就再也没改过，就这么用上了欣然这个名字，一用就是将近四年。直到后来，在为自己要离开这个世界而写的遗书上，她写下的也依然是这个名字。"

2

"妈，我不喜欢'欣然'这两个字。确切地说，我不喜欢'然'这个字，它在这儿表示的意思该是'什么什么的样子'对吧？可你看，仅仅是样子，这不是欲盖弥彰，和前面那个'欣'字唱反调吗？这岂不是在说，真实的情况根本就是不高兴！不愉快！不愿意！"

"阳阳，你们这些年轻人为什么总要把聪明才智用到这种地方？你是不是觉得不抠字眼儿、不挑出语病，就不足以证明自己有本事？不尖刻、不与众不同，就担心自己发出来的声音不够响亮？"

酷热的夏日午后，空旷的广电大楼资料室里，除了能远远地看见门口有个正在分发报纸的后勤大姐外，只坐着我和妈妈两个人。

来电台翻资料，主要是因为我，我想探究一下欣然当年的自杀真相。

我今年读大三，本来考研是明年的事儿，可学文学的我，受一个学心理学的校友李晓风的影响，想毕业后报考心理学专业的研究生。在我看来，能从事心理学研究的人需要有广博的知识面，还要具备善于观察、有爱心、本性乐观等等品质，这些我都有信心，觉得自己对此有兴趣，也算适合。可后来，利用课余时间试着看了阵心理学的专业书，那些一味强调客观实证的方法，充斥着试验设计与分析的科学的文体范式，搞得我既辛苦又气馁。暑假回家，我把这苦恼讲给妈妈，她听了，也开始翻我拿回来的那些心理学的书籍。

过了几天，一个早晨，我还没起床，妈妈就来了。她很严肃地和躺在床上还睡眼惺忪的我谈起了欣然的事儿。她说，她自己也是在欣然自杀后才知道欣然是个心理疾病患者。而她本人，也非常想利用这个暑假陪我一起来回头探究探究这件往事。

翻资料只是这探究的第一步。那天我在资料室翻来翻去一下午，除了找到那期来之前妈妈就向我提到过的刊载有欣然发言稿的《广电周刊》外，便再无任何新发现了。这不能不让我心浮气躁，一会儿站起，一会儿坐下。我东挑西拣，什么都看不进去，却见打着陪我前来旗号的妈妈倒是兴味盎然，坐在那儿，随便拿起点儿什么，她都两眼放光，可以安静地看上好半天。

我这人打小就怕我妈，她太严厉认真。就是借给我个胆儿，我也是不敢过去跟妈妈说想回家的，只能暗自叹气，在心里犯嘀咕——自己早该预料到的啊，出现这局面还不正常吗？妈这个人一到电台来，多有感觉啊！

记得那天上午妈妈还和我念叨说胃不舒服，怕是胃病又要犯了呢。可午饭后，从我们离开家向广电大厦迈出第一步开始，妈妈就立马变得神清气爽、步履矫健了。尽管没说什么，但她那压抑着的欢欣鼓舞我还能感觉不到吗？

就在刚才，我们进得楼来，本来已略显驼背的妈妈，腰板越挺越直，因为一路都要不停"笑纳"赞美。这赞美大致分两类，一类是赞她气色好，一点儿不显老；另一类则情绪更饱满，活生生要把我妈当成自己昔日辉煌记忆的寄托。他们大老远就夸张地叫着，跑过来拉住我妈的手："真是怀念您在的时候啊！您还记得吗，那时候咱想开个听众见面会什么的都不敢早发通知，怕人去多了，现场没法儿控制。可现在呢，真是每况愈下啦，上网越来越方便，电视频道越开越多，现在咱广播的听众都快让人家给分流没了。嗐，您是不知道啊，咱电台都快改药铺啦，一天到晚卖特效药。我看用不了多久，咱主持人就得让位给那些江湖游医啦……"

"吴台长",这是妈妈离休前的职务,现在又满走廊、满电梯间地被人大呼小叫;"老大姐"——一些年龄大些、看起来有职务的人则喜欢笑眯眯地这样称呼;当然了,还有几个怯生生的年轻人恭恭敬敬地称妈妈为"吴老师"。不同的人用不同的称呼向妈妈热情致意,妈妈则一视同仁,红光满面地朝着不同的人点头,然后微笑着听他们滔滔开讲,只含笑点头或摇头来配合对方的长篇大论。偶尔对方说得过于夸张,她才插上一句半句轻描淡写的反驳:"哪儿啊,假的,我的头发都是染的啊!"或者,"不至于这么悲观吧?每个阶段还不都有每个阶段的问题吗……"

妈妈离休快五年了,刚才在路上她还和我说,自己一年多没到台里来了。可那有什么关系呢?离休后的她,和离休前并没什么两样,还是天天翻阅行业杂志,日日收听本台及外台节目、登陆本省及外省的广电网站。我们家也依然住在广电厅家属院,从前的同事抬头不见低头见,对这电台里发生的一切,她不见得就比每天来这儿上班的人知道得少。

不过,话说回来,其实,对这儿,我也不能说没有感情。因为毫不夸张地说,我就是在这儿长大的。

妈和爸在我上幼儿园时离异,后来爸就去了外地,在我们的世界里彻底没了消息——这都是妈告诉我的,因为除照片外,我没见过自己的父亲。现在的我,回望自己小时候的家,能想到的只有妈,还有就是她的单位,也就是电台。

从小到大,我的星期天、寒暑假,还有下午放学到晚饭之间的全部时光都在电台度过。最早还在旧大楼,最早广播和电视还不在一起办公,最早妈还没有单独的办公室,还得隔段时间轮值晚班来录制次日早晨播出的新闻。当然,最早也还没有这么多的部室、这么多的人……可是,无论怎么变,在我的印象里,电台大多数的人大抵都有着相同的面目——比如,无论男女,嘴皮子都特溜,都勇于、善于并陶醉于当众表达观点。他们开讲总是不拘场所,旁若无人,音量永远不低,言辞永远特色鲜明。有些人一张嘴,你简直怀疑他是在念新闻稿,要发布政令,因为腔调过于抑扬顿挫、有板有眼;有些人则是一定要让你自惭形秽的,因为他们那简直就不是在说话,而是在吐金漱玉,那么多精彩的成语俗语歇后语、妙趣横生的小比喻、神气活现的大排比,全都会乖乖地对他们俯首称臣,排着队从他们的嘴巴里圆润顺滑地鱼贯而出;还有些人呢,则可以当之无愧地被视为潮流的风向标，因为他们说的话，无论是字词、腔调、甚至话题，全都那么活力四射、紧追时尚……

我还记得，小时候来电台，总能感觉到这儿有一股气场，让我有压力，自惭形秽。办公室、阅览室、食堂、楼道……我匆匆地从那些地方走过，只要周围有人开始讲话，我就本能地脸红、气短，恨不得立马人间蒸发。这直接导致我在自己的成长岁月里，好长一段时间一到公共场合说话就紧张，思路难以集中，周围一丁半点儿的风吹草动都能干扰到我。只觉得自己脑子里思路纷乱，太多的想法都迫切地想尽快倒出来，结果在喉咙口造成了塞车，直把我憋得脸红心跳。长大后慢慢好了些，但我却发现，再去电台，再听他们的海侃神聊，自己的心竟冷了，不但很难进入他们的谈话氛围，不再被他们的言辞牵着跑，还常常会在他们的高谈阔论中抽身而出，冷眼感慨，感慨那些话语的内容其实并没有外在形式那么可人，信息量不大，有价值的观点也不多。当然，对他们的巧舌如簧，我始终还是嫉妒的，只不过，对此的心结却变成：这些人，他们是不是和常人不一样，是不是因为长期的职业训练，让他们练就了一种特殊的本领，可以让无穷无尽的漂亮言辞和观点不必附着自己脑海中的思想，就可以汹涌澎湃地直抵他们的舌尖？

当然了，这只是这儿大多数人的面目。在这大楼里，还有另外一些人，他们说起话来其实原本该算是自然的、正常的，在别的环境中一定会因司空见惯而被淹没的。但是，只因他们身处这座大楼，便显出了突兀的落寞和尴尬。这样的人大多年长，身份大多是制作部或发射台的技术人员。不过也有例外，比如欣然。我其实很早就见过她，只是没能把人和名字对上号，因为很长一段时间以来，我都想当然地认定她是搞技术的。

"阳阳，怎么刚开始就没情绪了？"妈妈好不容易从她的故纸堆里抬起头来，却是为了训我。

"你要有信心。妈不是跟你说过吗，欣然自杀这种事儿不是个案。1991年上海电台有个叫滕佳的主持人自杀；1994年北京电台《人生热线》的主持人温达自杀；1997年湖南经广电台《夜渡心河》的主持人尚能自杀……虽然这都过去快二十年了，但你重新从心理学角度去探究，毫无疑问是有意义的。当然了，你也知道，妈妈对此看得也很重。欣然那么年轻，她那么认真、那么勤奋，做节目那么用心……就是发生在我自己身边的事儿啊，我却毫无知觉地眼睁睁看着她走到那一步……阳阳，妈每次想起来，心里都非常难过……"

"妈……"我赶紧过去搂住了妈妈的肩。"我怎么可能打退堂鼓呢，妈，我是谁啊，万众景仰的吴音的女儿啊！"我向妈撒娇，"只不过……只不过我觉得，看这些以前文字资料的意义不大。你想啊，事情的发生都是热火朝天、剪不断理还乱的，可文字呢，文字的本性就是冷静、唯美、自圆其说。想通过文字来解释突发事件，毫无疑问会南辕北辙。我想每个喜欢用文字来表达自己内心的人，一定也都会像迷恋绝妙好词一样，迷恋用文字来美化自己彼时彼地的心境、立场……"

"打住，打住！"妈妈直朝我摆手，"你都忘了你自己从前怎么讽刺我的了？再发展下去，我看你一定会先于我发展成大话痨了！你们这些80后啊，简直就是为抬杠而生的。"妈妈拥我入怀，一时间眼睛也笑得眯成了两条缝儿。

我也笑了，因为我知道，妈妈训归训，但显然已被我说服。果然，没一会儿，我便听见埋头翻杂志的妈妈慢吞吞又发了话："阳阳，你说的呢，也不是完全没道理。要是实在找不到什么，我们就只借那期《广电周刊》回家，等妈再琢磨琢磨，想想还有没有其他办法。"

3

"欣然的悲剧，是一个时代的悲剧！"

第一个和我谈欣然的是许叔叔，在他的新闻台副台长办公室。

那个下午，我比妈妈和许叔叔约定的时间早到了一会儿。一推开门，就见桌子上摆放了不少据说是特意为我准备的水果。许叔叔一边招呼我坐下，一边扯了根香蕉给我，说他还记得我小时候最喜欢吃香蕉。

许叔叔是我妈的老同事，一直在新闻部工作。记得小时候，妈妈在播音部当播音员，许叔叔在新闻部当编辑，隔段时间就能赶上一次共同值晚班。许叔叔这个人脾气好，待人周到。记得那时忙忙活活、进进出出的他，路过播音部办公室时，总不会忘记和在妈妈办公室里写作业的我打声招呼，甚至还会过来说上几句话。后来妈调到文艺台了，我见到他的机会就少了。可他家和我家住一栋楼，偶尔遇上，他也总会停下脚步，亲亲热热地问长问短好半天。不过今天，我特意跑去见他，他却没如往常一样问起我的现状，而是热情洋溢地为我仔细介绍起他为此所做的准备——比如，约今天见面，是因为广电厅每周二下午组织业务学习，他极少不去，大家一定以为他又去开会了，不会来找。不但不找，估计连给他打电话的人都会少很多。所以，今天下午，他这儿非常适合我们探讨问题。

笑眯眯地解释完，看我开始吃香蕉，许叔叔的神情渐渐严肃起来。端起自己那冒着热气的茶水杯，许叔叔走到窗前，慢慢悠悠地讲出刚才那句话，让谈话直接步入正题。

回头见我哑口无言，许叔叔苦笑了一下："我可不是危言耸听啊，阳阳，你想想，为什么上个世纪90年代那么多夜话主持人自杀？而那时也正是各地夜话节目最火爆的时候。当然，在我看来，这种火爆本身就是不正常的。社会转型期，生活中的变数陡然增多，各种各样的竞争也越来越激烈。每个人都不同程度地承受着压力，有着自己内心的困惑，需要倾吐，需要疏导。可一个新闻媒体，在社会生活中应该处于什么位置？它能处于什么位置？一个媒体的从业人员，何德何能，可以有资格、有能力担当大众人生向导？"

"许叔叔，听我妈妈说，您曾写过一篇关于电台夜话节目的论文？"

"是啊，阳阳，这也是你妈妈建议你来听听我看法的原因吧？"许叔叔又苦笑了，不过这次的苦笑里泛着得意。

"我记得很清楚，那篇论文的题目叫《现阶段广播夜话节目热中的冷思考》，是1997年欣然出事后我写的。我曾拿给你妈妈还有台里另外两个同事看过，但那稿子一直没公开发。因为我给厅里行业杂志的一位老师看过，他说题材太敏感，我就收了起来，没再投。可现在的事实难道不是明摆着证明了我当年论文的前瞻性吗？这些年，我不断在行业杂志上看到此类文章，而你也会发现，这些年许多城市的这类夜话节目都停播了，不停播的也规范起来——内容上，开始把类型分得更细了；运作方式上，也都是组建一个节目组来承担，尽量不再把所有的压力压在一个主持人身上。节目播出时，也试图通过增设延时装置等技术方法，来缓解主持人压力，同时保障节目的播出安全。"

"对啊，许叔叔，我也觉得欣然的事儿归根结底应该归咎于那类夜话节目，它当时的设置就考虑不周！"

"不不不，阳阳，你怎么能这么理解呢？那你可就大大曲解我的意思了！"许叔叔急得脸都红了，刚才指点江山、先知先觉的气度荡然无存。不过，他的这种表情转瞬即逝，放下手上的茶水杯，他很快笑呵呵地到我对面的沙发上坐下来："吴大姐对我那篇文章是有正确认识的，没问题，这一点你回家可以和她探讨，我们不必多说。"他淡然若定地就转移了话题，也由此恢复了他一贯的、慢条斯理的讲话风格。

"阳阳，最初听到欣然自杀的消息，你知道第一个涌现到我脑海里的词语是什么？不堪重负。是的，不堪重负，我早就预感到欣然会被节目压垮。欣然这个人，上《子夜广场》没多久性格就扭曲了，尤其是后期，估计她自己都不知道自己是谁了。在内心里，她一定认为自己是个坚不可摧的救世主！"

"嗯，许叔叔，妈妈和我说，欣然的遗书除了署名外，上面只有一行字：我不知道我是谁，这世界也不给我答案。"

"不错，"许叔叔朝我点头，转而又摇头笑了，"我还用她这句话作为我那篇论文的题记呢。嗐……不过虽说和欣然也是同事，但他们文艺台的事，其实你刘阿姨比我有发言权。欣然出事后，台里想淡化这件事，一直拖了两个多月，到年底节目改版后《子夜广场》才正式停播，后面那段时间的节目就是由你刘阿姨上的。当然了，你妈妈没让你去找刘阿姨，这我能理解。大家都知道的，她和欣然关系不好，公开吵过一次架，后来，直到欣然出事前，她们虽然就在同一间大办公室里办公，但彼此见面，连话都不讲一句。"

我朝许叔叔点点头。刘阿姨我当然知道，她叫刘敏。或许对我们这座城市里的大多数广播听众来说，刘敏这个名字并没欣然那么响亮，但在业内，刘敏这名字可是响当当的。她不仅比欣然年长，经验也更丰富。她是从新闻记者改行做主持人的，用我妈妈的话讲，叫业务素质全面。据说，她这个人，到哪个岗位工作都很受认可，拿过各类评奖的名次，总当选厅里的先进，似乎有一年，还当选过我市十大杰出青年呢。我妈说，欣然出事后，节目不想停播，可又没人愿意接手，是刘阿姨主动出来给她解围的。当年刘阿姨上《子夜广场》，自己原来承担的一档分量很重的正午播出的经济节目也没法儿放下，只好两档节目都兼着。那两个多月，她干得非常辛苦。妈后来曾专门找她聊过《子夜广场》，她不愿意多讲，只说了一句话——真正上了《子夜广场》，才理解到欣然当年的不易。

"你刘阿姨这个人脾气不好，但公平公道地说，吵架的事不能全怨她。她这个人业务上一直好强，《子夜广场》当时是台里最火的节目，她最初还参与过竞岗，虽说没竞上，也一直都很关注。对《子夜广场》，她有自己不同的观点和看法，而和欣然的吵架，当然也是因为节目。

"那次吵架是在欣然自杀的前一年，1996年年底。起因是他们部室里一次常规抽评会——就是每月一次，在不被主持人知道的情况下，随机录出一期节目来，月底拿到部室所有主持人参加的会议上去一起重听、讨论，然后记名打分，最后再把打分情况张贴公示。年底统计出平均分前三名，颁发专项奖金，这是他们部室的常规做法。据我所知，欣然的《子夜广场》虽名声在外，但在部室抽评中，可是一次前三名都没进去过。

"她们吵架主要是因为一次听完节目后，大家讨论，你刘阿姨第一个站出来先提了欣然的节目，说自己认为那期节目中，欣然对一个热线电话的处理不合适——电话是一个失恋女孩打来的，据说那段时间那个女孩天天打电台热线，哪个节目开热线打哪个，一上来就哭哭咧咧地说自己活够了，已准备好了自尽什么的。欣然在节目中劝解她时，反复强调自己的判断，她对那女孩说，你一定不会那么做的，因为当一个人有能力向另一个人倾诉的时候，事实上就已表明自己开始梳理自己的不良情绪了。你刘阿姨认为，欣然如此讲话，虽不能说有错，但反复这么讲就不合适了，这有些要激怒对方，让其走绝路的嫌疑。本来那女孩就是在生命的关键路口，你作为主持人，怎么可以如此辜负人家的信任？

"欣然这个人，大家都公认心思重。公共场合大鸣大放地讨论问题，她从不发言，那天也是如此。结果会后贴出来大家的打分结果，他们部室一共十几个主持人，欣然第一次落到了后三名。

"当晚欣然把电话打到了我们家。当时你刘阿姨正陪孩子练琴，我告诉她是欣然，她接过来，没说上几句就吵起来了。我赶紧跑过去抢下了电话，结果电话一拿过来，毫不夸张地说，我简直觉得毛骨悚然。直到现在，我都记得那天晚上欣然的声音——哑着嗓子，气若游丝，声音好像从很远很远的地方飘过来，飘飘忽忽的，越想听越听不清楚。那时已经八点多了，冬天，外面天全黑了，接她这么个电话，说实话我也很反感。不过我还是耐着性子劝她，可不管怎么劝，她就是不肯挂电话，有气无力、絮絮叨叨的，反复说自己承认那期节目做得不好，想找刘老师探讨一下该如何处理听众热线。后来，我灵机一动，说，欣然，没几个小时你就该上直播了吧？这个时候，你还在这儿探讨怎么接热线，一会儿再上节目，你不怕影响状态？这么一说，她才好歹挂了电话。

"刘敏就在一旁哭，和我说起下午的事，说她觉得欣然这样子明摆着就是来找她吵架的，有这么和人探讨节目的吗？欣然一个毛孩子，有什么资格跟她耍大牌？我只好劝刘敏不值得生气。晚上，刘敏睡不着，从枕边掏出收音机悄悄听欣然的节目。我清楚地记得，欣然那会儿在播一封听众来信，垫乐很美，她的声音状态也不错，很投入，情感饱满、丰沛，简直和刚才电话里的声音判若两人。刘敏就那么听了一会儿，回头发现我也没睡，就对我说了句：'欣然是个疯子！'

"但这还没完。第二天下班，刘敏告诉我，欣然又去办公室找她了。本来欣然晚上做节目，上午是不必去台里坐班的。但那天刘敏一上班，发现欣然已在办公室门口等她了。她们那次吵得很凶，动静也大，搞得满台皆知。不遭人嫉是庸才，这一点，其实刘敏和欣然是一样的，她们在工作上都太好强、太较真儿，针尖对麦芒，两败俱伤不说，还让其他平时嫉妒她俩的同事看了笑话。

"事后，刘敏和我说起来也很后悔。她也说其实不至于那样，自己当时是太欠考虑了。那种情形下，怎么可能探讨节目？本来该就事论事几句话了结的事，话题却越扯越远，矛盾也越扯越多。刘敏说，开始她还一个劲儿地告诫自己要摆正心态，但太难了。因为欣然这个人偏激、固执，还小心眼儿，你都搞不清她到底是过于自信，还是过于自卑……

"不过，刘敏在欣然出事后，自己开始上《子夜广场》时，也有了不同的看法。

"我还记得，那时候每天晚上我都去接刘敏下节目，她总显得很疲倦，关键是情绪不好。记得她那时总和我说，觉得怕，说上节目时，一看见热线的红灯亮了就怕，不知又有什么样的人要跳出来，更不知他们是何居心。她说，老许，你想，每个城市的角角落落里，会有多少形形色色的人，而每个人的内心，又会有多少形形色色、不为人知的侧面。那么晚了，正常人谁不睡觉？可他们非但不睡，还打电话，打电台的热线，让自己的声音被更多的人听到。在午夜，他们匿名登场，只要愿意，几乎是想怎么样就可以怎么样——造谣生非，起哄攻讦，说不满，泄私愤，倾诉自己的委屈，显摆自己的见识……午夜里，一个对所有深夜不眠的人敞开，并将被更多未知的不眠人赏鉴的广场，一群匿名者在聚会，而你，是那个可怜巴巴的主人，无论来者何人、因何而来，你都得有反应、有态度、有说法。所有的这一切，你全都要在一念之间完成，并同时公之于众，不能出纰漏，不能，一点儿都不能。因为作为主持人，你说话的内容、形式、腔调显露出来的是你内在的修养、见识、道德水准、知人论事的能力。你的形象，全靠每天在一个半小时的节目里说话，一点点塑造出来……

"刘敏说，真正上了《子夜广场》，她才慢慢开始体会到自己从前认定的欣然在节目中对主持人位置把握不合适的观点，多少有点纠缠于细节了。因为在她后来看来，自己至少有一点就不如欣然——无论在什么时候，欣然一提到上节目，还敢说享受。她相信欣然这么说不是在吹牛，因为她一直在关注欣然的节目，她羡慕欣然在节目中呈现出来的愉悦、沉醉的状态。可到了她自己这儿呢，刘敏说，她能切实感觉到更多的还是怕，是恐惧，上节目时，她觉得自己的一颗心一直在悬着……

"我当时也劝过刘敏，说毕竟情况不同，不能这么比。欣然是从一张白纸开始，一步一步走过来，听众先入为主，接受也适应了她，而她自己也能在不断的努力中体会到成就感，不断增强信心。可刘敏一接手就有欣然自杀这种事在前头，要承担的自然会更多，也更复杂。但刘敏不同意，她说她好歹在这个城市里还有个家，有我，一些事还可以和我说说。可欣然那么小，多不容易，一个家在外地、刚大学毕业的女孩子，孤孤单单一个人在这儿生活，什么不良情绪不得自己排解、自己消化呢？

"阳阳，你听听，你刘阿姨这个人，其实就是脾气不好而已，对别人、对工作，她都是非常认真、非常坦诚的。当然，也正因为她太认真坦诚，工作上又那么要强，才会遭人嫉妒，得罪了那么多人……"

"许叔叔，欣然不是一个人吧？听我妈说，她不是曾经有个男朋友？"

"你说方舟？方舟那种人，哼……"许叔叔笑了，不过这次是用鼻子，长长的一股气夸张地从他的鼻子里冲出来，伴随着这气息的喷出，脖子也扭向一边，两条眉毛随之被挑得一高一低。但很快，他又转向了我，脸上的表情重又庄重恳切了。"阳阳，在我看来，方舟这样的人是不会带给欣然什么有益影响的。我觉得,对待负面情绪,我们最合适的排解方式还是要让自己先跳出来,才可能更客观、更全面、更理性地看待问题,看待世界,也看待自己……"

"方舟可能会了解更多生活中的欣然吧,许叔叔?不过,方舟才懒得搭理我这样的毛孩子呢……"

"你真想见他?"许叔叔惊讶地看着我,旋即笑了,"那你怎么不早说?阳阳,我认识方舟的时间虽不长,可最近接触多些。他这家伙,开了个广告公司,正打算承包我们频道一档主打节目的全年套播广告呢。"

见我急切地点头,许叔叔慢慢悠悠地掏出了手机,开始打电话。我听不到对方的声音,只能听见许叔叔在不紧不慢地打着官腔:"方舟啊……忙什么呢?哦,那好……那我就给你找件正事儿干干……哪里哪里,哪敢吩咐……是请你配合……是这样的,我一个亲戚的女儿,是学心理学的研究生,正协助她一个在业界很有名望的导师在做专项调研,关于电台夜话主持人心理健康的……嗯,我极力推荐了你……当然,那当然了,因为欣然……"

4

龙腾小区位于我们这座城市的繁华地段,世纪初开发时曾非常抢眼。但后来新楼盘不断建起,相比之下,它在户型、配套、小区绿化等等诸多方面都显出了寒碜,但受市民瞩目的程度却依然不减。这是因为它凭借地理位置上的便利,这些年已渐渐发展成许多贪便宜的小商贩、皮包公司扎堆聚居的处所,也成了经常上晚报社会版头条的新闻事故多发地点。那天,与许叔叔告别后不到二十分钟,拿着一张写有"龙腾小区4号楼2单元601室"的名片,我来到了方舟家的楼下。

因为这地址是印在名片上的,我大略一看便想当然地认定是方舟所开广告公司的办公室。可当我沿着居民楼慢慢向上爬,眼前那形形色色的写有各类公司或办事处名字的招牌慢慢消失后,便开始疑惑了起来。到了门口,疑惑越发明显,因为那门上仅贴了张破旧的白纸。纸虽已脏污残破,但上面的字却让人眼前一亮,是手写的魏碑,苍劲古朴,颇见功力。上面只写了两个汉字——方舟，然后缀了个手机号。

方舟是个矮个子，偏瘦，穿着圆领大汗衫、大短裤，趿拉着拖鞋噼里啪啦地跑来给我开门。"是吴阳阳？你好你好！"他友善地看着我，目光清亮，笑意盈盈，越发显出他这个年龄少见的胡子拉碴的大圆脸和清炯炯的大眼睛。

"你先坐，随便坐，我一会儿就好。"他急急忙忙地招呼我，话都没讲完，就又噼里啪啦跑回里面房间去了，声音被他甩在身后，也被笑意细密地裹着，脆生清亮。

可他这房子却实在不够清亮。本来楼层高该采光好的，却让厚厚的大窗帘给胡乱挡去了一半光线。本来就昏暗的房间也太邋遢，到处都散乱地放着衣服、书籍、碑帖、空酒瓶子、敞着口的墨水瓶、别别扭扭地挤在那儿随时都会翻倒的砚台，还有写满了毛笔字变得皱巴巴宣腾腾粘在一起的旧报纸……我现在倒是一点也不疑惑这儿到底是不是办公室了，对面墙上悬挂了一幅方舟和一个显然比他年轻许多的女子的巨幅婚纱照——显然这里是个结婚估计没几年的小夫妻的家，装修的色调是近几年风行的胡桃木色。可这庄重典雅的色调，却越发衬托出主人的不善打理。屋子太脏太乱不说，估计当年装修时也太糊弄，许多柜子门都关不上了，兀自半敞着，露出里面也乱成一团的内容；门窗框贴的木纹纸有好几处都爆了起来，露出粗糙的碎木屑板底子，好像盛开在典雅胡桃木上的扎眼伤口，尴尬地袒露着腌臜的黄黄白白。

我在这厅里站了好一会儿，才最终决定走向长条沙发，把堆在那儿的一摞书向一旁推了推，坐下来，随手翻开一本反扣在一旁的书——《与世界伟人谈心》。

"这家伙，手这么臭，瘾还这么大，真让人佩服得紧啊。"

方舟终于出来了，我这才注意到他的穿着也和他的家一样邋遢。大汗衫估计原是白的，现在已成了混沌的暗黄，且都快被洗透了，又轻又薄，透着亮儿，不过这倒也恰好为他平添了飘飘洒洒的俊逸感。他趿拉着拖鞋，就这么朝我对面的沙发悠悠飘了过去，落座前略驻足，先对我的疑问表情含笑做出解释："哈哈，刚才我在网上和一个家伙下围棋，跟他说了好几次我有客来访，想收手告饶他都不理，偏要下完。结果呢，讨打，到底让我杀了个落花流水！"

他边说边坐下来，看也不看沙发，一屁股就坐到摊在那儿的一堆衣服上，还潇洒得如同一个侠士般，一面仰天朗声长笑，一面作势轻甩汗衫，慢掸短裤。风度翩翩地把这一切折腾完，他才缓缓俯下身来，把双臂摆正，直直地支起在双膝上，抬头，扬眉，目光炯炯，朝我看将过来。

"首先我得说，心理学是一门非常非常重要的科学。但惭愧得很，本人是门外汉，知之甚少。不过你放心，我肯定会全力配合你调查的，若真可以对你的调查提供些许帮助，那不才将荣幸之至！"

他开始讲话了，语速很快，但咬字清晰，声音厚实。脸上笑容突然没了，很严肃、很认真地直视着我。我开始时被他的一本正经搞得有些不适应，却渐渐被他的认真也带得认真、深沉起来，渐渐忘记了自己心底的紧张。不错，在见到他之前，我是紧张的，因为来这儿的一路上，我都在担心那个由许叔叔信口诌出来的说法，会被这个方舟三言两语就问得穿了帮。但他没发现我是个毛孩子，根本就不是什么专业人士吗？或者说，他根本就不在乎我是不是在搞研究、做调查？

在后来的日子里，当我回望那个下午，能记起的全是在那个昏暗脏乱的客厅里，方舟闪烁着的明亮眼神以及他朗朗的话语。虽然他的讲话偶有停顿，但大多数时候，他都在滔滔不绝，仿佛迫不及待，仿佛我是他已盼望多年的、最合适倾吐心中款曲的知音挚友。

"我不知道你们心理学是如何解释自杀的。在我个人看来，自杀是勇敢者的行为，值得我们活着的每一个人尊敬并深思！很多年前，尼采就说过，灵魂的死亡比肉体的死亡来临得更快一些。可在这个世界上，对大多数人来说，他们的灵魂根本就没有降临，或者说早已散失。他们漠视灵魂，麻木了，就不会再有痛；梦碎了，也不再有忧伤，只是苟延残喘，只是好死不如赖活着。但是，还有一些人，他们永远也不能，对！不能！他们要回到自己，要守护和实施自己的自由，要使自己成为真正的自己！求生是每个人的本性，可为什么古往今来不停地有人可以战胜自己对死亡的恐惧，而无所畏惧地走向死亡？那么多伟人、哲学家、艺术家，他们选择以自杀这种方式辞世，为了什么？为什么，一个人，要迷恋死亡？我欣赏这种解释——是因为，在死中，一定包含有生的秘密……"

关于方舟，妈妈只是和我说起他是欣然曾经的男朋友，后来不知为何分了手。许叔叔则告诉我,别人背地里叫他方诗人,据说他自读大学时起就星星点点不断在报纸杂志上发表些诗歌。他说方舟这个人特别能折腾,什么工作都没能干长。刚毕业时,在区政府办公室干文秘,给领导写材料;后来辞职考进晚报社干记者,给小市民打抱不平;再后来又辞职开广告公司,目前生意惨淡,有一搭没一搭地赚着小钱儿。所以,那天,在临去之前,我想当然地以为,自己将要遭遇到一出落魄文人对已逝旧爱的缅怀小品,哪承想,竟成了一场理想主义战士有关生死的人生大课。

"这么说,方舟老师,您觉得欣然死得其所了?"我好不容易才在他暴风骤雨般的倾诉中,插了句话进去。

"也不是。"方舟瞪了我一眼,估计是一路高歌猛进,被我突然叫停,有些不适。颓然地把头向后一仰,他又开始讲话,只是音量略低,语速略缓:"呵呵,不过是表明态度而已。这事已过去十多年了,还能有人惦记着,让人宽慰啊。不过,说心里话,这些年来,我有时觉得自己都把欣然忘了,因为我清楚,自己其实也不见得就比别人更了解她。可我还是愿意把与她相关的记忆珍存,你可能不会懂得——欣然,对我来说,是一种象征,关于青春,关于理想,关于那个时代的我自己。这珍存对我是警醒,提醒我无论如何年长、衰老,都要尽力守护住自己的本心,做时光长河里永远的、天真的孩童。

"认识欣然,是在1995年冬天。对,1995年,我调到报社的那一年,在热线部,总值晚班。在此之前,我好像从来没关注过广播节目,从来就没那兴趣。但因为那阵子总被反映问题的读者提到,就特别关注了一下。结果,我觉得那档节目在我眼前打开了一扇门。是的,一扇门,一扇关于夜晚的门。

"本来我一直以为自己是熟悉夜晚的,从读高中起我就常失眠。在我过去的记忆里,夜晚是清冷的、冰凉的,一个人躺在床上,面对自己,昨日明朝,进去出来,越急越睡不着,越睡不着越觉得自己孤单绝望,有时候,甚至都觉得自己听到了夜晚一点点向自己迫近时压抑着的低沉沉的喘息声。可《子夜广场》里的夜晚是不一样的,怎么说呢,不能说热闹,但有人气儿,有温暖,有舒展和释放。原因我想该是来自于倾诉,来自于诚挚的敞开。性格、境遇、看问题的角度、表达自己的方式、打通热线的目的……我知道每个在《子夜广场》登场的人都是不尽相同的,但其实,我们所有人又能有多少本质的区别？过日子还有独角戏吗？同处一个时代、一个大体类似的社会环境里，我们每个人的命运，难道不可以说，彼此都在互为暗喻？

"现在想来，欣然对此一定也是这样认为的。因为，我记得她在节目中最喜欢讲的一句话就是：我知道的，你在那儿，在听别人的故事，想自己的心事……

"她那么一个年轻的女孩子，把形形色色的人聚集在了一起，靠的只有声音。你听到过欣然的声音吗？那是真正属于夜晚的声音，是一个在夜晚开放的广场主人该有的声音，柔和、舒缓，让人没有压力。在节目中，她很少打断别人说话，而且，她似乎也不是一个很有主见或者说很有信心的人，但我能感觉到，她有一种情怀——善良、尊重别人、悲天悯人的情怀。

"第一次见到欣然，我感觉有些对不上号。你不知道，她竟然是一个那么矮小瘦弱、干干巴巴的小姑娘，不开朗，至少不像在节目中那么开朗。她开始讲话时，我都觉得那声音不是从她的小嘴巴里发出来的，而是来自她身后的一台收音机。她张开嘴，就好像那台收音机的开关被打开了，呵呵。

"还记得第一次见面，我曾对她说，觉得她挺不容易的。她却说自己很感激《子夜广场》，觉得自己从那节目里受益颇多。因为在此之前，她其实已对做电台主持萌生了退意，觉得身处的环境给自己的压力太大，觉得自己不如别人开朗，嘴笨，不会讲话，也不爱讲话，觉得这个行当不适合自己。她是学文学的，对播音的兴趣源自于对诗歌朗诵的喜爱。她说自己其实不是个有勇气和别人分享内心的人，但《子夜广场》让她学着一点点地敞开了自己，让她能把自己放下来，看淡些，也抗摔打些。你不知道，她这个人其实不聪明，更谈不上漂亮，但她有那么一种气质，一种安静、内敛、自省，而且特别温婉、特别善解人意的气质。我对她差不多算是一见钟情的。那段时间我写了很多诗给她，自己心里每天都满满地充满了想倾诉的感动。虽然那不是我的第一次恋爱，但我觉得那段时间里的自己是最幸福的。那时都是用传呼机的，我每天挂着个大汉显的传呼，忙乱无序地在外面到处乱跑的时候会突然收到她发来的信息，很多很多简短的文字，没任何来由，但我知道她在惦记，在温暖地爱着。她曾告诉我，那是她第一次真正意义上的恋爱，以前有过的无非都是一个人的战争，而现在呢，我来了。她说，她的生命，会因我的出现完整起来……

"在一起的时候,她和我谈得最多的就是《子夜广场》。她是个认真的人,更是个执着的人,用她自己的话说,还是个使笨力气的人。阅读,听古典音乐,到处找名家朗诵的音像资料,除此之外,我都实在想不起来她还有过别的什么爱好。不但她的爱好都是和自己的节目息息相关的,我知道,每天上节目虽然只有一个半小时,但她沉浸在节目中的时间比这要多得多。有时我们正聊着毫不相干的事儿,她都会突然扯到节目上去。记得我曾和她谈起过自己对夜话节目的理解。我认为做好这类节目对主持人的要求很多,比如责任感、正义感、善良、坦诚,还有知识面、语言艺术等等。她当然同意我的观点,但她说自己在这些方面都很欠缺,不过是摸着石头过河,但也在用心的努力中一点点发现自己,反省自己,也提升自己。

"说到处理节目中一些听众的困惑,她说自己没本事解决,为此曾有很长一段时间非常沮丧,如今能做的,也不过只是理解和包容。我记得那时,我们谈起《子夜广场》里的一些人和事,她常说起那句话:因为懂得,所以慈悲。后来呢,我们分手的时候,我还记得她冰冷的眼神,记得她说,我不爱你了,而你是早已不爱我了的。呵呵,你听听,她是个不折不扣的张爱玲迷,知人论事的地子其实都有些灰的。她这个人,生活圈子太单纯,父母都是教书的,从小在校园里长大,后来离开家,无非也就是出校门进校门。加上性格又孤僻,朋友很少,她的所有见识和判断,大都是从纸上得来,单薄又教条。但你又实在不愿意去和她理论,因为她太要求完美,也太容易失望,一丁点儿的小事,都会上升到道德层面上去。我们相处有将近一年的时间,到后期,基本上总在吵架,三天一小吵,五天一大吵。她吵架时说的话都太绝情,太有杀伤力,吵起架来,她是含忧带怨地哭,话倒不多,却往往一剑封喉……"

"可是,你们吵架都是为了什么呢?"

"能有什么大事儿啊,"方舟的音量一下子高了,大眼睛也瞪得更亮了,晃荡着鼓鼓的大圆脸,无辜得像个六神无主的孩子,"我这个人,多少年了,早习惯了啊。你说说看,这衣服是我的,还是我是衣服的?这房子是我的,还是我是这房子的?身为形役啊!一个人干吗要把自己搞得那么累?当然了,我这一套,她受不了,而她为了自己的受不了所采取的解决方式,我也受不了。"

方舟的控诉刚开始有些烦躁便戛然而止了。略静默一会儿,笑意便又盈润清凉地从他的眼眸流淌至嘴角。"呵呵，"他咧着嘴，梦呓般地笑了，"说到底，欣然也不能算个聪明人吧？就拿对我实施禁烟这件事儿说吧，她费了多大劲儿，上纲上线跟我理论了多少回，又哭又闹地吵了多少次，可是，"偏过头去，他开始仰视墙上那张婚纱照中的新娘，"我老婆和我认识还不到三个月，就让我彻底戒烟了。现在，是她回娘家坐月子去了，我才敢如此逍遥自在，要是她在……"他摇头苦笑，"做人，过日子，还是得有换气，有稍息，有四两拨千斤吧？这一点，我懂得也晚，而欣然呢，就更没智商了……"这最后一句话，方舟讲得很轻、很慢，视线也随之拉长，变得恍惚悠远起来。

"那么，方老师，当你们吵架时，你听过欣然的节目吗？"过了一会儿，见方舟还在发呆，我不得不再次发问——以我想象中的心理学专业人士该有的立场和腔调。

"嗯？没有吧？"他有些蒙，愣怔怔地看我。"不对不对！"突然他又猛拍大腿，"听过的！听过的！这还引发过我们的大吵呢！你不知道，欣然表达对我不满的惯用招数没别的，就是不搭理我，断绝和我的一切联系。我这个人脾气急，嘴上又常没把门儿的，但吵过后，又常后悔，会担心她。开始我还曾希望通过听她节目来了解一下我们之间战事的严峻程度，可后来发现自己的担心是多余的，因为去听节目，你感觉不到她一丁点儿的异样。记得我最初发现这一点，还很不开心。后来有次吵架，我还讽刺过她，说：'那当然了，我得多体谅你。你多不容易啊，想在生活里做完人，还得在工作中演好戏。'

"和她争吵时讲过的话，后来我常想起，尤其是听说了她自杀的消息后，我特别难过，很自责。真的，那时距我们分手半年多了，我还记得我们分手的那个晚上，我说我特别后悔我们之间有那么多无谓的争吵，也许我们不做恋人是对的，因为那样我们彼此都会失去一个非常要好的朋友。朋友是一生的财富，或许，我们更适合的还是做朋友，在这尘世，做一生的、永远的朋友。欣然那晚哭得很伤心，她说我虚伪，她说，真正的爱是会让一个人没度量的，而我这种连情感都有本事去设计、安排的人，本身就冷血、薄情。那晚之后，我们就再也没了联系，当然，我……我倒是联系过她几次，可那以后，她就真的再不理我了……

"她的追悼会我去了。去了那么多的人，让我这个自以为很了解她节目的人都有些吃惊。那些人中，年龄最大的能有七八十岁，最小的，还有正上小学的孩子。工人、学生、公司白领、机关干部、外来务工者，还有些残疾人……欣然做了将近四年的《子夜广场》节目，没办过一次听众见面会，很多人都是第一次看到她的形象——灵堂里，那张镶着黑框的遗像。大厅里反复播放《子夜广场》节目的宣传带，很多人都在流泪。那些一直在夜晚通过声音匿名登场的人，他们第一次在现实的生活中彼此照面，却是在他们广场主人的追悼会上……"

"对不起，方老师，您能告诉我吗，在您看来，欣然后来到底是为什么自杀的？"

"你真觉得还需要具体原因？"方舟再次朝我瞪起了眼睛。现在，他的大眼睛里盛满了忧伤，但当他语速极快地再次开讲时，我却听不出他话语里有丝毫的忧伤，相反，他的话语里充溢着显而易见的亢奋："我承认我最初听到这消息时也震惊，但很快就释然了。欣然毕竟每天都会被那些负面情绪缠绕，而她本身又是那么要求完美、那么情深义重的人。不过我从不把她选择死理解成她对生活的绝望。相反，我倒觉得她是幸福的，她的幸福让我这个在人世间飘荡的俗人羡慕，深深地羡慕！在我看来，欣然是误入凡间的精灵！选择如此这般的离开，是她对这个世界可以做出的最精彩的告别，她会因此而永葆美好、纯粹和纯净。因为，她生于青春，也死于青春……"

5

是的，在和《子夜广场》相遇之前，我在这个众声喧哗的工作环境里可有可无。那是因为我把握不好自己正确的位置，我不知道在人群中该如何发出自己的声音。那时候，做了将近两年的晚间娱乐节目，我是那么痛恨自己的个性，我心里对自己今后还能否继续从事这个行当一点儿信心都没有。

记得从前做娱乐节目时，每一期，我总是非常非常精心地做大量的案头准备工作，可每次下节目，却又总是那么沮丧，对自己那么失望。为什么我总是张不开嘴、插不上话，或者即便说了话，那话也显得不搭调、不合时宜、不痛不痒、不伦不类？为什么上节目对我是一种煎熬？常常，坐在那儿，我一边听着搭档在旁边滔滔不绝、口吐莲花，一边痛恨自己的无能。

"这是娱乐节目啊，和听众一起轻松地娱乐娱乐不好吗？你为什么要想那么多？我知道你是有自己想法的人。我猜，你是太想把节目做好了，还希望这个节目因你的加入而娱乐得更有层次呢，对不对？可在我看来，做这类节目的第一要务就是要放松，要轻松地融入，千万不能像你一样，一上来就把自己端起来。你知道吗，你上节目时遇到的所有问题其实都是你自己的问题，归根到底，是你这个人的问题。你这个人，最大的毛病就是太要求完美，以至于用力过猛！"

这是当时我在上娱乐节目时，搭档大伟帮我分析出来的问题。我承认他说的是对的，对，而且说到了点子上，这的确是我的主要问题。大伟的娱乐节目做得非常好，我非常羡慕他的工作状态，也通过和他一起上节目，更清楚地看见了自己。我发现，自己原来是个枯燥、无趣、假正经的人，我为此痛恨自己，总扪心自问，为什么呢，为什么我就轻松不起来？

后来，我开始做《子夜广场》节目。毫不夸张地说，我对自己更没信心了，因为我发现自己一下子又把自己给端起来了，这让我更难以轻松了。因为我比从前做娱乐节目时更多地意识到了自己的声音不仅仅代表自己，更多的还是代表我身后的媒体。是的，媒体，一个公共的媒体，除了发布政令、传播资讯之外，我想它在社会生活中更重要的还是要有对道德、文化的传承。媒体是会影响到很多人的。很多人，包括我自己，我们一点点地长成今天的样子，事实上都无法排除媒体对我们的影响和塑造。那么，渺小无力的我，要如何以一个主持人的身份置身于一档和听众分享思想困惑及心灵秘密的节目中？每天一个半小时的节目时间里，我的发言位置在哪儿？该怎么说话？该带给听众些什么？

就这样懵懵懂懂、战战兢兢的，我开始做《子夜广场》的主持人。让我没想到的是，《子夜广场》的听友是那么热情，节目刚开播没多久，他们就接纳了我。或者打热线，或者写信，或者在我不上节目的时候，打我办公室的电话，他们告诉我自己对《子夜广场》的喜爱，告诉我，他们因为在《子夜广场》这个平台中的倾诉和倾听，而感知到了来自广大人群的温暖和力量。说心里话，每到这种时候，我会更加惶惑和不安。我曾想，说话，对一个人来说，真的会有那么大的意义？倾诉就能让人轻松或清醒？倾听就能让人开始比照，开始被提醒、点化？

李强是《子夜广场》众多听友中的一员。他告诉我，他是在《子夜广场》开播半年多以后才开始收听我们的节目，并渐渐成为铁杆儿听众的。当然，这一切我并不知道，我知道李强是在去年春天，是因为他打节目的热线，告诉我，他此刻远在天津。

"那儿也能听到我们的节目吗？"我有些奇怪，就问他。"很难啊，"他说，"但是我实在想听，就开车出来找信号，慢慢地，把车驶离了城市，离开了万家灯火。现在，我是在××高速公路的入口处呢。我周围一片沉寂，很久才会有一辆车疾行经过，夜是那么静，那么沉。一个人在车里坐了好一会儿，我才终于决定拨打热线，让自己的声音第一次出现在节目里，让耳边远远地传来《子夜广场》正在播出的声音……"

我相信，我们每个主持人接到这样的热线都会感动。是的，正因为有这种热线的存在，才会让我们懂得自己每天工作的意义。

李强就这么第一次出现在了《子夜广场》节目里。后来，他渐渐开始越来越频繁地参与我们的节目。我相信，许多《子夜广场》的热心听众都会和我一样，无法忽视李强留给我们的记忆。尽管和我们每个人一样，李强也有自己的苦恼和困惑，然而来到我们节目中的李强，永远都是那么豁达、热情、阳光灿烂。虽然他并不是多么成功的人——通过他给节目写来的信件，我才知道，他是和《子夜广场》同一年来到我们这座城市的。

1994年春天，高考落榜的李强从老家河南农村一路向东，来到我们这座毗邻大海的城市寻找梦想。他先后打过许多份工：保安、厨师、保险业务员，也失过业，也有过绝望的时候。去年年底，他才和朋友合伙开了一家小书店，生意刚起步，经济上也并不宽裕。然而，正是李强，在今年夏天，通过我们的《子夜广场》节目知道我市实验中学高三二班的刘兰云同学高考成绩优异，却因家庭贫困无力继续读书的事情后，第一个给我们打来热线，倡议大家为刘兰云捐款，并自己带头先捐了五千元钱。在那段时间里，《子夜广场》节目每期都爱意涌动，为了一个素不相识的学生，《子夜广场》广大听友的心聚在了一起。大家纷纷慷慨解囊，短短半个月的时间，我们共为刘兰云捐助了两万两千四百元钱。可是后来，当我联系李强，想请他作为听众代表，和我一起去给刘兰云送捐款时，他却婉言谢绝了。今年秋天，我市古槐村附近发生了一起重大交通肇事逃逸案，又是李强在听到遇难者母亲给《子夜广场》打来的哭诉电话后，拨通了我们节目的热线，号召广大出租车司机朋友积极提供线索，寻找目击证人。这期间，李强始终密切关注事态进展，并尽其所能提供无私帮助。据遇难者家属说，一个多月的时间里，李强每天义务开车接送遇难者母亲去医院挂水，还不止一次地开车带其家人去事发现场周边到处寻找线索。后来，当肇事司机最终被警方捉拿归案时，遇难者家属却不得不通过我们的节目向李强表达谢意，因为那个给他们提供过那么多无私帮助的李强，此时却再也不肯和他们联系了。

我也没见过李强本人，只是和他通过电话。他的一番话让我特别感动，他说："我们每个人都会遇到困难的，面对困难时的心情谁都不难体会。如果我们能在别人困难的时候，有能力拉别人一把，那是我们的幸运。想做好一件事，或许看起来很难，看起来我们根本就不具备解决的能力，但那其实是因为我们太苛求结果了。许多事情，只要我们在努力、在用心做，做到尽我们所能，那也就心安、就知足了。"

李强的这番话，我后来在自己的工作中常常会想起来，尤其是当我对自己的能力有所怀疑，对《子夜广场》节目的意义有所怀疑的时候。这些话，让我切实地感觉到它带给我的信心，还有力量！

其实李强仅仅是《子夜广场》众多听友中的一员，像李强一样的听友，《子夜广场》还有很多很多。比如，身体残疾、爱好文学创作的业余作者晓露姑娘；比如，一直热心帮我们收集节目中问题反馈意见的退休教师刘毅老师;比如,去年台风来袭时,在王家村码头抢救落水渔民的边防战士郑一民等等。我要说的是:是他们,是许许多多出现在我们电波里或仅仅默默收听节目的如李强一样的听友们,是他们在支撑着《子夜广场》,他们才是《子夜广场》的主人,是《子夜广场》的温暖所在。是他们的言语和行动把大家温暖地聚集在了一起,而我,同样也是这温暖的受益者。我庆幸自己能有这样的荣幸,结识那么多像李强一样善良又朴实的人们。他们的存在,是对我的提醒和鞭策,提醒我要永保一颗向上、向善的心,提醒我要历经世事不断成长。

我知道,自己的身上存在着许许多多这样那样的缺点,《子夜广场》也让我越来越清楚地看到这一切。但也正因如此,我更愿意不断接受锤炼,愿意通过不断的努力来提升自己,愿意一直用心努力,让《子夜广场》走得更好,走得更远,能更深地走进广大听友的心里,让更多未曾谋面的人们,因为有《子夜广场》的存在,彼此关照,感知温暖。愿我们能互相鼓劲儿、携手同行!

我的发言就到这里,谢谢大家!

文艺台《子夜广场》节目主持人:欣然
1996年3月7日

欣然下了《子夜广场》节目,回到自己的单身宿舍,写下遗书,打开煤气自杀身亡,是发生在1997年10月27日凌晨。而她这篇以省广电系统先进员工代表身份在表彰大会上所做的发言稿,因后来被全文刊发在了《广电周刊》上,就成了目前为止我能看到的除了那仅有一行文字的遗书之外,唯一袒露她心迹的文字。尽管我对这种创作谈类的文字颇有微词,但那天晚上回到家中,思绪纷乱的我反复捧读的,依然是它。

"你们《广电周刊》的稿子是怎么组来的啊?怎么有的主持人可以发那么多篇心得体会,欣然的却只能找到这一篇,还是篇表彰会的发言稿?"我问妈妈。

"是业务交流性质的内刊,当然要号召大家踊跃投稿。记得为了能多组到好稿,还出台过发稿子加业务分的规定呢。可有什么办法,不喜欢写的还是不写。像欣然这样的,别说写这类稿子,就是开会讨论节目她都很少发言。你看到的这篇稿子,是我做了工作她才同意写的啊。"妈妈叹口气,"这篇发言稿,在表彰会前,她先拿给我看了,我觉得写得很好,难得她这样在生活中向周围的同事敞开了自己。欣然这个人,平时生活中不喜欢说话是真的,但她是个真诚的人,一旦开口讲话,讲的也都是掏心窝子的真话、实话,这一点,从稿子里,我相信你能感觉得出来。"

"那你呢,妈?"尽管已发现妈妈对我的上述提问表现出不高兴,我还是忍不住继续发问,"真实的你如何呢?你喜欢欣然吗?抛开工作中的她不论,你喜欢生活中真实的她吗?"

"我……"妈妈被我问得有些发愣,然而,过了一会儿,她还是慢条斯理地回答了我:"说实在的,我得承认,一直以来我都有些同情欣然,怎么说呢,或许你可以理解成对弱者的同情。

"你知道,电台这种单位,大家都是以说话为职业的。节目上下,许多矛盾也都是因说话而生,不可避免地,还会有人试图通过说话来投机取巧,争名夺利。嘴巴能说的、会说的,和那些不能说、不会说的,他们的所得所失一定会是不一样的。所以,这么多年来,我一直对自己说,在这群人里管点儿事,倡导什么非常重要。好坏是非,推崇的评价标准可以多元,但这个团队里大是大非的风气必须得正、得公平。

"像欣然,我并不敢说自己就了解生活中的她。我也只是通过工作来认识她,我觉得一个人每天都上节目,在节目里说话,不是只说一天、一次,而是天长日久地说,面对各种问题、各种态度去说。这种情况下,你想把自己打扮成一个如你所愿的人,那几乎是没可能的。所以我看自己部室里的主持人,大多是通过他们的工作。在我看来,欣然这个人是个典型的完美主义者,很多时候过于苛求自己。举个例子说,刚才你看她的发言稿,是不是觉得她以前上的娱乐节目简直就没法儿听了?可我告诉你,不是那样的。我觉得虽不算好,但至少还算过得去,大体中上水准吧,绝没差到她文章中描述的那个地步。她自己那么看,我觉得还是因为她对自己要求严格,希望自己能全身心地投入到节目里去。在这一点上,我相信就是那些平时对欣然有看法的人,在心里也该是服气的。

"欣然当年是我招进台里来的。第一次见到她,是去她所在的高校当朗诵比赛评委。当时她还在读大三,那次比赛她表现得很出色,不过我当时只觉得她声音条件不错。后来再见她,是她来台里参加招聘考试,笔试成绩很优秀。可进台后,她进入状态相比大多同期进来的新人显得慢了许多。但是没多久,我就对这个孩子刮目相看了,因为我发现她努力、敬业、有上进心。而且她身上,还有种我非常欣赏的、她周围的同龄人缺少的理想主义气质。当然,我也知道,她是有些不大合群,人缘不怎么好。不过我对此的理解是,她有些迂,学生气重,不太会处事,加上太苛求自己,捎带着有意无意地就把别人给得罪了。这一点,我自身有体会,因为平时在工作中我真的没少帮她,推选她参加各类评奖,评选先进时政策尽可能向她倾斜点什么的,可她的反应——嗐,有时候也真让我生气……不过当周围有人跑来和我说她清高、自以为是、不识好歹,或者说她莫测高深、工于心计、喜欢背后算计什么的时候,说实在的,我也并不相信。我相信自己亲眼看到的以及用心感受到的,这比单纯去听别人说更有分量!"

"妈……"我走过去,从身后紧紧地抱住已越说越激动、腔调越来越激昂的妈妈。趴在妈妈的背上,我轻轻地告诉她,我爱她。可妈妈这次没像以往一样,又笑我油嘴滑舌,而是侧过脸来,低声问我:"阳阳,你是不是一直想问妈妈,我怎么看欣然为什么要自杀?

"我承认我同意你回来时学给我听的许叔叔的说法。我也觉得欣然的死是不堪重负,我承认自己有不可推卸的责任!当年让欣然一个年轻的女孩子一个人上《子夜广场》,的确欠考虑。而且,那时我对欣然的关心也实在不够。她有抑郁症,我也是在她出了事之后才知道……

"后来我还去找欣然的心理医生聊过。心理医生也说他觉得自己忽视了这个病号,只因感觉欣然明事理,情绪也稳定,又那么要面子,反复强调不希望自己来看心理医生这件事被别人知道。所以他就考虑尽量还是让欣然去自我消化,不要因为自己的介入,给欣然的工作和生活带来不必要的负面影响。

"心理医生说他认识欣然是在1996年底。当时欣然是因为顽固性失眠去找他开些药,也正因为那些药,欣然出事后,我们才知道她看过心理医生。那个医生说,他后来也去看了,他开的那些药欣然并没按量吃,他分析,欣然自己可能也没意识到自己的抑郁症有多严重。我记得当时那个心理医生还让我回忆了一下,是否记得欣然自杀前有过什么反常行为。我真是很惭愧,想了好半天,才想起那些天欣然找我来帮李强的忙,表现得或许可以算得上反常……"

"李强？欣然发言稿中提到的那个助人为乐的李强？欣然帮他什么？"

"是的，就是那个李强。嗐……我也是听欣然讲才知道的。李强其实是个一直在逃的通缉犯，在老家一时冲动杀了自己的继母，偷跑出来，隐姓埋名都过了好几年了……欣然对李强被抓很内疚，和我说如果李强不是因为频繁打《子夜广场》热线、参与公益活动，可能就不会引起警方的注意，以至于被抓。她来找我，急切地想帮李强，说想请个好律师什么的。可她知道的太晚了，我找熟人帮忙打听，人家说，故意杀人，再加上逃避监管，二审都判了，无期，没戏了。我打电话时，欣然就在我的办公室，她都听到了，放下电话我还和她解释了情况。她很失望，可也没说什么就走了。但后来为这个事儿，她反复给我打过几次电话，每次也都没说出什么来，不过是念叨些自己的内疚。我后来还有些反感，也没多想……"

6

那天晚上，我失眠了，很早就醒了，瞪着眼睛再也睡不着。那是我有生以来第一次看到窗外黑漆漆的天一点一点地变灰、变蓝、变白……后来，我早早起床，打算自己独立动手给妈妈做顿早饭。

可当我好不容易熬好了稀饭，又煎了馒头片，拆了袋小咸菜装盘……妈妈房里依然没任何动静。百无聊赖地在房间里晃荡了一会儿，我拨通了李晓风的手机。

"是阳阳？怎么你在家也和我要上班一样，起这么早？"李晓风的声音听起来很兴奋。我当然知道那是因为她这个还在读研二的学生，已经可以亲临工作现场，充当心理咨询师的缘故。

"我昨天还想给你打电话呢，阳阳，这个假期可好啦，在我导师的诊所帮忙，每天都见到不同的人，听他们讲自己的故事，每个人的情况都很让人感慨呢！"晓风不无得意地一开口就刹不住闸，"你知道我导师怎么说？他是个老文青，他说，每个灵魂都是一个独特的个案。"

"所以每一个独特灵魂对自己生死的独特选择，也都值得我们独特地尊重，对吧？"我笑她。

"哈！"她更兴奋了，夸张地尖叫起来，"我忘了你也是个小文青呢。

怎么样，你好吗？我记得上次打电话时，你说要调查一下你们那儿从前一个电台夜话节目主持人的自杀之谜呢，现在已经开始着手了吗？"

"什么调查啊，不过是听不同的人说说。每个人看到、想到的都不一样，我听来听去头都大了。你知道吗，晓风，那个主持人，她是个抑郁症患者。"

"哦，这样啊，抑郁症是心理疾病中对人危害最大的一类疾病，这些年患者数字在不断翻番。有资料说，它将是21世纪危害人类生命的主要杀手呢。这个抑郁症什么情况？阳阳，你从前见过她没？"

"见过的，是我妈同事。其实以前总见到，可印象不深。现在能想起来的她的事儿，好像就是我上中学时，有次我们班同学给了我个笔记本，托我去找电台所有主持人签名，我就请我妈帮忙。结果，拿回来一看，大多数人都写得很随意、很花哨，或很抒情。可她呢，写得有些苍凉。呵呵，我还记得她好像写的是：成长就是不断地拾起和放下，要是有一天你忘了这个本子，就表明你真正长大了。"

"嗬，有个性啊！不过现在不必担心再有这样的人了！现在谁还打电台热线或者远远地给一个自己并不认识却在心里无比信任的电台主持人写信呢？如今的人抒发内心可以写博客、写微博，和陌生人在线畅聊……可要说起来，那毕竟是不同的，那种和主持人聊天的方式，无论写或是说，都会让人不由自主地沉静下来，敬畏起来，那才是更靠近自己内心的啊。"

"是啊，所以她才惨。她每天听人说，自己也说，说得太用心了，慢慢地自己就陷了进去，她把整个儿的自己给了那么多陌生的人，这岂不是太矫情、太一厢情愿了吗？那些陌生人，真论起来，她能了解多少？"

"噢，这样啊。这个……我也说不好，这或许就是他们上一代人常说的理想，或者情怀？"

"可她只是个最普通的女孩子啊，死的时候比我们也大不了多少。她为什么偏偏要背负那么多？一个人想成为神是多可怕、多可悲的事！我觉得她不值，最起码，在我看来，她周围就没有真正懂她、在乎她的人。"

"我也不懂，阳阳，可我不喜欢这么想。你知道吗，抑郁症在我们的课本里还有另外一个叫法，叫心灵感冒。这种疾病，其实说可怕也可怕，说不可怕也不可怕，因为我们每个人都有可能遭遇，而每个遭遇的人，也都有可能抗过去。当然，也会有些人像你说的那个人那样，陷进去，没能出来……"

"什么？"我听得沮丧，更难过了，"晓风，仅仅是场感冒吗？可对一些人来说，却会关乎生死。而死亡，无论它多诗意或高蹈，对死者本人还有他们的亲人来说，意味着的，却只会是痛苦啊！"

"也不是的，阳阳，"晓风的声音听起来也有些忧伤，"我看过不少抑郁症患者的病例，那上面说，当一个抑郁症病患者决定离开这个世界时，心里其实是非常非常幸福的，那是因为，他们认为自己即将要卸除重负，即将开始御风飞翔……"

清晨的阳光慢慢爬上了我们家厨房的小窗，妈妈和我面对面坐着，碗碟都还没来得及清洗，就张罗着要听《子夜广场》的录音带。

妈妈说，她是在我昨天去许叔叔那儿后，才突然想起这些带子的。

从小我就常听妈妈抱怨，广播节目与报纸杂志等平面媒体的一个重要区别就是生命力短暂。而在欣然从业的90年代，各个台还都没上音频工作站，资料留存工作做得就更不好了，复制节目主要靠专业开盘带，不可能复制太多。所以除了有些因参评等特殊原因被各台作为资料留存下来的节目外，大多常规节目，无论你做的时候多用心、多努力，无论它们播出时多生动、多鲜活，大都是一边播出，一边就随风飘散、永远消逝的。

能留下《子夜广场》的带了，源于妈妈临退休那年，台里搞台庆，有位热心听众带来不少自己录制保存的节目播出带。妈妈发现那带子里有相当一部分是当年《子夜广场》的节目录音，就向那位听众借了来，挑出几期，复制到开盘带上保存了下来。昨天下午，她突然想起了这些带子，就又跑去台里，翻录了几期到卡带上，拿回来给我听。

在那些标注着播出时间的《子夜广场》节目带里，我找到了1997年10月26号的那一期，那是欣然在离开这个世界前所做的最后一期节目。我把卡带拿出来，放进录音机的带仓。

"这里是《子夜广场》，我是您的朋友欣然，欢迎各位听友继续和我们同行，继续我们今晚的旅程。现在是北京时间的零点十一分，让我们抓紧时间，请进我们今晚《子夜广场》的最后一位客人……"

估计那听众就是用普通录音机外录的，效果可实在不怎么样，有杂音、沙沙的背景声，还伴以忽高忽低的阵阵电流啸叫。然而，当欣然的声音响起，我却又突然觉得，那杂音，它是那么好，它让已逝的场景一下子重新又真实地回来了，让我感觉到自己此刻的心紧紧地跟随着当年欣然的声音，在静静地一起跳动。此刻，虽然是坐在清晨明媚的阳光里，但当那磁带里的声音传来，夜晚，无数隐约和丰盈的心思像花朵一般纷乱交错、蔓延绽放的夜晚，就这样在我的眼前黑漆漆地、铺天盖地地，轰然降临了——

"欣然，你好，我是晓露。"

"晓露你好，这么晚了，你还没睡吗？"

"是啊，欣然，这阵子心情不大好，就打热线，想和你聊聊。我最近在写一篇小说，卡在这儿半个多月了，一个字也写不下去，很难受，就觉得自己和笔下的人物一样走投无路……"

"真好啊，晓露，除了写诗，你又开始尝试写小说了吗？这个我不懂，只是我想，对创作来说，太顺利了是不是也不见得就是件好事？"

"是啊，你说得很对啊，欣然。可是，我这段时间里，简直、简直就是绝望。你也有这样的时候吗，欣然？对自己，对自己周围的人和事，感到那么深的失望，怀疑自己所做事情的意义。这些天，我总问自己，我这个人，每天费尽心力、自不量力地沉浸在文字的玄想和编织里，有什么意义吗？我编的故事永远也不会比生活本身更精彩，我的智力和见识也不见得就比周围的人高明……我想起很早以前曾读过的一首舒婷写给顾城的诗：你相信了你编写的童话，自己就变成了童话中幽蓝的花……"

"不要轻易否定自己，晓露。要做一个在整个城市都正酣睡的夜里，依然努力保持清醒的人，当然是非常非常艰难的。可我觉得，真正的清醒还是应该在心底里永远坚信，坚信偶尔的情绪低落只是人生的雨季，坚信它早晚会过去，是不是？相信我，晓露，你并不孤单。《子夜广场》的广大听友，还有我，都会陪着你一起努力的！说到诗，我可以给你读一首我自己非常喜欢的诗吗？"

"好啊，欣然，太好了，我最喜欢听你读诗了。我先挂了电话，我要安安静静地来听你读。"

"好的，晓露，晚安。"

"晚安，欣然。"

"《子夜广场》的各位听友，接下来，就让我们用这首诗来结束我们今晚的旅程，也让我们用这首诗，向那已然来临的新的一天致意！"

本来作为垫乐的钢琴声被缓缓推高了，紧接着，在高潮处被压混，大提琴那如人声一般低沉、温暖的旋律开始进入,并慢慢脱颖而出,渐渐柔软地漫溢开来。那满满的、紧紧的声音簇拥着我,也击打着我,击打着我的心……我知道,那是欣然在为自己即将开始的朗诵铺垫着音乐。

"我听过好几次了,阳阳,也找资料查过。欣然接下来读的是顾城的一首诗。顾城,同样也是一位自杀了的诗人是不是?她接下来读的这首诗的题目我记得,叫《安慰》。"

妈的话一下子把我从夜晚拉回到现实当中。愣愣地,我看见自己正和妈妈坐在一片狼藉的自家厨房。清晨的阳光已破窗而入,在我们的周围热闹地、肆意地游走,明晃晃、乱纷纷,让我只觉胸中憋闷,眼底灼热。

"哦,是的,妈,是的,《安慰》。"我喃喃地重复着妈妈的话,朝她点头。

可是,妈妈知道吗,此刻,我的心依然守候在夜晚。是的,夜晚,十几年前的那个秋天的夜晚。那是欣然生命中的最后一个夜晚。那个夜晚,二十六岁的欣然,不,辛莉莉,她孤零零地一个人坐在直播间里,面对着话筒,面对着这城市的夜里那么多她深爱着却从未谋面的陌生人,在用心朗读,朗读那首《安慰》:

青青的野葡萄
淡黄的小月亮
妈妈发愁了
怎么做果酱

我说:
别加糖
在早晨的篱笆上
有一枚甜甜的
红太阳

(原载《黄河文学》2013 年第 12 期,《小说选刊》2014 年第 1 期转载)

声 铺 地

> 祝福你爱星星的人们
> 你们生于泥土而又倦于泥土的气息
> ——李广田《给爱星的人们》

1

我还记得,自己第一次见到老田,是在 1996 年。

那年我十七岁,在一座海滨小城读高二,性格不温不火,成绩不好不坏。每天上课、下课,上自习、下自习,按部就班,有时连周末都概莫能外。安静地趴在书桌上,听老师照本宣科,背概念、做习题,努力地让自己认真听讲;不大发言,被班主任老师安排在角落里,并且,自己也清楚,那其实也是我在班主任心目中的位置。

可是和所有平淡无奇的孩子一样,无论如何,我们都不能被父母忽视。

我是独生子,中考时分数就有点玄,让父母虚惊了一场,难不成高考时还要继续打擦边球?"总得给你想想办法才好啊!"他们总是在饭桌上对着我叹气,如是感慨。

到底还是妈妈能想办法,她说要送我去学播音。"你的成绩,参加艺考还是有希望的,可音体美你都不靠谱,现学也晚了点儿。播音还是可以考虑去学的,首先,我儿子长得就蛮乖。你准备一篇课文,好好读读。这个周六,我领你去见老师。"

原来,妈妈在对我进行了一番综合评估后,下了决心,托了人,找了老师,最后一步才来做我的工作,给我打气。初听,我有点吃惊,觉得这几乎是和自己没任何联系的一件事,细想又能体会到妈妈的用心良苦。我们家不是本地人,从一个方言区搬迁到另一个方言区,从前的方言没了亲近的背景,新的又适应不成、学不来,在夹缝里鸡同鸭讲,试图和周围融合的后果之一就是,相比起周围的人来,普通话讲得稍好些。

然而我还是找不到感觉,脑子里只晃过电视上一些气宇轩昂或精灵活现的形象,很陶醉的样子。我就想,每天都绷着脸,端着情绪讲话,并以讲话为职业的人,一定也有他们的苦衷吧?可人总得过日子,得有个职业,就如同还在上中学的我也要早早考虑自己将来吃饭的手段一样。

我把这件事讲给我的同桌,他也有些吃惊。他和我说:"你有没有听说有种说法,这世界上的人,可分为三类:男人、女人、男主持人。"

我说:"不是男人、女人、女博士吗?"

那是在午后的一节英语课上,我们躲在一本立起在课桌上的教科书后面交头接耳。他被我认真的询问逗得差点笑出声来,只好慌乱地耸着肩,趴到自己交叉叠起的双臂上,努力压制住自己的笑声。过了好一会儿,他才向我趴过来,悄声说:"都一样的!也就是说,他们都是性别角色不明显的一类人。"

周六晚饭后,我和妈妈一起走进了那座大楼。

正是下班时间,我们被传达室的老大爷盘问了很久,还签了名,押了身份证,才让进去。然而敲了妈妈联系好的那位吴峰老师办公室的门,有好久都无人应,我们就循着光亮上到最高层。一间用红漆写有"正在播出"字样的门四敞着,一个中年男子正单臂拄在桌子上,托着下巴,投入地煲着电话粥。不过,他的耳朵却似乎有同时兼顾八路来风的本事,我们刚一踏进门口,他就迅速抬起头,把电话听筒放下,扭头问道:"找谁,你们?"他一张嘴,就把我震住了。那么随意、语序混乱的问话,怎么可能用那种声音讲出来呢?威严、厚重,甚至还能有抑扬顿挫。

那就是我第一次见到老田。如今想起来,在我的印象里,他具体的形象,包括体态五官,包括衣着特征,在我的记忆里已一片混沌,无法辨识,唯有他的声音,那句"找谁,你们?"安然穿越了漫长的十年光阴,还依然清晰如昨。

2

接下来,再次把我镇住的,自然是要辅导我学播音的吴峰老师。

第一眼,我只感觉他是个学生气很浓的人,应该不会比我大多少。他个子不高,长脸,戴副小眼镜。走起路来目标明确,向前弓着身子,探着头,一大步一大步的,而且仿佛步步都踩在弹簧上,使得身体有节奏地向上一蹿一蹿的。"我去年刚毕业,浙广,就是专门学播音的。"他一边用钥匙开他办公室的门,一边同我妈妈讲话。我就在后面站着,一声不吭,心里却在犯嘀咕:"专门学播音的,声音听起来也不过如此嘛。"

进了他的办公室,刚坐下来,我就应他要求,朗读自己事先准备好的课文。我有点紧张,思路无法集中。朗读的过程中,我听到了头顶日光灯镇流器嗡嗡嗡的声音,听到了他在我身后来来回回踱步的声音,以及我自己的、似乎有点陌生的、孤零零朗读的声音。那天,我开头时调儿起高了,后面渐渐就有些难以为继,越来越吃力,而且没读多久,偏偏唾沫又上来了,呛在喉咙里,也找不到机会咽下去,只能勉为其难地继续前行,心猿意马地挨着、挨着……我不时用眼角的余光去瞥他,心想,他怎么还不让我停下来啊?

那天,他的确没有让我停下来的意思,而是让我一股脑儿地念完,然后才一股脑儿地把他的看法一条一条地摆给我和妈妈:"发声位置、发音方法都有问题,调值还不准,去声也有拖音。你是个男孩子,气息怎么会这么浅呢?喉头又紧张,总这样播下去,嗓子就毁了。"他痛心疾首地数落着,数落着,突然猛地停下来,下定决心一般,对我们点了点头:"得想个办法,给你调一调。"

坐在椅子上的我和妈妈,目光都仰视着,追随着他的脚步。我们都被他的话震住了,都想看看他到底如何像调一台运行不良的机器一样,把我这个大活人也调一调。

"你练气吧,就从练声铺地开始。"他对我说。

"声铺地？"

"对，你试着叹口气，松开喉头，让气息下沉。打开两侧软肋，小腹与两肋产生对抗来控制住气息，寻找声音一层一层铺落到地面上去的感觉。"他伸出右手，手心向下平放在胸前，并缓缓地向下压去，压去，他开始了演示："床——前——明——月——光——"

这次，我终于能听出他声音的不同凡响了。并且，我也被点化般，迅速变得聪明起来，刚才的记忆在瞬间被激活。我急切地想表白自己对他用心良苦的认同，便说："对了，刚才那个老师就是这样讲话的，他用的就是声铺地。"

他皱起眉，困惑地看我，愣了一会儿才终于反应过来，知道我说的是我和妈妈刚才在导播间遇见的那个人。一直对我们客客气气、谦逊有礼的他，突然抬起下巴，把眉毛一高一低斜斜地扬了起来。他晃了晃头，不屑地用鼻子一笑，声音也陡然冰冷："你说的是老田吧？他不过就是个导播。另外，你还需要知道，声铺地可不是什么播音方法，那不过是一种感觉，能帮你找找正确的发声位置，练练气而已。"

3

那次见面以后，我开始正式跟吴峰老师学播音。他让我叫他表哥，说不想让同事知道他私下里收了学生。

吴表哥规定，我每周六、周日晚上去他办公室找他。他八点上节目，我七点半到，把课文念给他听，听他指点，然后和他一起去上节目，一直到十点钟节目结束，他回宿舍，我回家。吴表哥上的是一档与听众互动的娱乐节目，点歌、游戏、娱乐资讯、励志小品，两个小时，一勺都烩了。这节目一周七期，每晚如此，用他的话说，叫："很是熬人。"

有时，他很在状态，进直播间时唱着歌儿，甚至还要喔喔啊啊地吼上几吼，说是要打开嗓子。节目开始，他就人来疯，话不停，任热线的红灯不停闪烁也不肯接，信马由缰地继续说着或念着，很自得的样子。有时，他又很烦躁，热线那头儿有人在兴奋地说着，说着，可他这头儿，无精打采地应答着，机械地、违心地迎合着，干干地笑着。

"你一定也觉得我很无聊吧?"偶尔,他会在放音乐的间隙里瞥上我一眼,然后,阴阳怪气地向我发问。他就是如此忍受煎熬,如此喜怒无常,我的位置也因此毫无定规。有时,他让我坐在直播间里,接受他随时随地的耳提面命;有时,他又会在节目马上就要开始的时候对我说:"你今天去外面听吧。在直播间听和导播间听,感受是不同的,你体会一下。"

就是这样的。我那时学播音的情形,大致如此。

当然,每次和我们在一起的,除了吴表哥外,还有老田。

导播老田,四十来岁,身材挺拔,偏瘦,略微有些谢顶。他大多的时候都面对调音台趴着,或者,面对窗外夜色发呆。偶尔站起来,在屋子里来来回回地走,习惯性地低头,眼睛黯然无神,慢慢吞吞。他话不多,并且发语词大多是一声叹息,结尾则大多要长长地拖着音儿,越发显得他无与伦比的音质余音难了。

"咳,"他终于开口讲话了,"这个,吴峰,那个词明明念巷(hàng)道嘛。"

"什么,田老师,你说什么?"我暗自兴奋,枯坐了一晚上,他终于要打破寂寞了。就算听清了,我也要问问,权作搭个腔。

"咳,"他却又趴下来,"我什么也没说。"

重归寂寞。

从最初开始,老田就使我产生了浓厚的兴趣。在我眼中,他是个异类,是与众不同的。当然,我绝不仅仅是指他的声音。

隔着十年的漫漫光阴,我再次回头,重新去打量当年的老田。

首先,我想,当年他能带给我这种感觉,可能是因为他的着装。他的衣服是满大街最常见的款式和搭配,没有道理,却又因为约定俗成而全是道理。旧的,皱巴巴的,还有可疑的大大小小的污迹——这样的装束,穿在别人身上也就罢了,因为放眼四望,到处都是。可披挂在他身上,怎么会那么突兀呢?是因为他眉宇间卓然不群的神态?还是偶尔他叹气时,流泻出的自命不凡?总之,他和他自己的衣服很别扭,显得格格不入。

再有,就是他和他自己的身份也格格不入。我在他们交接班时,分别见过另外两个导播。一男一女,都和他年纪相仿,虽然话也不多,但他们的眼神和举止都散发出一种让你感觉到踏实、感觉到安定的气息。你会觉得他们很安心于自己的年龄和身份,感到他们就是个接接热线、放放录音的导播，而且仿佛生来就是如此，并会一直如此下去。

可这个老田，一定是哪儿不对头的。从第一次见到他，我就有这种感觉，后来的接触也不断加深、验证了我对他的第一印象。

4

没多久，我又发现了老田和他自己日子的格格不入。让我看出这一点的，是老田的儿子。

那天，吴表哥情绪不佳，他告诉我："今天出去听吧。"他边说，边无精打采地站了起来，透过大玻璃窗，望了一眼导播间，又突然笑了，笑得格外灿烂。他偏过头，表示是在和我说话，眼睛却粘在窗子上，无法离开。他的笑容越来越深，越来越投入。他喜形于色地对我说："老田的儿子又来了哎，呵呵，你过去吧，他儿子可有意思了。"

老田的儿子趴在桌子上写作业，老田趴在桌子上发呆，姿势和动作都整齐划一。见我进来，都一齐朝向我转头，反应却全然不同。老田悠悠地把头扭走，重归沉默，又当我是空气。他的儿子却眼神陡然一亮，还咧开了嘴，双手并举，似乎欲做欢呼状。结果倒好，他手里拿的笔却不小心掉了，骨碌骨碌滚到了桌子底下。他看都没看那支笔，兴奋点全在我身上。"你难道不用写作业？你和他们来学怎么说话，这有什么用啊？"他问我。无论是内容还是语气，都带着挑衅色彩，他实在不够友好。

我自然也无法友好，立马反唇相讥："没什么用你爸爸还干了一辈子？"

"谁告诉你我爸爸干了一辈子了？"他的脸紧张得一下子就红了。腾的一下，他站了起来。好家伙，原来，他的个头儿竟是和我差不多的！他瞪视着我，用背书的腔调对我发射起连环炮："我爸，田才富，男，四十岁，初中学历。二十一岁参加工作，市自来水公司维修工。三十八岁调入××建筑公司，仓库保管员。三十九岁调进广播电台，做导播，总是值没人喜欢值的晚班儿。我说得够清楚吗？"

"写、作、业。"老田就像没听见我们的唇枪舌剑。他一直趴在桌子底下，寻找被儿子扔掉的圆珠笔。这会儿，他站了起来，在儿子的身后用笔一下一下点在比他略矮的儿子的头上，一顿一顿地催促着。

"你干吗？"儿子一回手就夺过了笔，愤愤然坐下，还不解气，又回头继续泄愤，"说了多少次了，不许碰我的头，小心我告诉我妈，让你吃不了兜着走！"

说归说，他到底还是服从命令，坐了下来。但他也没有立即开始写作业，而是缩了头，向我抓挠起手指，压低声音说："嗨嗨，再聊啊。"

我倒有点不好意思了。看来这家伙就是个话痨而已，对我不见得有什么敌意，是我自己太神经过敏。我走过去，搭讪地翻弄他的书本，看着写有"初三三班，田野"的几何书，语气开始和缓："田野，你总来这儿写作业吗？我以前怎么没见过你？"他抬头，眼睛一眨也不眨地看着我："我妈是服装厂女工，当然需要时不时加加班。加班也好，赚钱多嘛；不过加不加班，也无所谓啊，她不加班也比我爸爸赚得多嘛；其实比不比我爸赚得多，也无所谓啊，她在我们家的独裁统治地位永远固不可摧嘛。"他突然刹住了话头，及时终结了自己的借题发挥。他再次坏笑着缩起头，向我抓挠起手指："嗨嗨，再聊，再聊啊。"

我离开桌子，回到门口的沙发上，坐下来。

我注意到，老田一直在看着我们，但一直也没说什么。他还在发呆，仿佛我们说的是别人的故事。那一刻，看着老田，我突然想：老田的日子，其实和他穿的衣服是一样的。虽然，这于他显得不合适，但既然不知为什么，也不知何时被套上了身，也就只好套着，只好不脱。可让人无法理解的是，既然这漫长的、和他卓然不群的气质不搭调的日子已这么久了，为什么他还是无法和解？为什么，他依然还会不断散发出令人不快的格格不入？

5

老田给我留下印象最深的一件事，是吴表哥找他吵架。那时，已接近我学播音的尾声了。

我已开始越来越多地为吴表哥的节目做些辅助工作。比如，帮他搜罗智力游戏的题目，帮他翻找适合做开场的小故事，帮他拆看听众来信，并按预约点歌、参与节目、谈心长聊等内容分门别类，依次放好，以备节目播出时适时推出。

那天，我看见了一封奇怪的信，信封上竟赫然写着：导播老田收。从涂抹了许多花花草草、花哨斑斓的信封正面，以及写在信封背面的参与上期节目回答问题环节的答案中，都不难判断，这应该是一封听众来信。

我还想到，每天节目结束，吴表哥都会说一句"吴峰代表节目监制××、导播老田，感谢您的收听"这类套话。想来，老田这个名字，也是有可能让一些节目老听众的耳朵生出茧子来的。可是，即便如此，也实在没什么必要给老田也写什么信吧？而且，我掂了掂，这信的分量还不轻，写得还不短。

我没拆，拿出来放在一旁，等吴表哥来。吴表哥来时，节目马上就要开始了。他红着脸、兴冲冲地一进办公室门就压着嗓子，亲近地和我寒暄。我于是知道，他又喝酒了。

我一直觉得，吴表哥的音质如果不借助话筒，简直不值一提，只在中音区还有些磁性。而且，若喝了酒，他就喜欢压着嗓子说话，显摆着自己声音的优势，再佐以鼻音的浓重、尖锐。且无论是否疑问句，结尾全是一水儿的升调，并刻意多停顿，多加些嗯嗯啊啊的语气词，黏黏糊糊地、波澜起伏地、风情万种地卖弄着嗓子。有一次，他喝了不少酒，一推开办公室门，就压着嗓子和我解释："我们主任三令五申上节目前不许喝酒，可我有时候是没办法啊，都是盛情难却的。"我由衷地点头附和。我能理解吴表哥。一则是觉得，他一周七天，天天无休；二则，我还觉得，有时候他喝了酒，若恰好适度，上节目的状态倒也别有洞天。

所以，每次无需看他那张红脸，一听见他进门时讲话的腔调，我就知道他是否喝酒了，以及他酒醉的程度。

"哼！这也不是第一次了，他又故伎重演了啊。我就知道，怎么保证也没用，早晚还得有这么一天，果不其然！"

他拿着那封写给老田的信，都没拆，只看了信封，脸上的表情就迅速从满面春风过渡到义愤填膺。他咬牙切齿地晃着头，一字一字地狠狠吐出那句话。末了，他又指指墙上的钟，走上前，拍拍我的肩膀："没事儿，没事儿啊，别往心里去。快点儿，快点儿啊，先上节目，等下了节目再算账。"

我忙低头，躲开他的一嘴酒气，并把桌子上的资料、磁带等物件往篮子里收。我心想，他可真搞笑，我能有什么事儿啊？我那会儿连到底是怎么回事儿还不知道呢。我干净利落地拾掇好篮子，提起来，尾随他出了门，上楼去上节目。

那天，吴表哥节目上得明显心不在焉。他不时地从座位上欠起身，透过玻璃窗，向导播间眺望。终于，利用播放歌曲的间隙，他对我说："你这会儿悄悄出去，看看老田又在捣什么鬼呢。"我不明就里地起身出去。

导播间的门依然四敞着，我没进去，就站在了门口，可依然看见了另外一个老田。

他在打电话，含着笑，全神贯注地倾听，不时点头附和着，胸有成竹的样子。突然，他的身体向后仰去，优雅地伸出手，抚了抚自己的前额，开始了讲话。我听不清他在讲什么，却能看见他的面部表情夸张、狰狞。我知道，那是他在尽心尽力讲话，吴表哥示范我播音的时候就是这样的。吴表哥曾如此向我演示，边播读，边解释："你看，看我的面部肌肉动作，口腔要充分打开，包括后槽牙。对，这样，就这样，只有这样，才可能让每个音都发得饱满、结实……"此刻，老田就是在这样讲话。他的脸微微泛红，表情陶醉、沉迷、瞬息万变。他不再是那个总是发呆的、和周围格格不入的，可以被自己儿子肆意指点的四十岁的中年男子了。他的眼神轻盈活泛，他的体态语言丰富多样。他前仰后合，他左右逢源，他那么投入、那么忘情，甚至于我就在门口那么近地站着，他都没发现。

老田，他在讲什么？他在和谁讲话呢？

6

"老田，你说，你好歹也四十多岁的人了，玩这个，觉得有意思吗？"

吴表哥一下节目，就径直去了导播间。他一边用他特有的、酒后的嗓音讲话，一边用那封写给老田的信拍打着正低头往柜子里摆放录播带的老田的后背。

老田回过头，想接过那封信看看。可信却被吴表哥攥得紧紧的，只在他面前虚晃了一下，就塞进了口袋。老田的目光可怜巴巴地尾随着那封信，在空中飘飘地画了一圈弧线，直至最终黯淡下来。他讨好地看着吴表哥，嘴里含含糊糊应着："又喝酒啦？别瞎说啊，这种信，有人愿意写，我也没办法啊。"

"我瞎说？老田，你心里比谁都清楚。听众给你写信，这是第一次吗？再说，刚才我表弟都看到了，你这阵儿是不是又开始偷着接听众热线了？我正好不愿意上晚班呢，要不，咱俩和领导申请申请，你上节目算了，啊？上次，咱俩可是说得好好的，我是说到做到了，和谁都没说你接热线的事儿，我就是想，你这么大年纪了，总得有点儿脸面吧。可你呢，老田，你怎么承诺自己诺言的？我真是想不明白，你说，你这个人，怎么就会上这股子瘾呢？"

我站在一旁看着他们。矮个子的、还没脱学生腔儿的吴表哥，在扬着脸训斥已人到中年的、高个子、哈着腰的老田。这也太不势均力敌了，那场面和言辞，都令我无法轻松。那天，老田几乎是一直在低头挨训，喏喏地应着，哈腰点头，任由吴表哥口无遮拦地引申、发挥。

"吴峰，你要知道，我不是一生下来就是这副样子的，我也年轻过，就和你现在一样。"

这是老田那天讲的唯一一句有点气节的话。尽管腔调和神情都是软弱的讨饶，但它还是有分量的。

吴表哥再次拿出那封信，晃了晃，又塞回口袋。他向老田摇摇头，叹口气："我们都考虑考虑吧，考虑一下这次该怎么处理。""吴峰吴峰，我保证，以后再也不接热线了啊。"老田边说边尾随我们出来，但吴表哥没有回头。

"我开始就觉得老田这个人的确不大像个导播。"一进办公室，我就对吴表哥说。

"他不是导播是什么？他一个建筑公司的工人，求爷爷告奶奶地到台里来干个导播，每天就是按节目播出表放放录播带，帮主持人把热线接进直播间里去，这还不是烧高香了？他还想兴什么风作什么浪？你也觉得他挺唬人的吧？我刚来时，也被他唬过，他还说他演过话剧，我都真信了。可其实啊，老田这个人，就是脑子有病，整天疯疯癫癫的。"

我不能接受吴表哥的说法，于是问他："表哥，你喜欢接热线吗？接热线有什么好？"

"刚开始干主持人，刚接热线的时候，我也觉得挺好。感觉被人尊重、信任，有时候自己都有种错觉，仿佛自己真的是人生导师，能帮人解决所有问题。可事实上，我自己还有一大堆问题不知找谁解决呢。再说，咱这种节目，咱这小地方，有什么能交流的、高素质的听众啊。老田这个人，竟然还上这种瘾，真没法儿让人理解。"

"要说通过电话谈心，解决问题，我觉得，老田年纪大，有一定的阅历，可能真的会对有些人有帮助呢，更何况他的声音……"

我的话没有讲完，因为我看见吴表哥的眉毛又一高一低地扬起来了，那是他对我表达不屑的惯用方式。他果然又开始给我洗脑了："我跟你说啊，你一定要记住这一点：一个人，最重要的是要安于自己的本分，要认真地、全心全意地对待。你可以有别的想法，但你要通过努力，光明正大地去实现，那种偷偷摸摸的、下三烂的做法，只会让别人更瞧不起你。"

他说的当然是对的，但我不爱听。我沉默下来，很快就收拾东西，告辞回家了。

7

我学播音这件事，结束得有些不大光彩。是我自己不喜欢去了，但又拿不出说服妈妈的理由，于是就有一场拉锯战。

"我今天又给吴峰打过电话了，他说你还是有进步的。"那段时间里，妈妈总和我念叨这样的话。有时候，我都怀疑她其实根本就没打电话，不过是想起个头儿，试图引发我主动和她来谈谈学播音这件事。

我知道自己的小伎俩瞒不过洞察一切的妈妈，可我更知道，妈妈也管不住表面温顺、骨子里其实很有主见的我。这是妈妈对我的评价。对自己的儿子，她的确了如指掌。

我渐渐地不再到电台去了，妈妈也渐渐地不再做无谓的努力。尤其是，后来，我又适时"遭遇"了高校的扩招。

高考结束的那个暑假，我天天泡在我的同桌家。我们腻在一起，漫无边际地瞎扯、闲聊。我们总得做点儿什么吧，因为，面对着正慢慢走向我们的莫测的命运，我们的心底都有隐隐的惶恐和不安。

同桌曾学过一段时间的小提琴。有一次，实在无聊，他就说要拉一段曲子给我听。然而，刚起了个头儿，他就停下来了。

"没劲！"他一偏肩膀，让提琴顺势溜了下来，拖着琴倚在墙角，懒洋洋地歪着脖子，依旧保持着拉琴时的姿态，喃喃地对我说："我真庆幸，我爸最终没逼我搞这个，这种东西太令人失望。你会在一首曲子里成为一个君王，或一尊自由得能生出翅膀的神灵。可是，一曲终了，什么都没有了，或者说，还不如什么都没有。你还会由此看清了自己的卑微和无能，甚至于偶尔的无耻和无望……"

我也很有感触，就和他讲起自己学播音时的情形。我说，有一次，吴表哥为我示范朗诵《卖火柴的小女孩》。他的神情很悲凉，声音略尖锐，有泣声、投入、动情。他无比深情地犯着口误："卖——女孩的，小——火柴……"

我们都笑了。是的，这不仅滑稽，还会令人意识到被骗，意识到恶心。我们都憎恨这一切，这有着美丽、诱人外表，却又盗窃和戏弄人情感的一切的虚空。"艺术！"我们都恨恨地、言辞激烈地抨击它，并为这抨击激动。因为，在心里我们都觉得，能抨击共识，就意味着我们自己的远见卓识。

"你们这一代孩子将是让人瞧不起的一代人，你们没有理想情结。"我同桌的爸爸是我们那座小城里一个文化部门的领导。他每次见到我们在一起，都喜欢如此教训我们。

"我爸爸年轻的时候写广播稿，号召大家多快好省，大干多干，写得又多又快。后来，写着写着，就从公社广播站写到了地级市文化局，从通讯员写到了副局长。这种故事，也只能发生在他们那一代人身上。"我同桌不止一次地同我说他不喜欢他爸："因为他明明是和你说话，你却总会感觉到他跟你的心隔得很远，仿佛是在面对集体发言。比如说，他面对我一个人的时候，也习惯上称呼我为'你们这一代人'。"说起自己的爸爸，我的同桌总是牢骚满腹。

可是，显而易见，他的爸爸却还是喜欢和我们这一代人聊聊天的。或者说，他喜欢在和我们这一代人聊天的时候，显示显示他还有他们那一代人的高明。

"你在电台学过一阵播音？不错啊。那儿我熟，常去。对了，有个叫田才富的你认识吗？你们这一代需要学的东西很多，比如，这个田才富身上就有许多东西，值得你们好好学学！"

8

同桌的爸爸挺着他的大肚子，趴在他的大书柜里，鼓捣了好半天，才气喘吁吁地找出一张老照片，拿来给我们看。于是，我看到了老田，以及他们那一代人的年轻时代。

三个清瘦的男青年，都穿着笨重的棉衣棉裤，都微微侧着脸，目光都向左上角集结。他们的神情都凝重、庄严，都小心地压制着心底的欢欣鼓舞。按照个头儿，他们降序排列，齐刷刷地站在正午的阳光下。"火热的青春"，一行字写在一侧。龙飞凤舞的字体，和字的内容一样激情洋溢。

"这是田才富，这是刘祥瑞，这是我。"被曾经的火热的青春感召，同桌的爸爸显得精气神儿十足。他激动得声音都有些变调，高八度、慢半拍地说："那一年，我们的活报剧获得了全区文艺汇演一等奖。那是我们第一次搞，也是唯一的一次。前后有一个多月的时间，我们到处去汇报演出，演了十几场。田才富是男主角，他的表演一点儿也不亚于专业演员。他的嗓音，那简直就是王子的声音……"

"就一次，他就不能自拔了吗？他现在过得可并不好吧？"我冷冰冰地打断了他的回忆。

"你们这一代人太功利。一个人过得好不好，只有他自己知道。刘祥瑞就喜欢这样和我说，说田才富让爱好给毁了，说他不够聪明，进去了，出不来，以至于过自己真实的日子都无法全心全意。我倒不这么看，无论田才富今后怎样，在我眼里，他始终都是个值得尊重的人。他从建筑公司调到广播电台就是我帮的忙，不为别的，就因为他和我谈起从前、谈起戏剧时，心中还能充满热情，还有憧憬……"

我沉默，没有再说什么。我只是看着照片上的老田，有些发呆。

曾经的青春岁月，曾经的璀璨的虚空，于一些人，是光阴流转，是彼岸烟火；而于另一些人，却是一生一世，是永志无法割舍。

"我也年轻过，就和你现在一样。"在后来的日子里，老田对吴表哥讲的这句话，总会在我的脑海里闪现。比如当我的生命里出现变迁：升学、就业、恋爱……比如当我能意识到自己的成长：先是怯生生地、装模作样地、用自以为成年人的风格来讲话和做事，到渐渐地，这风格略略变化，就成了我的做派。年轻是什么？它会伴我们多久？它后来去了哪里？

我如今毕业快十年了，离开家，漂在北京，家以及家乡的人和事，看起来都和我海阻山隔的。可在心里，我很清楚，它们其实从来就没有走远。它们总会时不时地以各种面目出现，给我带来许多我想不明白的问题的答案。

2006年国庆节，我回家度假，遇见了老田，见到了他故事的进一步发展。当然，我遇见的，依旧是他的声音。

那时，我正在阳台上眺望万家灯火。家里开着收音机，一个熟悉的声音在我的身后响起。我几乎不敢相信自己的耳朵，惊喜地张大嘴巴，瞪着眼睛去寻找正在拖地板的妈妈。

妈妈很奇怪我会惊讶。她说："怎么了？你不记得他了？这个人我们见过的呀。那一年，我第一次领你去电台学播音，遇见的第一个人就是他啊。他的这个节目，这几年可是很火。"

"节目叫什么名字？"

"《老田说事儿》啊。"妈妈笑着说。

我也笑了，很由衷、很夸张地向后仰着头。说真的，那一刻，我其实真想笑出声儿来。

（原载《作家》2007年第11期，《小说选刊》2007年第12期转载）

怨　　偶

　　从前，有这么一个人，二十啷当岁时和你相遇。那时他深陷人群里，一穷二白，三心二意，没风度，没气度。但他吹了一通牛，或讲了个故事，甚至仅三言两语，极偶然地就被你发现了他的温度——或许当初你不过是略感寒冷，想烤烤手，不想那手就被他铐住了。

　　现在，一晃五年过去，这个人就变了。所谓的风度、气度，原来很多时候仰仗的是外包装。而内里之物，最上眼的，不过是体积——比如腰包鼓，比如肚腩肥。从青涩干瘪到体健貌端，你眼见他翻跟头、打把势、鼻青脸肿若干回……可世事万象，莫非原本如此？限制、自由，向来相依而生。如今，他眼神因有了事业目标而笃定坚毅；心，却因生活乏味，开始了心猿意马……

　　阳光明媚的周末清晨，小米早早醒来，却懒得起，只倚床斜坐。昨晚刚大吵过，今晨不过是冷战开头，她却已觉出倦怠、怨尤、毫无斗志、万念俱灰……

　　若眼前有镜子，小米或许会检点自己的形貌妆容，可惜没有。最可惜的是，小米还不知道，其实一直以来都有面镜子，端端方方，藏在她丈夫柴东东的心里。

　　此刻，客厅沙发上，东东也醒了，也不起。眼都不必睁，他便可清楚看到自己的妻——裹着旧衬衣，蓬着铜红的卷发，蜡黄干枯地呆着一张脸，眉头紧锁，眼神涣散；谢天谢地，她那巧嘴倒还闭着，若一张，这房子没一会儿就要被她塞满了。天晓得她哪来的那么多无聊闲话、歪理邪说——在家穿破衣烂衫自诩懂节俭，出门猛捯饬倒成了肯替他长脸；吃饭挑肥拣瘦扬言控制体形，穿衣不顾实际倒好意思吹嘘张扬个性；鸡毛蒜皮随时上纲上线，装疯卖傻屡屡想化干戈为玉帛……想想自己，真真可怜。当初少不更事，初出茅庐，正春风得意马蹄疾，便一脚踏到她的陷阱里。他还壮志未酬，他曾信奉匈奴不灭，何以家为啊，哪承想，一路敲锣打鼓，竟把个匈奴迎娶回自己家里，丢了大有可为的广阔天地，关进这不足八十平方米的牢狱，岁岁年年，只与之拌嘴、磨牙、摆阵斗法。

  依惯例，这是不会有早饭的清晨。可饿一顿有什么了不起？更何况，想吃饭，谁找不到地方？

  小米起床后，摔摔打打草草洗漱离家。东东则以不变应万变，最后万变不离其宗——一边奇怪着小米这回战略转移前怎么没河东狮吼，一边稀里哗啦打了好几个朋友的电话，约定好了聚会时间地点。

  小米是回娘家，她娘家住得近。

  当初结婚买房，婆家、娘家，谁资助多谁参与意见多。如此居住，只因小米娘家有实力，出钱出了大头儿，也挑明意思希望就近。可这个早晨，小米却恨死了这近，她倒希望自己踏上的是一条永无尽头的路，希望自己可以不为人知、不被人扰地独自穿越全城！不过，公交车不过才两站的路，她再怎么磨磨蹭蹭地走着路，也还是要到了。

  这一路，她无数次止步不前，无数次琢磨另寻他处。她可不是没朋友的人啊！她在这城里出生、长大，大学毕业后进晚报社做记者，一天到晚满城跑，四处结交朋友，频繁增续情谊。若不是现在这状况，打死她，她也不会承认自己会是个可怜的、孤苦伶仃的人——那些平日她觉得比自己强的人，她不想送上门去自损形象；比自己弱的呢，她又怀疑人家能提供帮助的导向、质量。发小闺密、同志死党自然也有，最亲近的两个，一个为当年同窗，一个为现今同事。不幸，前几次吵架她都去找过了。一个讲效率，伸出一只手拉住小米，听其哭诉衷肠的热乎劲儿还没凉透，另一只手就弯成圆弧状，把她的衷肠做了延时全程直播；另一个呢，有否二传，小米到现在也搞不清。刚开始，她直言一定保密，对方答应了；又说，对方发誓了；还想再说，却怕对方烦，但其实，最烦的是她自己。自那以后，她发现自己已有心理障碍，再无法与对方及同对方周围群体有涉的任何人畅所欲言了……言而总之，病急乱投此类朋友医的后果是丢掉了朋友，这做法没智商，更没情商。小米早在心中发了毒咒，不可再重蹈覆辙！

当然，还有一条需特别说明：以上各类，均为同性。

这个时候去找异性朋友，那还不等于饮鸩止渴、自取灭亡？我们的小米，她有文化、有修养，自小在大学校园长大，家境殷实、家教优良，对此原则知其然且知其所以然。此类朋友虽也不少，且质量、层次、亲密程度也"色彩纷呈"，可那是雷池，小米是绝不会越过半步的。不要说越，就是冒出一丝丝念头，那都是罪过！都不可饶恕！

于是，就只能再回娘家了。

未及进门，小米先听到教育工作者妈妈在教育教育部门领导爸爸。"袜子乱扔，床底下、书桌旁，哪儿都可能拎出一只；东西用完，总不记得放回去；取东西，抽屉、柜子只要拉开，就不可能再关上，必定要底儿朝天。里里外外，乱成一团……"止步侧耳，小米听出妈的控诉正进行到传统的"老三篇"环节，这顿时勾起了她对东东的新仇旧恨，恨自己可没本事在自己的家中如妈妈这般气壮山河。不过，恨归恨，小米也深知此环节乃父母战事持续有时的标志，知道自己可直接掏钥匙进门。

果然不出她所料，正如她年少时无数次亲眼所见的，只要客人到场，家庭内战无论进行得如何如火如荼，交战双方都会立马休战，一致对外。门一开，小米就明显地感觉到，围绕在自己周围的气场、色彩、温度都变了。战场迅速转换成父慈母贤、祥和温暖的情场——妈的热情、啰唆、细碎；爸的关切、克制、宽容，呼呼啦啦密密麻麻全朝她扑过来，又热又腻，让她觉得憋闷。她只勉强敷衍几句，便逃去了自己出阁前的闺房。

然后，在她的等待中，妈尾随而至——脚步轻轻的，表情喜滋滋的，俯下身子，伸出手。妈一边热热地摩挲小米的后背，一边神秘地将那句问话轻轻悄悄只话于她知："小米，有啦？"

"哇……"小米哭喊起来，把她妈吓得呼一下缩回头去，待情绪稳定，却是再怎么责问、呵斥、软硬兼施都不见效了。小米只是大哭，恣意地、煽情地、努力放出高音地大哭——想想自己真真可怜啊，这世上，她周围到处都是人，怎么她还是如此孤苦无告？包括她的妈——妈只打她自己的算盘——小米结婚五年没孩子，妈天天念叨。现在，女儿最伤心绝望的时候，妈怎么竟能想到那儿去了？

越想越难过，小米的哭声越来越大，凭妈怎么问都不理，只努力痛哭。不错，她现在懂了，回娘家，不就只有可恣意发泄情绪，不怕现场丢人、事后二传这一项好处吗？那么，既然回来了，且让自己先把这唯一的好处享受个够吧！

东东在高歌。

东东天生一副好嗓子，初中后便因此备受瞩目。前后男女友，包括妻子小米，都曾被他的歌喉打动。身份从学生到了外贸公司的业务员、业务经理，东东一路高歌，赢取奖项、友情、芳心以及领导和客户对自己的刮目相看无数——他不高歌，何人高歌？

可现实生活是对这感觉最有力的消磨，其中最典型的便是家庭生活。这个早晨，东东再次看到在琐碎、庸俗的家庭生活中，自己呈现出来的连自己都嫌恶的嘴脸：瞪着眼、撇着嘴、觍着脸……现在好了，他不过捏着手机，伸几下手指，便彻底摆脱掉了那片恼人的污浊，让三五知己相聚，让自己吐气扬眉，让那已逝的旧梦，在这昏黑的、烟雾迷离的练歌房里浓缩着重来——此时不高歌，他何时高歌？

《暗香》《花祭》《死了都要爱》《向天再借五百年》……有他自己点的，有别人替他点的，还有别人给别人点的，他都开口高歌。先前，和小米吵架后，东东出来打过牌，洗过脚，水库烧烤，健身中心慢跑，甚至还有一次和几个朋友开一辆切诺基进山，在密林中布了张大网捕鸟……当然，这一切种种，他并不都感兴趣，可他是聪明人，玩什么，没一会儿就会看出门道，玩出水平，很快浑然忘我、兴致勃勃——他清楚这兴致并非全来自游戏本身，更重要的还有，沉浸在游戏中，他能感知到自己对自己的喜爱：他是多活跃、多合群、多广受欢迎的人啊！同学、校友、同事、客户……他的朋友多且杂，只因他魅力大。在这城里，只要他曾有缘遇上，甚至仅是擦肩，若有机会再遇，便会不约而同地彼此都指认对方为老友。然后，老友的新交故知，也会很快被合并同类项。

"你们男人真可怜，没有真正的、可以分享内心的朋友。"

结婚前，小米曾被东东带进他的朋友圈参与吃喝玩乐。那时小米还紧张，还华服美衣、拿腔捏调地陪他前往，可几次过后，小米便嗤之以鼻了，甚至于,她还如此为他和他的朋友们定性。

然而,内心,是可以分享的吗?

婚后,尤其是经历了婚后的争吵后,东东越来越多地听小米说起她对自己朋友的抱怨、失望。有好几次,东东都想起小米当年的那句评价,都曾按捺不住想旧话重提来刺激她。

可是没有,他如今已懂得沉默的必要。

因为他记得,他永远都记得,读书时那个让他在心里思念得抓心挠肝、寝食难安的女孩儿;那个让他曾狗一般忠诚、猫一般温柔地去对待的女孩儿;那个让他常恨自己不能吟诗作赋,不能撰词谱曲,恨自己的过去太平淡、现在太平常、将来似乎也只会太平凡的女孩儿……他倒是曾把自己从未完全与父母亲朋分享过的、红红的一颗心,整个儿全扒给她看了,可又怎样?又怎样?"小市民!""穷毛病!""臭讲究!""没家教!""你怎么可以这样对我?你忘了当初你都跟我说过什么啦?你说过!你说过!"他的内心,只因曾被分享,便成了他在这女孩儿这里最易致命的死穴!只因曾被分享,他便被这女孩儿玩弄于股掌之间,时不时地要被她稳稳地、狠狠地役使、嘲弄、伤害!

千幸万幸,他还有朋友。那些在她眼中不是真正朋友的朋友,可以在他撤离她的战场后,问问他们在干吗,然后,出来,跟他们一起干点什么。

今天太早了,天气也不好,他找的几个朋友都还没主意,他便替他们拿了主意,出来纵情高歌。这个上午,在朋友中间,他再次成了麦霸,唱了大家点的差不多所有的歌,直唱得神清气爽,满面红光,喉咙干了,肚子也叫了。

可就在他刚想提议大家一起出去吃点什么的时候,手机响了,是丈母娘家的电话。他的笑容瞬间消失,呼的一下站起身,掉头就朝外跑,朝安静的地方跑。

让东东没想到的是,话筒中传出来的丈母娘的声音甜得近乎发嗲,似乎,丈母娘的情绪好极了?"东东啊,你和小米在一起吗?我和你爸又在包饺子呢,你工作的事情忙完了没啊?忙完赶紧和小米一起回来吃吧!"

去哪儿呢?车开出好远,坐在车上的小米都没主意。她昏沉沉的,浑身没劲儿,现在最需要的是休息、是抚慰,可在妈那儿非但没得到,反而更烦，只想逃。她逃出门，偏巧看见有辆公交车在靠站，便跑过来，赶上了。

车上人不多，很幸运，她还找到个临窗的座位，只是没坐一会儿，便跳起来——人这么少，不会是辆快到终点的车吧？还好，她看到了车厢里标着的行程，知道这是辆去城郊的车，便放心坐回去。但车没驶出几站，她又紧张起来——难道，要去城郊？那儿毕竟不熟，会不会不安全？脑海中迅速闪现出几帧来自新闻及影视剧中的恐怖画面，让她很快打消了这念头。但是，马上就下车吗？在哪儿下？她偏脸看了眼车窗，没看清外面，倒看到了自己——眼睛红得简直像两个烂桃子，油亮肿胀的，仿佛随时都会溢出水来……天，就这副样子，在城里转，万一遇到熟人，如何是好？

那么，去哪儿？怎么办？叹口气，小米越发觉得没力气，恨不能眼前就有张床，可以马上躺下歇歇……一个念头突然冒出来：干脆，去酒店开间房吧！交上一天的钱，一直可以待到明天中午！一个人，没人打扰地休息一下，从容地面对自己，多好！对他们也有好处的，让他们找不到我，意识到我的重要，知道不该这么对我！这念头让小米兴奋起来。

可一涉及具体实施，她又发现这其实也不是件简单的事。在行驶的车上，她急切地抻着脖子东张西望，心灰得几乎要放弃这念头。那些门脸豪华的酒店太贵了，哪值呢？可看上去便宜的，会不会不安全？或不卫生？

但车不会等她啊，车一直朝前开，越开越快，窗外建筑物越来越少，她的时间不多了……车窗外突然晃过一个蓝黄相间的牌子，让她的眼睛一亮——前几年做经济版时，她曾跑了不少采访，做过一期有关价格低廉、管理规范的经济型连锁酒店正在遍地开花的报道。她真笨，怎么没想到？精神为之一振，她很快采取行动——站起身，径直跑去车门，车一停第一个就冲下去；先找路牌，搞清自己所处方位；再掏手机，搜索此地的知名连锁酒店；然后，按图索骥，佐以向路人打听，到底来到一家酒店门前。

"不好意思，没空房了……"

面对酒店服务员内容丰富的眼神，小米有些尴尬。她想到了自己烂桃儿一样的眼睛，但与此同时，她更看清了自己已无力再折腾的处境。

发挥自己在工作中无数次遭遇过的、被陌生的采访对象拒绝的经验，小米仰起脸，努力屏蔽掉所有可能让她产生无谓联想的信息，笔直地把自己的视线硬生生落到那服务员架着眼镜的塌鼻梁上去，稍做停顿，又俯下身，音量不高不低、语气不卑不亢地请他再想想办法。

"十二点后会有退房的,如果你可以等的话……"小米欣喜地发现,自己的职业素养再次帮了忙,那服务员竟显出气弱。眼镜男服务员避开小米咄咄的逼视,低头给出了建议。

"女人,天生就是政治家。"——对钱钟书先生此番高见,东东深以为然。并且,因有过和远近亲疏各类女人打交道的经历,他对此还有所创见:女人政治家的风范,还会因年龄不同显现差异。年轻时,虚虚实实、以进为退等手腕,她们虽也耍,却都小心谨慎,努力使之不跃上台面,倘偶有不慎,也要赶紧缀上些诸如情感、理念等花头欲盖弥彰;及至年长,手段越发娴熟不说,加上一路攻城略地,屡有斩获,气焰一足,此类神功便可化为手上一张王牌,时不时总不免要亮一亮,尤其是遇上小辈,还会妄图以此圈点你、震慑你、警告你。

每每与小米争吵,对东东,便意味着将忍受这两类女人的政治攻讦。

而这次更复杂,直到后来坐到丈母娘家的沙发上,听忙活着包饺子的丈人、丈母娘你一言我一语地说了好半天,东东对此次的战争形势依然还是一头雾水。

目前为止,仅有两点,东东已确定,却没想明白。

第一,小米今早回过娘家,但没汇报吵架的事。还替他圆场,说他在单位加班——为什么?难道她也讨厌她妈对自己小家的圈点、震慑和警告吗?如某次吵架和好后她同他抱怨的那样?

第二,小米怀孕了——什么时候的事?为什么没告诉他?如此看来,昨晚关于该轮到谁洗碗的争执,他东东是罪孽深重了?可小米也没说啊,她那种肚子里装不住事的人,这么大的事怎么会不说?她不喜欢孩子吗?可他们俩不是一直都在积极配合医生治疗不孕不育吗?

"现在天黑得早,得赶紧找!"东东站起身,去取衣架上的外衣,却突然发现厨房里的丈母娘把擀面杖一丢,朝他瞪过来的眼睛越来越大越来越大,渐渐变得像刀子一般锋利逼人、寒光凛凛……他有些慌,却还在努力斟词酌句:"妈,小米,的确是……星期天手机开得晚,可现在都两点多了……"

他说不下去了,因为丈母娘走过来了。像一个指挥淡定的女将军一样,丈母娘挺胸抬头,双脚站立与肩同宽,远远地、长长地向他伸出沾满干面的手，指点着沙发："你坐下，东东，不许瞒我，你说说是不是又和小米吵架了？"

小米醒来，有些发蒙——灰白的天花板，贴着暗黄壁纸的墙，窗外阴沉沉看上去随时会下雪的天……这是个逼仄窄小的房间，生活必需品倒是一应俱全，却因过于整洁有序，显得冰冷生硬，让她有压迫感。

刚一动，她便意识到自己原来是趴在床上睡的。就那么累吗？怎么可以这么睡？趴着会压迫胸腔、眼球，最可怕是容易生出面部皱纹，加速衰老……她赶紧翻身，哦，还穿着鞋？甚至，外裤都穿着？褥子、被，都那么白，白得刺眼，她怎么忍心就这么上来睡？她从没这样过，还常教育丈夫——"生活习惯来自于一点一滴的细节，你不要说自己无意，它其实反映了你骨子里对别人劳动的不尊重！原因来自于你不做家务；不做，就没体会，就不可能把家和家人放在心上……"

带着深切的自责，不顾自己腿脚发麻，小米跳下床，认认真真地把鞋脱下、摆正，外裤扯平、挂好，在屋子里踱步一周，无所事事，到底重回床上，蜷缩进了被窝。

打开电视，有个频道正播电视剧，是她喜欢的，一直在追着看，可现在只看了一会儿，就觉出无聊，折腾了会儿遥控器，到底关了。面对墙壁，她开始反思自己——小家庭里，被溺爱的童年；大社会前，观望着的迷茫少年。在书本和影视剧里追逐浪漫理想的爱情细节，到现实生活中，伸出手抓住那所谓最稳妥、最现实的小日子。

是的，小日子，可那是男人们喜欢的吗？尤其是当他们一天比一天更志得意满的时候——那个经母亲替自己判定为热爱生活的男人东东，婚后对支撑小日子的柴米油盐、浆洗洒扫，是从不染指的。他不过是在偶尔兴致上来后，才猎奇般地步入厨房，连块豆腐都要水里汆过、油里煎过，方可正式开炒。大多数时候，东东是以自己偶尔为之的体认来比照、评论小米的日常行为——细论食物的卖相、滋味、营养，漫评她对食物贫乏的想象能力、拙劣的鉴别能力和力不从心的加工能力……

她抱怨，和他吵，可有什么用？他不屑，连她自己的朋友、母亲都不屑。

"你就没缺点吗？"——他满肚子委屈，反问。

"自讨苦吃！婚前才该睁大眼，已婚了，半睁半闭吧。"——她的朋友劝，意思是，你本已低至尘埃，却还没心没肺自觉花开正好。

"男人和女人的对决，女人想赢，只能拜托时间。你看周围不都是如此：婚前男追女，婚后女追男。不过你别急，你且等他老，他一老，没权没地位，就得倒过头来巴结你……"——她母亲给她打气，打苍凉的、令她只觉人生无望的气。

丈夫守着她、巴结她，和自己眼花齿黄、年老色衰，此二者孰轻孰重？对她，是煎熬。她的一生中有许多这样的煎熬，患得患失，一会儿一个主意。就好像现在，在窗外渐深的夜色里，她也在忍受煎熬，在做思想斗争——自己真的要在这儿过夜？

"你们家，你爸你妈，吵架吗？"东东记得，一次大吵过后，小米曾如此问他。

"才不，谁像你们家！"他记得自己当时还笑她，是因想起她曾给他讲过的自己小时候经历的父母争吵——妈妈哇啦哇啦发泄够了，拉小米跑去个小屋子里。爸突然一言不发地闷头过来撞门，一下、一下，后来，那门竟连着门框一起掉下来了，妈于是站起来了，小米怎么拉都拉不住，吓得只能哇哇大哭……

当然，那不过是小米讲的，丈人丈母娘真正的对吵，东东从未亲眼见过。他曾见过的不过是：丈母娘在激烈控诉，丈人沉着脸，一言不发；或本来好好的，老丈人突然晴天霹雳一声吼，全家人顿时齐刷刷全变哑巴。

"你爸妈这样也好，各发各的火，没交集。"他曾对小米说。可小米摇头："你不懂，他们现在不过是习惯了彼此，包括争吵。我总觉得，他们是真正的冤家，彼此在乎、惦记、不满、抱怨、争吵，可越吵越近。两个人，只要一个没在，另一个跟没魂儿似的什么也干不了。要是赶上他们吵，你千万别去掺和，因为不管你说哪个不好，另一个不是当时跟你急，就是要过后记恨你！"

这倒是，他有过乱帮腔却碰了一鼻子灰的经历。后来，他曾将之作为趣闻，讲给自己的母亲。不想，他的母亲一点都不识其中趣，相反，他母亲的表情竟颇为愁苦。"原本不同的两个人，要一起日日相对过日子，哪有舌头不碰牙的呢？"他的母亲感慨。

"难道，你和我爸也吵过？"他不敢相信。

可他忘了，他自己的家里同样也出产政治家。她的母亲，他们家资深的、风格淡定从容的政治家，已敏感地捕捉到了兵临城下的威胁："有那样的父母，小米不会也脾气不好吧？你们吵过架没？我提醒你啊，东东，我和你爸，同你和小米都是一样的，没人包办我们的婚姻，是我们自己选的。这世上不可能有完美的人，对方如此，你也如此。两个人过一辈子，一定都是磕磕绊绊的，可正是因为一同经历了那么多的磕磕绊绊，才会彼此分不开……"

"人生像条大河，可能风景清丽，更可能惊涛骇浪。你需要的伴侣，最好是那能够和你并肩立在船头，浅酌低唱两岸风光，同时也能在惊涛骇浪中紧紧握住你的手不放的人。换句话说，最好，她本身不是你必须去应付的惊涛骇浪。"——这是小米推荐给他看的一本畅销书中的一段话。小米曾试图同他讨论，发生在他们生活中的争吵，算不算"惊涛骇浪"？却被他耻笑，笑她高估自己。

可他自己呢？他是不是太低估了自己的妻子呢？好不容易逃离了丈人家，在大街上漫无目的到处乱跑的东东，一直在不停地如此责问自己——他真浑！他跟已怀孕的妻子争执该谁洗碗；她离开家时，他装睡，理都不理。而且，这已经不是他第一次如此了……

他记得她曾向他检讨，说自己被父母宠坏了，不能好好考虑他的感受；她曾承认他说得对，她有自己的事业、朋友圈子，不该太不给他空间，对他过于一惊一乍……关于他、他们的家，她总是说，说过很多很多。他却很不屑，讽刺她只说得好听，事都临头又不是自己了。可是，她毕竟还说啊，说就是努力，是让他了解她、懂她。可他呢，他从什么时候开始不再像恋爱时一样和她谈心了呢？她一定觉得他变了，已无从把握，对他失望了吧？她恨他吗？这一次，她就是打算做极端的事，来报复他吗？

他的手机响了，竟是她打来的。她真好，她还愿意和他说话，在电话里。

妈妈告诉过小米，她从小就是活泼好动的孩子，和谁都玩得好，谁领都跟着走。只有一条，天黑了可不行。天一黑，小米一定得张罗回家。唯一的一次是和姨妈家的姐姐玩疯了，要跟人回去，也跟大人讲好晚上不回家。可晚上，姨妈一开始收拾床铺，她就像面临灭顶之灾一般，抹开了眼泪，谁哄都不行，只一遍遍念叨"后悔了，后悔了"。

长大后也是。"女孩子家,哪能随随便便在外面住呢?"小时妈口里常讲的话,长大后她常讲给别人,为自己的行为解释。读大学,她走读,很多同学寒暑假都大串联一般天南海北各个同学家到处跑,她也羡慕,可想想还要在外面过夜,到底算了。谈恋爱后更是。有一年东东公司开年会,业绩优异的员工奖励去新马泰,东东邀她同行,她真想去啊,可一想,来来去去得多少个晚上?妈要多担心?煎熬了一阵儿,不顾东东取笑,最终她还是放弃了。

可那都还是可以告知父母,征求他们意见的啊。现在,她三十多了,不仅是父母的女儿,还是别人的妻子,难道她要在外面过夜?不让自己的亲人知道,让他们担心,自己却在外面过夜?

她一直在习惯中过日子。她不是没反思过哪些习惯好,哪些不好,但辨别哪些习惯是特立独行的,哪些是属于大多数人的,对她来说却相对简单。虽然大多数人遵循的也并不见得就一定好,可至少简单、安全、不至于贻笑大方吧?

作为她小米,一个有知识有情怀有理性有爱心的小米,怎么可以因为一时冲动而忤逆习惯?

这个下午,小米泪流满面地决定再次向习惯投降。并且,在做出决定的那一刻,她感觉到了周身轻松。这轻松在给丈夫打过电话后得到进一步强化,紧接着,她的思路也在这强化中再次活跃起来——从开了标间到现在要离开,前后在这儿待了不过四个小时,她怎么可以付全款?!

总台依旧是那眼镜男值班,他回绝小米,说酒店虽开展钟点房业务,可你入住时没提出。小米不接受这说法,坚持说自己无意当住酒店专家,只想按实际消费付费。最终,眼镜男请出值班经理,经理虽让小米付了全款,可送了她一张免费房卡。

我不是弱者,从来就不是!我有能力直面、解决自己遇到的问题!一直是这样的!——带着强者的微笑撤离那酒店,小米一刻都没停地在心里默默对自己如是说。

可她那强者的嘴脸在看到向自己跑过来的丈夫的瞬间,轰然坍塌——我惹了那么多麻烦,不仅对丈夫,还有对我的父母。实在撑不住,小米捂着脸抽泣起来……但她没想到,丈夫一点也没有责怪她的意思。他不由分说地就把她搂在怀里:"对不起,好小米,是我不好,以后你可不要再这么吓我了……"

原来，东东也哭了。

一个多小时后，他们回到了自己家。小米离家时不到早八点，现在将近晚八点，十二个小时，她仅在娘家时被逼着挑了几口蛋炒饭吃，现在早饿了。然而毕竟理亏，进了门，她便默默走进厨房，操持起晚饭。

东东也如往常一样，去开电脑，上网，接收回复邮件，登陆自己的博客、微博、QQ 空间，并兼顾查看股票、浏览新闻，直至被唤到餐桌前。

晚饭是炸酱面，这是小米目前做过的唯一遭到过东东表扬的食物。可二人吃得都很心不在焉——平时他们极少在餐桌上吃饭。装修时，东东就听不少同事说过，小夫妻基本都是在客厅对着电视吃饭，餐厅装修得再好也形同虚设。可小米用"吃饭是家庭成员间沟通的最重要时光"这一观点，不顾砸墙、改走水管电线等麻烦，硬让餐厅占了这片有窗的空间，不折不扣地造成初次主持装修工作就被父母、亲朋、装修工都盛赞有此天分的东东，在新婚装修中金额最大的一项浪费。

不愿看眼前人，只能观窗外事。窗外是一片一片的高层住宅，密密麻麻的灯火明明灭灭地闪现在东东眼前，让他越发烦躁——小米，她怎么竟想到跟她妈扯谎说自己怀孕了？她妈是那么好骗的吗？虽答应了明天陪她一同去她妈家圆谎，可想到自己莫名其妙搅到两个女人的纠缠里去，他真头疼。凭她们文攻武斗，反正，我只作壁上观——边吃饭，东东边如此告诫自己。

窗外的灯火也闪烁在小米眼前，她知道，每盏灯火后面都会有户人家，他们酸甜苦辣的日子正在被那灯火烛照或隐藏。她认真、用心地看着那些灯火，试图看清自己在人群中的位置和排行，然而，渺小如她，这实在是太难的事。

她于是只能无声地低头，让从心里淌出的泪，滴到自己捧在手上的、现实的那碗面里。

（原载《作家》2012 年第 10 期）

清秋和小寒

清秋的名字是她母亲取的。

她母亲在盛夏生产，大出血，九死一生生下她，月子里大部分精力都耗在同自身病痛做斗争上。及至稍觉稳定，问起孩子名字，得知受了众托的爷爷还是在斟酌，便放声痛哭。没有人把这个处于特殊时期的女人的胡搅蛮缠当回事，可第二天，这个女人却道出了自己一夜失眠的结果，并扬言："俺谁也不求，俺嫚就叫这个！"

"清秋"——这两个字似乎不符合她那糕点厂女工出身的母亲一贯的审美。然而它却使得包括爷爷在内的所有家人为之眼前一亮，非但用它报了户口，爷爷还龙飞凤舞，挥毫写下"独有清秋日，能使高兴尽"的草书斗方，挂于产房墙上。一时间，家里的大人孩子均觉面上有光，逢有客来探，必指点墙上古诗，让关于这名字的讨论漫无边际——今夏反常的溽热天气、女人生产遭遇的种种辛苦、李家这一辈长房嫡长女出生给家人带来的欢欣鼓舞……甚至有嘴巴讨喜的亲戚，还要拿襁褓中的小人儿说事，夸了孩子五官端庄，又夸她不哭不闹、省心乖巧。甚至，竟然还有人说："这孩子，简直活脱脱是照着那两个字儿长的。"

小寒的名字倒是爷爷取的。

小寒在将近半年后出生。有了清秋的教训，爷爷早早便开始翻字典、查黄历。最初是取了个单字："棸"——深究起来，这其中有爷爷的卖弄，可毕竟卖弄也是在卖弄低调。爷爷一边得意扬扬地将此字写给奶奶，一边解释："小孩子，呆一点儿载福的。"奶奶细细端详了字，又去端详爷爷，"难不难念？意思难不难懂？若是真叫起来，会不会人人都喜欢？毕竟，咱家老二可不比老大，他脑筋活，又那么急着求上进……"

　　大字不识一箩筐的奶奶搬出人情世故，却满满当当不止一筐两筐。她絮絮的担忧，让原本如醉了酒般周身绵软、眼里漫溢着氤氲浮光的爷爷，顷刻间腰杆笔挺，愣怔怔的双眼在瞬间聚出焦点，目光炯炯，一时全成了沮丧。那是20世纪50年代末的青岛，成分不好的爷爷在人前人后已无时无刻不感到度日的艰难，回到家，连给后辈取个名字都不能佶屈聱牙，这简直如同摆弄惯了美味珍馐的世家名厨，突然间只许配给白菜豆腐，让爷爷觉出索然无味的内容，远远超出了事情本身……于是，后来，当爷爷把自己在小寒出生当天取出的名字告知大家时，便努力保全了一个落魄厨子的尊严——只说出那两个字，不做任何解释。

　　爷爷不讲，大家就不问，更不讨论，尽管一定会有人背地里嘀咕，尽管差不多所有的人都觉得，就像清秋的名字不像她妈取的一样，小寒的名字也不像出自爷爷。但若事已至此，每个人倒也都不难从中寻到道理。不是吗？此二字，取自节气，小寒恰好出生在那一天，自那一天开始，一年中最寒冷的日子就开了头了。而对他们李家来讲，正越来越清晰地感知到的严寒，何止来自于天气？

　　好在世间万事皆会裹挟道理前来，在宏大的"活着"这个命题之下，道理总会层出不穷。它们可能先是来自政令、书本，或经长辈亲朋口口相传，后来渐渐自己也可通过捡拾、拼贴来创意、发挥……这些道理，它们有些是方向、是力量源泉，有些，则成了工具，用以解释、惩戒、宽恕，甚至自欺欺人。

　　2011年初秋，五十出头的电视台女编导李小寒搭乘一辆长途大巴，赶往平度乡下去探望自己病重的堂姐李清秋。行走在不断向自己故乡靠近的路上，按理说，周围的空气、风景、人声都可以幻化成条条的道路，载小寒的思绪重新回到往昔。可是不行，小寒不能，小寒只觉得眼前千条万条的路，没一条是自己可以顺畅走通的……陷落在逼仄得连腿都无法伸直的车里，小寒清楚自己这一次再也无法像以往一样绕路过去，另作他想。于是，她闭了眼睛,固执地一次次在那条条的路上进去出来、左冲右突……有那么一刻,她突然问自己——会不会是因为道理?因为这么多年来,那么多那么多来自外界和自己内心的道理,杂花生树、枝杈蔓生,它们横亘路上,挡住了自己和过往之间的去路来途?

然而,这一切在小寒见到堂姐清秋后被彻底改变。

被聒噪热心的乡邻引领着,小寒来到堂姐租住的厢房。在进入房间的那一瞬间,她惊奇地发现,自己简直如同走进了一家小小的影院。周围的喧响、纷扰突然间都淡了,淡了,渐渐销声匿迹;眼前的场景也随之在渐渐黑下去,黑下去,最终陷入混沌。唯有堂姐,唯有这个与自己同龄、童年时曾与自己形影不离、莫逆于心的堂姐,在她头顶,仿佛正有束强光自上而下直接打下来。堂姐闭眼侧卧炕上,浴在那光里,而在堂姐周围,那些折磨过小寒的如烟的往事,终于,一桩桩、一幕幕,生动鲜活地汩汩而出了……

守着堂姐,守着那光,小寒默默在炕沿上坐下来——她知道,自己将进入的是一个人的影院,因为,观者恐怕只能是她自己。

1　清秋的 60 年代

清秋总爱提起那个早晨。

初恋时,她羞羞答答打开话匣子,梦呓般地同男友细诉衷肠;女儿离家出走那年,她疯了一般连夜跳上火车,满世界去找,旧泪刚干新泪又溢出的眼里,看到什么,都觉得是看到了女儿——自己那突然变得温顺可人起来的女儿,也在泪眼汪汪地与她对视,任由她一遍遍地晓之以理,动之以情;最近几年,在医院做护工,和各种各样病入膏肓的老人们聊起自己——不错,全一样,上述场景中,被清秋用作开头的,永远都是同一句话——"我这辈子,命运,是在十一岁那年年底的一天被彻底改变的。"

她清楚地记得自己那时的家——在青岛,莱芜二路,沿一条一直上坡的路往上走,在刚要下坡时左拐。他们家的院子门朝南,呈 L 形,都是平房,一共住了七户人家。他们家是最靠路边那一户,家里有三间住人的屋子,每间都不大,但每间东西都不少,到处堆得满满的。当然,人也住得满,爷、奶、爸、妈，二叔虽婚后搬了出去，但他们的长女小寒从小便跟着爷爷奶奶长大，差不多总是在的。

清秋懂事不久还知道，那儿其实不是他们最初的家。小时候，每当她和小寒玩完游戏没及时清理，奶奶就会从她们的不省心一直唠叨到房子不好，怎么收拾都不利索，直到最后发出"真想从前的房子啊，也不知现在被人住成什么样了"的感叹后才戛然而止——从前的房子？大一点后，有次清秋好奇地问爷爷此事，一贯宠爱她的爷爷非但不答，还责备她多嘴。她噘了嘴，揣了这疑问，晚上再去问妈，才得知原来这儿是他们后来搬过来的。他们家原有座二层小楼，在自己糕点厂的后面。糕点厂被公私合营，小楼也被爷爷主动上交了。"都是你爷胆儿小，哪有几家交的！从前商会的老吴，人家的楼就一直住着，只把二层三层让了出去……"妈讲话本来就粗声大嗓，这解释里又夹带了怨气，把一旁的爸吓得又是瞪眼，又是摆手，直提醒她们隔墙有耳。

但清秋不管那么多，她清秋可是肚子里不装事儿的。第二天一起床，她就去将此事讲给像听神话故事一般，只会朝她瞪着眼睛，张大嘴直喊"哇——"的小寒。赶上下次奶奶再埋怨她俩搞乱了屋子，她便反唇相讥："谁让我们不住自己的小楼了？住小楼我们就不这么玩了！"这招果然好使，虽然后来她胖胖的小手因此挨了爸好几戒尺，但她却生平第一次清清楚楚地在全家人的眼里看到了惊恐——让她震惊的、一群大人对她这个学龄前小孩子的惊恐！

转过年，她和小寒一起上小学，江苏路小学，离家不远，她们结伴来去。刚升二年级那年，先是看到中学的还有小学高年级的哥哥姐姐停了课，很快，她们也停课了——老师说要"停课闹革命"。她和小寒都太小，眼睁睁看着那些大哥哥大姐姐热闹着，成群结队出去串联，组织毛泽东思想宣传队，去工厂、郊区讲演……而他们能参与的不过是糊些五颜六色的小旗子，跟在大哥哥大姐姐后面游行。有领头的在前面有声有色地喊出一串长句子后，他们跟着把自己手上的旗子一举，也齐齐地喊出声短句子来壮声势。这怎么可以？要知道，她清秋可是最聪明、最能干的学生！人虽小，在班上她却是"老三篇"背得最好的。几乎能倒背如流不说，她还不怯场，人越多、场合越重要，她的声音越洪亮、状态越好。这一点，哪个老师没夸过？哪个同学不佩服？

"清秋这孩子是最让我担心的,你们得小心看着她……"

后来,有个晚上她起夜小解,竟听到爷爷在如此交代爸——那时已开始"复课闹革命"了,虽说又上了课,也不过就是到学校去学《毛主席语录》,都不认得几个字,只能让老师或高年级的哥哥姐姐带他们一遍遍读、背。她和小寒可都是会讲话就开始跟着爷爷背《幼学琼林》、背《论语》《孟子》的,背东西不算什么!唱"语录歌",打"语录仗",早请示晚汇报,赶上人家写大字报,从小习颜体、临过整本《多宝塔感应碑文》的她,当仁不让地也能上去露一手。她多好、多能、多风光啊,怎么突然间就让人担心,得看着了?

"你们开黑会!"她气势汹汹地跑过去,"我做错什么了?你们干吗要看着我?你们怎么不去看着小寒?她都叛变啦!"

不错,她记得很清楚,她就是这么讲的。"叛变"这个词出自母亲,也是某种解释。就在那天上午,清秋听到家里大人们讨论自己的二叔,也就是小寒的爸爸贴了大字报,声称要和自己的落后家庭划清界限。"划清界限"这词她倒是耳熟得很,可一旦发生在自己家里,就有点蒙。"划清界限就是以后我们再也不在一起了?连小寒都不来啦?"死气沉沉的家里,她高声的追问跟在大人后面飘来飘去,高高低低,没有着落。只好又等到晚上,等妈下班回了家,才由妈用"叛变"这两个字,平息了她的疑问。

"你个小孩子懂什么?我告诉你,不许再去跟街上那些半大孩子乱跑!咱家成分不好,你要是搅和进去,会让人抓住把柄,跟我们秋后算账的,知不知道。"长这么大,那是清秋第一次遭遇一贯讲话慢条斯理、言辞温和的爷爷砰砰砰拍着吃饭的桌子朝她大喊大叫。没开灯,但窗外月色如水,洇得屋里屋外哪儿哪儿都是,清清冷冷到处都在闪着光。清秋可怜巴巴地瞪着浸泡在这光里的自己的爷爷,突然发现,爷爷竟老得可怕:满脸枯黄的皮肉僵僵地颤着,松松垮垮,一轮一轮垂下来,每一轮还都隐隐地缀着一弧一弧的苍黑色阴影……在这背景下,最让她感觉陌生、惊悚的,是爷爷的眼睛:双层的、大大的眼皮软软地耷拉着,这会儿突然一瞪,便活脱脱成了三角眼。而在这三角形的眼睛最顶端的锐角处,一束光正从那儿咄咄地射过来,锐利、凶狠的光,直直的,只对着她,简直像是要把她身上的肉剜下来……小小的清秋站在那儿,仿佛已被剜到了,猛然意识到了月夜的恐怖,还有从热被窝里爬出来后的寒冷,再张嘴,竟除了哆嗦,就只能是号哭了。

清秋从小跟爷爷最近、最亲，一天到晚腻着爷爷，可难道在那之前她从未真正打量过爷爷？难道就是因为那个月夜与爷爷陌生的对视？在后来的日子里，"坏分子""死老头子"这些别人对爷爷的称呼，在清秋这儿，接受起来便没了障碍。

当然，后来认同并使用这称呼的，不仅是清秋，奶奶如此，妈也如此。爸呢？爸和爷一样，低头，沉默。

然而即便如此，清秋也能看明白，家里的大主意还是男人们在拿。或者说，当大事来临时，在现实面前，女人们除了埋怨、抱怨、哭闹之外，最后执行的，还是男人们拿出来的主意。

比如，在她十一岁那年年底，他们全家决定要搬到平度乡下去。

街道来动员了好几趟，家里人也在一起嘀嘀咕咕讨论了好几回，奶奶怨自己命不好哭了好几次，妈妈吵着要回娘家闹了好几场……最后，到底还是走了。她还记得，走的那天，天儿特别好，连着好几天降温，本来已开始冷了，可青岛的气候就那样，一出太阳，气温马上就上来了。躺在床上，清秋迷迷糊糊地知道大人们都起来了，却没人像平日一样来聒噪她，她便乐得继续迷迷糊糊赖在床上。直到再睁开眼，看到了窗外明晃晃的大太阳，她才吓了一跳，赶紧乖乖起来，提心吊胆地来到安安静静的家人中间。她当然懂得，那天大家都情绪复杂，都有些不情愿，但她更懂得的还是来自自己的开心和心花怒放。

没一会儿，果然不出她所料，平日里冷清的家里一下来了那么多的人，热情的人，都跑进跑出地帮着他们捆扎行李、搬运、装车。马路口，还有辆气派的、贴着红底黑字的"我们也有两只手，不在城里吃闲饭"标语的解放车停在那儿，是专门为她们搬家准备的。他们一家人陆陆续续都上了车，天，竟然还立即就有人过来给他们每个人都戴上了一朵神气的大红花！

和家人一起坐到了敞篷车的行李上，清秋兴奋不已，坐不住，总想站起来，但妈搂着她，搂得死死的。大人们那会儿气都不顺，她不敢造次，只努力抻着脖子想到处看，可脖子却被纸花摩挲得痒痒的，心也痒痒的。车慢慢驶过她的家，她熟悉的经常活动的区域，她不能动，也不敢喊，心里却急死了，压抑不住地想立即干点什么、表示点什么——是啊，她多希望自己那会儿能看到更多的人，希望更多的人看到她啊！那些说她爷爷开过黑工厂、私下里讲过"外国点心的造型、口味、工艺都比我们中国人的要讲究些"这种反动话的人；那些扒拉她肩膀，对她说"走开，走开，这儿没你这种人待的地方"的人；那些朝她脸上吐口水，说她没和家庭划清界限的人……你们都在哪儿？你们看到了吗？我们家也有如此扬眉吐气的一天！

后来，渐渐感知到妈妈还有奶奶都开始流泪，她便有些生气，在心里嫌她们没见识。她目光朝前，连自己的家都不回头望一眼，心里认定了此行抛下的一定是不愉快，迎来的一定是崭新的好日子。有什么呢？她想，或许农村会像奶奶和妈妈讲得那么苦，但她们在城市里过的就是甜日子吗？一家人做什么都谨小慎微、提心吊胆，周围到处是瞧不起他们的人。到农村去，最起码他们是从城里去的，他们一定是比周围的人体面、有见识的。

她不知道这是自己生命中落差极大的一天，不知道在后来的日子里，自己要像动物反刍一样，反复咀嚼、咂摸这一天的滋味，痛恨在那一天里自以为是的自己！

这一天的下午，她还蜷缩在车里昏昏欲睡，已在往下搬东西的妈妈过来用力扯她的衣服："清秋，还睡不醒啊？赶紧起来，可不是换车，是真到家了！"

家是三间草房子，空空的，在村口，那时连院子都没有。来接他们的村干部说，那儿原是生产队用作仓库的，前些天接了通知，才特意给他们腾了出来。

他们一家四口，将要在这样的地方正式落户，开始他们下放农村的生活？

原来，这一路，自己都是在驾乘着想象的肥皂泡前行，想得越美，肥皂泡便越圆越大越五彩缤纷。终于，啪的一声，肥皂泡彻底破了，十一岁的清秋被猛然摔到坚硬冰冷的地面上，傻掉了。

她记得，那天到家后，她不时低头抹泪，泪却多得怎么抹都抹不完。可即便是这样，她也没发出一声儿，没让家人知道。

她后来常跟人说，就是从那一天，她才真正开始长大了。

2　70年代的小寒

若言及命运，小寒应该无法回避掉"高考"这两个字，确切地说，是恢复高考。但小寒不喜欢谈自己，她从不主动提这些。只是做了快二十年的电视记者，每每出去采访，她总能听到一些和自己大致同龄的采访对象如此总结自己，气宇轩昂地或感慨万千的。她被他们感染打动过，但感染和打动并没让她打开话匣子，她只默默地听人讲，在别人的讲述中，影影绰绰地辨识、寻找、想象自己。

我和清秋，到底是从什么时候开始变得越来越不同呢？

今天显然是个特别的日子，卧病在床一言不发的姐姐，竟然也可以成为小寒打开思路的背景。这背景于她，正如对面那块蒙着厚厚尘垢的衣柜镜子，让平日那么喜欢照镜子的小寒都感觉到了自己的陌生。小寒一边抻着脖子，满脸疑惑地打量着镜子里的自己，一边让自己的思路从这句设问出发，沿着时光长河逆行……沉潜入往昔岁月，在无数个已逝的生活场景中，小寒首先看到的，是1977年的12月，和男友一起，早晨五点就动身从知青点出发，赶赴考场的自己。

推算起来，那时她还不到二十岁，却已在城郊插队一年多了——食宿统一在知青点，劳动分散到各生产队去：刨地、挑水、掰玉米、收割地蔓、晒地瓜干……都说"三春不如一秋忙"，她一去就赶上农忙，赶上考验，赶上什么活儿都得抢着干、什么苦都得无怨无悔地吃……说起来，那时应该可以算是她离开家自立了，但其实却全然不是那么一回事。

那时她妈还在，离开家，她的日子不过是从母亲的耳提面命过渡到了母亲的遥控指挥。小寒的母亲是位小学教师，从未教过她，却比教过她的任何一位老师都尽责、严厉，事无巨细地控制她的举止言行。且控制的方式也如学校里的老师一样，立在一旁，隔着心很远地表态、发令，微言大义。小寒还有个弟弟，妈对儿子虽也管教，却明显娇宠些，而对小寒，就如同待自己班上的学生干部。

"不是跟你说过了吗，不许在你爸面前提你爷、你大伯他们。你爸当年和他们划清界限为的是什么？还不是为了你和你弟弟，为了我们这个家?"

"咱家成分不好你不知道啊?在学校受这么点儿委屈就值得你回家哭鼻子抹泪啦?"

"你是当姐的啊,怎么能这么不懂事儿?你不去插队,难道让弟弟去?"

"红小兵""红卫兵""入团"这种事,小寒从来就只能是看着别人去,自己永远不可能有份儿。"家庭出身""父母职业""社会关系"……一填表,小寒就要对着这些项目发愁。她是"可以教育好的子女",她是需要时时好好表现才能证明自己和大多数人没什么不同的。在人群里,她孤单、敏感、优柔寡断,时刻赔着小心,好在她老实、干活不惜力,好在她像在家里接受妈妈的控制一样,到外面也一切行动听指挥。她一路磕磕绊绊地长大,虽没摊上过自己悄悄向往的好事,那些时时恐慌的坏事倒也并没真正发生在她身上。和自己的大多数同学一样,小寒该读书的时候读了书,该插队的时候去城郊插了队。恢复高考的那年,她高中毕业刚一年,算是非常有运气的。

"别管这次咱有没有资格报名,你先抓紧复习,很可能这就是个好机会,你一定得抓住。"——同学中,小寒的复习开始得最早,刚刚风传要恢复高考的小道消息时,母亲就明确地给她下了这指令,并帮她找到了不少复习资料:旧教材、习题集,甚至还有许多手抄的资料,用复写纸复写的材料……她不知道妈是从哪儿淘弄来的那些东西,当然大多都是她自己从前曾用过的,可她书读得一般,读完后,也并没想到该好好保存那些东西。

"当然要考理科啊,学文的,像你爸,有什么好下场?"——她数理化不开窍,成绩一直不怎么样,可妈找的资料已摆明了要求。她曾专程回家去争取,妈只这一句就打发了她。

不过后来小寒没听她妈的。因为复习时,数理化她实在看不进去,硬撑了一阵子,到底和同学换了资料。"地理和历史我好歹还能靠死记硬背拿点分呢。"她在乡下的知青点里愤愤地对着自己的同学一遍遍讲这些,脑子里晃来晃去的,却全是远在青岛城里的妈。

长那么大,那是她第一次忤逆自己的母亲,做是如此做了,心里却着实放不下。那段时间小寒常做梦,好几次都梦到自己在跑,逃跑,不知遇到了什么危险,一个人孤零零地在气喘吁吁地拼命奔逃。甫一醒来,眼前却全是母亲生动鲜活的影子——也不都是严厉的，相反，更多时候倒显得满面愁苦凄楚，在静寂晦暗的夜里，直直地朝她瞪着空茫的眼睛……

考试前一个月，她回了趟家，心里紧张得要命，因为她领了高等院校考生登记表，必须得去和父母商量如何填报志愿。

她一点没料到，母亲对她的自作主张只有些发呆，竟没讲什么。"也对，"母亲后来竟心平气和地嘀咕出一句，"先保证考上要紧，学什么该放在第二位吧。"

"小寒，你自己觉得呢？学什么是要和自己将来从事的工作相关的，如果不考虑自己哪个学科基础好些，你最希望自己学什么？将来，你最想做什么？"

那个晚上，和她谈话的主要是爸。按妈的描述，爸在单位里是"靠了边儿的"，可在小寒看来，爸在哪儿没靠边儿？邻里、朋友、亲戚，连在家都只是沉默地充当妈教育小寒姐弟的失败者形象的活样板。可那个晚上，爸却简直像是换了一个人似的，突然跃上前台，从填写报考志愿出发，越说越兴奋，与小寒拉拉杂杂长谈至夜深。那长谈，简直让她招架不住。"为什么不呢？小寒，学新闻多好啊！""对自己有点信心吧，小寒，为什么不报所北京的大学试试？"

要说起来，复习那么久，小寒倒是没少想报志愿的事，只是她对此的出发点是自己能学什么、将来能做什么。至于想学什么、想做什么，那时的她，简直是连想都没真正想过的。

"我当年报志愿，和你爷商量，是他说学历史好，学历史可以让人超脱、理智，离现实远点儿，是你爷的这种说法打动了我。可后来真学了历史，你看我还不是照样惹祸上身？

"人这一辈子，看起来不短。可你仔细想想，读书时要遵从父母意愿，工作后又得学着观察领导脸色，若真论起来，真正遵循自己意愿的生活，一辈子能有几年？可以选择自己将来要过什么样日子的机会，人一辈子能有几次？"

"五世业儒书有种，一生任运仕无媒。"——据父亲讲，这是爷爷当年对着他生发的感慨，这么快，现在就轮到爸爸对着小寒讲了。讲出这些并不容易，父亲甚至都压低了嗓子，小寒听得半懂不懂，却在"儒""运""仕"这样的字眼中察觉到了危险，但也还是瞪大眼睛听着爸讲。她甚至心里有股兴奋，是那种又紧张又难过的兴奋。若不是妈后来催，那志愿表，恐怕小寒听爸讲上一个通宵也填不出来。

后来进了考场，小寒如今能记得的就是冷，还有紧张。她记得自己在头排坐，靠窗，窗上有块玻璃破了，灰蒙蒙地透着风。教室的门也一直敞开着，风畅通无阻地直朝她吹过来，隔上一会儿，她就要端肩缩脖子，不时向上拽自己的棉衣领子，然后猛搓双手。做这些的时候，她都速度极快，不仅因为来自身体的冷，更因来自心底的紧张、慌乱。"集中精力！集中精力！"她不停地如此告诫自己，精力却总是很难集中……第一科考的是语文，发下卷子，她第一件事便是先看后面，看分值高的题——名词解释，还好，没有她觉得生疏的词语；古文翻译，也好，"鹬蚌相争，渔翁得利"那一段，她学过，也复习到了。只是，作文，《难忘的一天》。答着前面的题，小寒无法自控地总走神儿，那作文题目，让她满脑子全是填报志愿那天晚上自己家里的场景，那天的父母，还有自己。

但她懂得自己不能写那些的——她要让评卷的老师知道自己的家庭成分吗？要让人家知道自己的父亲曾和旧家庭划清界限，可后来这竟成了父亲的心病，家里大人孩子谁也不敢提，并且在女儿要面临抉择填写高考志愿的那个晚上，父亲第一次向女儿敞开心扉，说来说去，却全是自己浑身上下无处不在的来自旧家庭的影响，无论如何也摆脱不掉的对旧家庭的依恋吗？她不能，她岂敢！

她后来写了自己插队离开家那一天的事情，写到了母亲——母亲对初次离家远行的她的牵挂，给她的鼓励、正面教育，以及忙前忙后为她准备的一切。那是个温柔、温暖的母亲形象，是小寒从小就渴望、幻想过的母亲——然而，当然了，那不是她自己真正的母亲的形象。

那年过完春节，小寒接到了录取通知书。然后，3月5号，她乘火车离开家，成为省城师范大学的一名新生。

入学后她才知道，那年山东全省的高考报名人数有将近八十万，为了照顾许多大龄的"文革"前高中生，后来又进行了扩招，一共录取了一万人，几乎是真正的百里挑一。

她是非常幸运的，她所在的知青点只考出来她这么一个大学生。她那时的男友，还有复习时她觉得一定会比自己强的同学，都没能考上。

3　清秋的 80 年代

成年后，清秋初次见到小寒，是到小寒家做客。

"姐……"她看见一个扎着齐肩麻花辫的女孩儿笑着站起身，朝自己走过来，拉住了自己的手。女孩儿的笑、打招呼的声音，还有眼神，都是有些巴结的、怯生生的，仿佛怕她似的。女孩儿只和她略一对视，目光便像只受惊的鸟雀般，速度极快地扑扑棱棱荡远了。

那么，这就是小寒，被家人反复提及的，据说正在读大学的"天之骄子"小寒了——被女孩儿拉着手，并排来到床前坐下，清秋侧着身子，只让屁股略沾沾床边，只顾眼睛一眨不眨地定定地打量小寒。她在打量这个当年被奶奶讥笑为自己的"跟屁虫儿"的小寒，打量这个如今已变了模样，若走在街上，她无论如何一定不敢上前去认的小寒——她原来不是圆脸吗，怎么长了？白了？还光洁细腻了？她当然记得小寒是和自己同龄的，事实上，正是这个念头在折磨着她，让她满心沮丧。自见到小寒后，她没再讲出一句话，只顾得去打量她，只顾得悄悄在比较，比较自己和她——外表、服饰、口音……

她怎么可以叫自己姐呢？小时候，她和自己形影不离的时候何曾叫过自己姐？虽然家里的大人都没少数落她不论规矩，可那时，一天到晚黏在自己身后的小寒，可是只会小和尚唱经般地念叨："清秋、清秋……"就像她自己，有什么或高兴或难过，反正想对人讲的事儿，扯开嗓子，高喊出口的第一声往往是："小寒……"那时多好啊，那才是亲近，真正的、自然的亲近——这成年后第一次见面时表现出来的表面沉默无语，却在内里翻江倒海的这些埋怨、猜疑、暗自较劲，就是这心态，奠定了自己后来和小寒相处的情感基调吗？

她们的那次见面，实际上时间并不长，可后来每次想起，她都觉得长得要命；她们的那次见面，二人实际上都没有真正交谈，但她却相信，事后她们彼此咂摸出的内容和滋味一定都不会少——或许是因为，那次她们的见面是各自家庭见面的一部分。

家庭的见面也和她们的见面在同一时间地点同步发生。两个家庭之间，比她们之间显得热闹聒噪得多，可热闹聒噪的仅是小寒的妈、清秋的二婶，是二婶一个人在唱独角戏。而清秋的家人，包括她寡言的父亲，也包括她平日里嘴巴最碎、嗓门最高的母亲，都在沉默。一屋子的人，只听二婶一人在哇哇：

"清秋都长这么高了啊！"——她都二十多了，小时候她倒是比小寒高，可现在比照着小寒，她还算高？

"大哥大嫂这些年一定吃了不少苦吧！"——那当然了，清秋妈的娘家家境虽一般，可毕竟不是乡下人，而这二婶倒是来自即墨农村的，据说小时候还种过地。她是后来考上师范才进了城，嫁给小寒的爸爸，才做稳了城里人。可后来，陪爷爷奶奶下乡的却是清秋家，并且，一去就是十几年……

"有时想想，咱爸算有福吧？到乡下没两年就走了，眼不见心不烦，少遭了多少罪啊。"——这话，是在给她自己吃宽心丸吧？在自己父亲受难时去雪上加霜，父亲离世前都没能见上一面，时过境迁后，她倒好意思又这样替自己和丈夫开脱……

"大哥大嫂，你们放心，小寒爸已经托了他那个民政局的同学了，咱返城的事儿，问题应该不大的。"——有熟人，怎么还办得这么不顺？和他们同时下放的已经有不少回青岛了，他们家就算马上办回来，也不算早的了……

——清秋不确定在二婶的独角戏里，自己细细密密插进来的心声能否准确地传达出父母当时的心理活动，可她觉得她完全可以替代他们——被回城的渴望磨得简直没了尊严的他们——她为他们愤愤不平！

这愤愤不平后来便成了她与二婶一家相处的心态。然后，当奶奶和父母埋怨她不懂事儿的时候，这愤愤不平又扩及到了她与父母以及奶奶的相处。

二十三岁那年，清秋自作主张要搬去国棉厂宿舍住。宿舍在沧口，离家远，可她正喜欢那远。

她还记得自己离开家那天，那个和她在一个厂当保全工的男友一大早骑着他的大金鹿自行车过来帮她折腾行李。她一言不发地进进出出，父母也都起来了，却无视她的进进出出。后来，是奶奶追到了院子里，抓住了自行车车把，压低嗓子劝她："清秋，和自己家里的人，你还真生气？你不怕将来后悔？"

清秋一直是和奶奶一个屋住的，大约从在乡下时，爷爷去世后开始，一直到他们家返城后的最初几年。在那之前，她跟的是父母。长那么大，她从未独自睡过觉，想到要搬出去，前一天晚上她都没睡好。可是，在她心情复杂地决定搬出去的那个早晨，奶奶，这个唯一挽留她的亲人，不幸被她当成了发泄自己心底愤恨的目标。"管好自己吧！"她一边和男友往车后座上绑行李，一边拉着脸厉声道，"要后悔，也是你们先后悔吧？当年，你们都怎么对我爷的……"

天知道她怎么竟提到了爷爷。她的爷爷，她小时候家里的绝对权威，她最依恋的，教她读书写字，给她讲天南海北故事，每当爸爸妈妈责备她，最能替她开脱，其他人都众口一词认定她淘气、没小寒乖时，唯一替她力争，赞她气足神旺、有男儿性情、长大后必成大器的爷爷，随着清秋的越长越大，却变得越来越谨小慎微，在家里越来越没地位。尤其是家搬到了乡下后——其实爷爷这一生不过是在到乡下时，被人押出去游过一次街，还是陪衬着公社里另外几个罪大恶极的人一起。可从那以后，人前人后，爷爷就再没抬起过头来——爷爷总远远地躲着人，来自外界的伤害他应该不会感觉到太多。在清秋看来，真正伤害爷爷的是他们，她的父母、奶奶，还有她自己。这其中，最厉害的便是她的妈妈和奶奶——每当她们抱怨乡下的苦，抱怨自己的穷，抱怨自己累死累活出一天工，工分却拿得比周围农民家的孩子还要低；每当他们说起周围农民的笨、傻、没脑子，说起连这样的人都瞧不起自己时的窝囊，爷爷总要成为罪魁祸首。"胆儿小""潮巴""死老头子"……这些评价随时随地都会伴随着妈妈和奶奶怨恨的眼神射向爷爷，清秋的爷爷，她的已越来越可怜、越来越沉默，时时刻刻都在对大家赔着小心的爷爷。

有两件事，清秋印象最深。

一件事发生在她报名上了村里的小学后不久。学校安排写大批判文章，她想好好表现，写完先拿给爷爷看。爷爷简直受宠若惊，一目十行地边看边念叨："咱们家，会写文章是有根儿的，你二叔……"

"死老头子，好好的提什么老二？"先是奶奶在灶间狠狠咒骂，紧接着，妈的风凉话就传了过来："怎么能不提？那是人家的心头肉啊！可老二那么好，你们怎么不找他去？"

"清秋，拿走，赶紧拿走！认个字、识个数就够了，写什么文章！"爸也救火般地从院子里跑进来了。爸在家里其实是和爷一样没地位的，但好在还可以偶尔出出声，虽然出声不是表明他对家中女人们效忠，就是欺负他自认为没地位的孩子。不过清秋可不吃父亲的这一套，反正在她看来，发生在自己家里的争吵，不过是谁声高谁就厉害："你们瞎叨叨什么？反正咱家没一个好东西，全是坏分子，明天我就告诉我们老师去！"她记得很清楚，自己这么一吼，家里顿时便鸦雀无声了——他们家这些人，那些年总有口舌之争，可他们的厉害不过也就是在家里。出去，谁敢？更何况，自己的水平还不都心知肚明，这家里，识文断字的人除了已"叛变"的二叔二婶，也就数爷爷了。其余的人不都是早早就在爷爷的糕点厂做工吗，他们懂什么文章？他们跟着瞎起什么哄？

另一件事是有次妈带清秋去了县里，要去县医院做检查。回到家没一会儿，一大家子人都哭丧着脸，气氛简直比爷爷去世那天都悲壮——爷爷去世那天虽然大家也都拉着脸，但还是偶尔有人说说话的，说来说去，无非都是在控诉二叔一家没能过来见最后一面。当大家在坟地里跪拜时，给清秋的感觉是，每个人心头并没多少失去亲人的悲痛，之所以如此，是源自对死亡的惧怕，是因自知对死者有亏欠而产生的惧怕。可妈从医院回来那次不是这样的。那次，妈进屋就径自躺倒在了炕上，举家垂泪。清秋饿了，一迭声地过去说要吃东西，吃东西，可谁都不理她，任由她的声音在死寂的屋子里高高低低地飘来飘去。大人们仿佛连把日子过下去的心都没了，谁都不理她，也不动弹。她后来慢慢安静下来，是觉察到了怕，因为她在家中每个人的眼里都看到了泪光，她能感知到真正悲伤的泪光。后来，是爷爷起身出去，抱了草进来，刚要生火，妈就在里屋骂："老不死的，就知道吃，怎么不饿死你，也好给小的留一口儿……"

"死老头子，滚开！都怨你……"奶奶也一边咒骂着一边过去推爷爷。清秋也正烦躁得窝火，终于找到了撒气的地方，也赶紧过去，拾起地上的草棍儿，朝爷爷脸上扔……

"我怎么就没了后哇……"爷爷突然大喊了一声，把清秋吓蒙了，再去看时，爷已坐到了地上，瘫了一般，捂着脸在那儿呜呜呜哭——那一幕，多年后，清秋都清楚地记得。虽然后来，尤其是回城后，听大人们提起在乡下时的爷爷，总三言两语，总刻意忽略掉诸如此类的内容，而清秋在一旁听时也没表示过任何异议，但那可不代表她已将此事给忘了。这些年，尤其是回城后，她的家里已很少听到争吵声，可那次，那场因她恋爱遭父母反对而决定搬出去住的争吵，让她又一次想起这些。并且，在自己离开家的那个早晨，她把这些说出来，用来恶心自己的家人。

这恶心无疑尖锐又有力，感受到这力量的应该不只是跑出来挽留她的奶奶，一定还有待在屋子里的清秋的父母。清秋的话音不低，而且还是扭头朝着自家的门，以及门内的父母。她确信他们都听到了，确信自己的反击一定把他们都一网打尽了——没人再发出任何声响，更不要说敢来拦她。

"你们家，父母不孝顺？"后来，她记得是那个男友曾如此问她。虽然声音小，听上去犹犹豫豫的，却显得迫不及待，在他们刚走出大院门的时候，便向她发问。她顿时又恼了："你们家父母才不孝！你耳朵怎么那么好用？我告诉你，以后少掺和我们家的事儿……"

她其实不过是心烦气躁，并非真冲他发火，他该是能想明白的啊，不是吗？她气愤时讲的话都口不择言——他哪有父母？他父亲在他很小的时候就去世了，母亲也抛下他再嫁去了外地，他如今是跟着奶奶寄居在叔叔家，而这，不也正是父母反对她和他交往的原因吗？

可听了这些话，他却显然都往心里去了。几天后，她收到了他写给她的以感觉彼此性格不合适为由要断绝交往的信。她都蒙了，不相信那会是他写的。她满脸是泪，不顾天色已晚，跑出去找他。她曾跟着他去过他家一次，可那次是晚上，她已记不清具体位置了。在夜色里，乘车来到西镇，她在那些窄窄的小胡同里转来转去，转了两个小时。后来，在一个胡同口，她分明觉得是看到了他的婶婶，便过去叫人家，但那妇人如撞了鬼一般，瞪她一眼，掉头就走。她心下疑惑，跟了过去，眼见那妇人进了一个大院。自己正在院门口犹豫着该不该进去，却见是他出来了，很陌生很冰冷地走到近前，头也不抬，眼睛看着脚，对她说："我家跟你家不一样，我这人，凡事都听我奶的！"

那男友是她的初恋，她自己谈的。直到今天，她都清楚地记得他当年的样子——黝黑、高大、憨厚的一个人，竟然手那么巧，在厂革新小组，人没什么动静，干出的活儿可都是响当当的。而且心思还那么细密、那么温软，话虽不多，在她，却是句句入耳、声声入心的。她第一次见到他就迷上了他,只觉他恰切地符合她对异性的全部向往。逐渐走近后,他又成了她第一个倾吐心事的人——"我这辈子的命运,是在十一岁那年年底的一天,被彻底改变的。"——她的讲述从这句话开始,自然而然地抽离掉自己与家人间复杂的情感,有意无意地夹带上当时正红火的伤痕小说的经典情节,深深地打动了他。"清秋,你吃了那么多苦啊。我保证,将来,等我们有了家……"他曾热热地揉搓过她的手,眼里燃出的火炙烤得她脸红心跳……这样的经历,在她的生命里,再也不曾有过。

她后来没再跟任何人谈起过他,可每当回望自己的恋爱婚姻,他却总是要第一个跳出来,让她无论如何都绕不过去。若干年后,她有了女儿,面对早恋得鬼迷了心窍的女儿,她想和女儿交交心,展开有关婚恋家庭的长篇大论,可刚一张口,他便又出来了,一下就扯拽出她已忍耐多时的泪水……但她迅速地抹掉泪水,从往事里愤然抽身,继续面对女儿、面对自己的现实处境发言:"我这辈子,之所以婚姻失败,全是因为小寒。"

——虽然剑走偏锋,但天地良心,清秋讲的倒也的确是实话。

4　80年代的小寒

平心而论,小寒必须得承认,现在躺在床上的这个名叫清秋的姐姐,在她的心中实在是没占多少位置。小时的事情她已记不清了;成年后呢,清秋只是她的亲戚,一个没什么亲近感但又实在因有血缘关系而不得不与之维持联系的亲戚。对清秋,小寒真的谈不上喜欢,或讨厌。

关于成年后的清秋,小寒如今回望,最先能想起的,是发生在她们之间的那场冲突。

"别以为你现在有的那些东西都是你该得的!你想过吗,你舒舒服服在教室里坐着的时候,我们在干什么?凭什么我们就得去农村?就凭我们替你受的那些苦,你就欠我们的,懂吗?这辈子,你都别想瞧不起我们!"

"姐,我什么时候瞧不起你了?"

"你什么时候瞧得起我了?就连现在,你还在用那种眼神看我……"

那是在清秋家。在小寒的记忆中,那时候,他们家隔上一段时间总要聚在一块儿吃顿饭——食物丰盛,热气腾腾,可团坐在食物周围的人,参与的状态却显得冷清、矜持、不咸不淡。开始时，春节、清明、端午、中秋、奶奶的生日……这些节日都要聚；后来慢慢少了，只剩了春节和奶奶的生日；再后来，奶奶去世，仅剩春节。而小寒的父亲去世后，连春节的聚会都没了。

每次聚会，雷打不动是要去清秋家，可预备吃食的主战场却是在小寒家——早早就备下一些肉蔬，有些要提前酱好熏好腌好，有些只理好择好，去的那天，再添上些油、米、面等礼物，大包小裹地都要拿到那边去。"我也不爱去，这么做，还不是在替你爸还债。"有年中秋，恰好赶上小寒从学校回来过周末，好容易休一天，却赶上妈在厨房大动干戈，并说明日一早就得早起赶去大爷家。她刚觉不悦，妈便如此教育了她一句，把她或许并不一定会讲出口的不情愿给堵了回去——堵得彻底。后来，去的次数渐少之后，在那些不去聚餐的节日里，她便乖乖充当了亲善大使，每每提上父母采买的礼物，去大爷家登门拜访。

她和清秋间的冲突就发生在一次拜访中。

那时小寒已毕业，在中学教书。适龄单身女青年的身份，让她走到哪儿都免不了要被热心人问及终身大事。那次，她被没话找话的奶奶问到，便用最常应付众人的沉静微笑来企图糊弄过关。可奶奶不肯罢休，又开始唠叨她不要太挑剔。她听得难过，低头辩了句："哪儿是挑，是没遇上合适的……"这样一来二去地彼此捧着场搭讪，不想竟惹恼了在一旁据说已搬去工厂宿舍住，当天是回家来过节的清秋。

清秋开始发难的时候，小寒只觉得又是惊又是委屈，忍不住轻声回了嘴。不想没几个回合，清秋便道出上述话语，噎得小寒登时哑口无言。

那是小寒第一次真正正视成年后的清秋，在那之前，她只客客气气也视同无物地同她照面。却不想清秋竟自封为自己家庭的代言人，大鸣大放地公开跳出来，与她这个代替了自己家庭出访的大使直接叫板。

那天到后来，清秋的父亲呵斥住了她，奶奶和清秋的母亲也一个劲儿地劝慰小寒。尤其是奶奶，最后还破天荒地送她出门，嘀嘀咕咕地对她数落了一路清秋的不是和她自己在这家里的度日艰难——不仅是孙女的没大没小、胡搅蛮缠，更有儿子的嘴笨心拙、媳妇的粗俗霸道。小寒只是听着，没附和一句。她深知自己的使命，只委曲求全地表现自己的明事理、识大体。

她表现得不错。那天事发后，面对每个安慰自己的人，她都堆着笑说没事儿，顾左右而言他，继续嘘寒问暖——那无所谓的神气，仿佛自己根本就没把清秋的那些话放在心上，反倒是他们自己才心中有鬼，想得太多。甚至于，临走时，她都没忘记特意站到清秋的房门前，对着里面空空地喊了一声："姐，我走了啊。"

回到家后，她也继续履行亲善大使的职责，三言两语交代了此行见闻。讲到和清秋的事，只大致说说，既希望妈不至于不了解现实形势，又力求使其不至于同清秋计较，让两家结怨。然而她妈是何等聪明的人物——"清秋讲的那些话，别跟你爸讲。"她妈不过是略愣了愣，很快便反过来叮嘱她。及至听她讲到奶奶的表现，还有建议妈可以搬奶奶过自家来小住一阵时，妈便更显得比她老到、睿智得多了。"搬你奶过来当然好，你爸一定要高兴死了。你奶呢，也未必不盼着那样。可她敢吗？有清秋和清秋她妈在……哼，老人现在就是她们攥在手上的一件法宝，她们还肯放？"

她不喜欢听她妈的这些分析。事实上，她反感一切分析，尤其是亲人间的这些让她齿寒的分析。自己家里的这一笔笔错综复杂的糊涂账，她不是不知道，若还想知道些，她也完全可以从自己父母那里了解更多——无需她自己主动去问，有好几次她都分明感觉到了他们发出的要同她好好谈谈这一切的暗示，但她回避了。不仅回避掉他们打算对着她的讲述，甚至于，遇上父母弟弟之间关于此事的讨论，她都尽量回避——那些旧事，只让她觉得脏、烦。她总告诫自己要远远躲开这一切，她自己好好一个女孩子，干吗蹚这些浑水，让这些乌七八糟的东西沾染到自己身上？

但这世上哪有那么多清清爽爽的事呢？不仅家庭历史，生活中让她产生如此感觉的事也多得数都数不过来。比如，彼时，她的婚姻大事。

小寒在年长后曾回望自己的婚姻。她悲哀地发现，自己竟连初恋都没有过。当然，她是有第一个男友的，是自己高中时上一届的校友，插队时和她分到了一个知青点。下地劳动、集体学习、年节假日一趟趟在知青点和青岛间来来去去……他年长，人缘好，方方面面都关照她很多，她也早早觉察出了他的心思，却只装糊涂。后来，周围都有人公开取笑他们了。后来他都自己创造机会找到她家去了，她也依然如此，心潮澎湃地依然如此——因为他个子矮？家里穷？还是他对自己太热情？她说不清，反正她对他不满意。可怕他尴尬，她又张不开嘴直说，只能一个人在心里斗争。

上大学时，她是班里年纪最小的学生。不仅年纪小，生活阅历也少，班里好多同学都结婚了，有个同学的儿子都上小学二年级了。入学前，有人是教师、工人，有人在乡下种地。她比较喜欢那个时候的自己，因为小，因为安静，因为在别人眼中经历单纯，她成了受许多同学欢迎的倾听的耳朵。大一下半年，她喜欢上了其中一个异性倾诉者。那是一个比她大五岁的家住济南城郊的同学，和别人不同，他的倾诉只一对一地对着她。他家庭成分也不好，讲的全是他自己家里的事——父亲是京剧票友，小时候，他常跟父亲去逛戏园子，听父亲讲那些戏里戏外的故事；自己家里，生母严厉又羸弱多虑；家境每况愈下后，父亲那从前是戏子的小老婆，如何含辛茹苦地挺起门头……

"一个家里，女人是关键，家里的气氛、孩子的教育，大多仰仗的是女人。一个女人，性情最关键，最美好的女人，是那种善良、宽厚、外柔内刚的，就像你……"讲自己的事时，他总会突然跳出来说说她，说得她又是心慌又是欢喜。虽然从一开始她就知道他入校不久就开始偷偷写小说，也想到他的倾诉可能会是他自己打腹稿的一种方式，但她还是入了迷，进去了。她常常会感觉到她和他彼此的需要，感觉到自己美好得正如他所描述的——虽总沉默，却一直在参与他的创作，成为他笔下完美女性的原型。

要毕业了，她的梦才彻底醒来。

先是毕业分配会上，她得知他被分到了省报，和班上的另一个女同学一起。

"他特别有才华，你们都不知道，他给我讲过那么多他自己家里的故事，有时，我都分不清自己到底是爱他，还是爱他讲的那些故事……"那女同学和她同一个宿舍，离校前，大家一起吃散伙饭，女同学主动如是说起了他，说起了她和他的关系，以及在毕业分配问题上，她对他的施以援手。

小寒当时就傻在了那儿——就在宿舍聚会前，他还单独来与她告别，去他们常去的老地方，含着泪，悲天悯人地像在劝她，又像在劝自己似的滔滔诉说："命运为什么要这样折磨我们……这辈子，遇上你真好……我们还会再见面的……"

然而再吃惊、难过，在众人面前小寒还是努力保持住不动声色。草草离开现场后，她再也撑不住了，佯作头痛钻进被窝，开始独自舔舐伤口，在心里一遍遍细筛从前的一幕一幕，他曾讲过的一句一句。委屈地哭过之后，心又被怨恨填满，先是恨他，后来又恨那女同学，最后，所有的怨恨又殊途同归，通通指回了她自己。

第一个男友到他们家来过；第二个，母亲去学校探望她时，她情之所至，讲他太多，遭遇过母亲内容丰富的眼神。然而母亲也都只是在开始时问问对方家中的情况，后来便不再提半句。读大学后，她慢慢不再回复第一个男友的信，以至于一次寒假，男友找来她家，她不敢出去，被母亲看出端倪，遂出面帮她挡了驾。但就连那次挡驾之后，母亲都未责备甚至过问过半句。仿佛母亲对她是放心的，知道她懂得审时度势，知道她不可能出什么乱子。

可这类宽容只发生在毕业前，工作之后，母亲的态度就彻底反过来了。开始是一有风吹草动就问个不停，后来变成催促着她赶紧抓紧——"我觉得他还行啊，你觉得他哪儿不好？""我可得提醒你，让你见面的都是妈觉得大体差不多的，你不能总这么挑三拣四。""二十七了啊，你别忘了，你看谁谁家谁谁，人家早……""小寒，你是不是有问题？性格外向些的，你觉得不放心；内向点，你又说人家没思想。你到底要找什么样的？"

谢天谢地，她在二十八岁那年终于摆脱了母亲的此类质问，走向了婚姻。跟周围的人比，虽不算早，可也还不至于太晚。终于下定决心要嫁人，结束自己生命中这段尴尬时期时，小寒心绪复杂，有重新成为人群中大多数的轻松，更有对即将开始的如常人一般庸常、琐碎日子感觉到的索然无味——船到桥头车到站，我的青春岁月就这么结束了，它甚至都没有真正地开始过——在婚礼上，她的脑海中不停地闪现出这样的句子，搞得她母亲无比担心。"开心点，小寒，你嫁得又不远……"母亲在她结婚那天简直像变了一个人，长那么大，她还从来没有如那天一样得到过母亲那么多的呵护——母亲远远近近地总在看着她，满是不舍地、千言万语地看着她。赶上可以靠近她的时候，还会温软地伸出手，不时去握她的手，或摩挲她的肩膀甚至脸，眼圈红红地把上述意思用不同的方式讲了一遍又一遍。

而事后丈夫对此的说法则更离谱。丈夫后来曾无数次地提起她那天的表现，说婚礼当天她一直就没开脸儿，表情始终悲悲戚戚，以至于她丈夫和婆家人也跟着一直满腹狐疑，担心她是嫌嫁妆太少，或婚礼办得不够体面风光。

5　清秋的90年代

清秋是在女儿五岁那年离的婚。那时她还在国棉厂细纱车间当工段长，已结婚八年。

她八年的婚姻生活并不轻松愉快——当然,在结束这一切之前她并不这么认为。她的前夫是个医生,是她二十六岁那年母亲托人介绍给她的。彼时的她,因无男友,已在周围人群中相当惹眼。家人急得要命,却也都不敢催她。而周围,给她提亲的人本来就不多,加上她又挑三拣四地不肯逢介绍就去看,渐渐便越来越少。当然,清秋倒并不是不把相亲当回事儿,更不是已下了决心要独身一辈子。清秋只是在心里还有些放不下从前,总耳朵尖尖地在关注着初恋男友——他们还在一个厂,只是后来他调换了车间,并很快结婚。对方据说是他家的老邻居,自幼青梅竹马的,可进入了婚姻,两个人过得却并不好,都说是因为没房子,一大家子挤在一起,三代两户,总有矛盾。她相信这都是真的,因为她在一天一天地发现他的衰老——渐渐挺不起的腰身,展不开的眉头……他们还偶尔遇见,每次遇见,她都高高挺起脖颈,不看他,但其实她比谁都更清楚地看见了他。她把他当作一面镜子,在这面镜子的映衬下,她格外在意自己的举止妆容,当然也更格外严厉地以之来比照自己去见面的那些相亲对象。

纠缠在已经不可能的向往里是不理智的。这不停被人暗示的道理,清秋当然是懂得的,却还是需要有一个人出现,才能让她平心静气地接受这一切。

他的前夫便是这样的人,他一出场便与众不同。"家虽是农村的,兄弟姊妹多,本人又是老大,负担重,但小伙子自己能干,被推荐上了大学,是滨州医学院毕业的……"人还没见,只听母亲说出这些,清秋就愣住了,继而明白过来,原来,这些年来自己心里没过去的坎儿,还有这个。

"我二叔家有个叫小寒的妹妹,和我一年生的,她就是个大学生。其实要不是因为我后来跟着家里下放了,肯定也是要上大学的……"——和他见面,两个来小时,大都是他在说话,医院里的事儿、从前医学院里的事儿,他爱说,也会说。清秋也从头到尾只完整地表达出了这个意思,虽都是插话进去,却认认真真、完完整整地说了好几遍。

他们的婚礼办得极其隆重,不仅她,她全家皆如此。她全家是婚礼上的绝对主角。因为她家希望能在青岛举行仪式,便与男方家里商量,同意了他们先在城里办喜事,结束后再回村去宴请七大姑八大姨。所以,在青岛举行仪式的当天,清秋婆家只来了新郎的叔叔和他一个年纪最小的弟弟,不过是来出席露露面，其余什么忙都帮不上，里里外外忙活的只是清秋一家子。

那段日子，前后差不多有四五天的时间，清秋一家人简直像过了今天不管明天一样拼了命在宴客、尽礼数、彻夜陪客人喝酒闲聊。家里那些天突然要进进出出那么多人，有些连清秋都没想到会来，比如他们在农村落户时的邻居，当时并没见有太多交往，更不要说回城以后，但她妈还是亲自去请了人家来。有些她都不认识，原来是爷爷的旧相识，奶奶张罗去请的。"我们是体面人家，怎么可能没个三亲四故？盼到了这一天，我终于可以闭上眼了……"奶奶还当着众人，拿出一只玉镯子，郑重地套到清秋手上。"这是我当年的陪嫁，从前难到那样儿，我都没舍得拿出来。终于等到了这一天，传给清秋，比传给谁都当我的意……"一旁的客人，甚至于小寒一家，包括她弟弟——奶奶唯一嫡亲的孙子都在那儿，都听着，都赔笑，都没意见；清秋一家更是笑逐颜开，进进出出地忙活，得意扬扬地频频四顾——多少年以后，无论何时回想，清秋都认定那段日子是自己生命的巅峰，是一段完美得简直像一场美梦般的时光。

过日子，为了得到更多完美的时光，人就必须得努力！清秋信这个，她婚后的那段日子即是如此。不要说在单位里要继续保持出全勤、保持低皮辊花率，积极要求进步，回到家更是如此。丈夫忙、累，还总值夜班，她差不多包揽了全部家务。她的小家，五十多平方米，摆的用的，没什么值钱的东西，可她收拾得好，一打眼看过去总是那么清爽利索，那么舒适温暖；他们一家三口穿得都平平常常，但无论人前人后，总是整洁得体。家里的对外交往也全靠她来操持，农村的婆家，市区的娘家、叔舅等亲戚家，逢年过节，她早早就备好礼物，如期过去探望。奶奶生了病，是她领着去医院诊断，也是住在她丈夫工作的医院里走完最后一程——那医院是妇幼医院，并不完全合适，但住在那儿人头熟，丈夫能照应上，她送饭、陪夜也方便——"妈这辈子，就得了咱清秋的济了……"——奶奶去世后，连平日话最少的二叔都对她赞赏有加。

当然，婚后的清秋对自己的丈夫并不完全满意，比如当她发现他懒，他爱花言巧语、爱开空头支票时。可对此的发现，无非是在瞬间引得她发了顿脾气而已，她很快就适应并对此忽略不计了。人无完人，谁没个缺点呢？就是她清秋自己不是也脾气不好吗？要说起来她真是没少冲他发脾气,虽然事后都是她主动道歉和好,可他也总是很快就体谅她、原谅她了啊。他总说不生她的气,因为懂得她的心是好的,是为了他好的。——有了女儿后,清秋的担子更重,可努力的劲头也更足了。"你爸是可以拿手术刀救人命的人,这个家里,当然他最辛苦、最值得你尊敬!"每晚她都要拿腔拿调地尽力用普通话给女儿念故事,一张口讲到家人就要东拉西扯地为丈夫在女儿心目中树立高大形象。她觉得,在婚姻生活中,自己当母亲,当妻子,当孙女、女儿、亲戚都当得尽心尽力、劳苦功高——是这些让她有底气,让她可以在忙碌、劳累、经济捉襟见肘的日子里一路勇往直前。

所以,当听到丈夫在外面勾三搭四,结果被人家老公闹到医院来的丑闻时,清秋真的是一点儿心理准备都没有。她又委屈又羞愧,只觉得整个人都要崩溃了。对自己丈夫的全面认识要以这么个腌臜事件做由头来重新开始,她可没耐心,更没兴趣。可想到离婚,她又不舍得女儿,一时犹豫难决。结果,当后来真正面对他,当她又控制不住地发起了脾气,脱口说出了"离婚"二字时,谁能想到呢?他竟然泪流满面,急切地跪下来求她——自己敬重、呵护了五年的枕边人啊,竟是这么一个货色——那一瞬间,清秋不仅确信了他的龌龊,更确信了自己这些年来的耳聋眼盲。她又是烦,又是恨,羞愧难当,当即就下决心无论如何都要跟他分手,这辈子再也不要见到他。"你起来,"她不屑地朝他甩甩手,看也不看他地说,"赶紧起来,我们离婚吧。一分钱我也不要你的,只要把孩子给我就行!"

要真说起来,清秋并不觉得离婚给她的生活带来了多少实质性的改变。反正丈夫在的时候也是形同虚设的,她那些年供奉、招呼的不过是一个自己想象的对象而已。不过她后来慢慢也还是感觉出了自己在别人眼中的变化——不知不觉中,自己已被划到弱者的行列,人家对她表示亲近和赞美的表示竟变成了她无比反感的那一句"你也不容易"。在大多为女工的车间里,她再去开展工作,遇到有关婚恋家庭一类的事情,她发现自己说出的话在别人心中已不再有分量了……

好在她忙,她坚强,她有能力屏蔽掉那些会给自己带来消极情绪的敏感,依然故我地干好工作、带好女儿、做好自己。可真正的实在而具体的困难没多久就来了——她下岗了。那是她离婚的第四年,女儿上小学二年级时的事。

她先是到处去找:现任厂长家、工会、已退了休的老厂长家——他们这些年都是看着她过来的，看着她一点点从学徒工成长到可以挑大梁，分担了领导一大摊子的工作。他们应该知道，她在业务、素质、人品上都是值得他们信任的。

"你还算好的，还不到四十，年轻，自己琢磨着干点儿什么吧。"她从他们那里得到的只有继续朝前看的鼓励，因为他们众口一词地都在说没后路了——厂子效益不好，已经算照顾她了，没让她成为第一批下岗职工。但毫无疑问第三批、第四批还是会有的，早晚都得有这一天……

然而，朝前走，她能朝哪儿去呢？后来，清秋在家里闷了小半年，不断否定一些可能性。她去了街道、居委会，打听着想找个新的工厂工作，发现没希望。她住的那个片区工厂多，下岗的也多，她没门路，加上自己对自己都没信心，毕竟清楚自己的技能单一，文化水平又低。和她一起下岗的工人有些在干家政、扫马路、摆小摊，可她一个人带着孩子，干那些时间上都不大合适，当然最主要还是她不想让孩子因为她没面子。这期间前夫托人来找过她，她甚至都有点动心了，可真的和他见了面，只一眼，她就够了。匆匆撤离现场，她暗暗告诫自己，再难，也不能走回头路。

下岗的事儿她没有跟家里讲，就像离婚，她父母也是过了好几个月才知道的。父母这次同样是先从别人嘴里知道了，同样心急火燎，四处去托人——有的是托了帮她找工作，有的则托着帮她找个人再婚。等她一回家，她妈便暗示她："小寒前些年不是调到电视台去了吗？换换多好啊，现在不是都这样？换工作，就像换衣裳。"

她不理，没事儿一样，节假日照常带孩子回去，帮父母拆洗衣物，包顿饺子。奶奶去世后，父母的家中陡然空旷起来，仿佛少的不仅是奶奶一个人。她是父母唯一的孩子，偏偏住得又远。

又过了一阵子，不节不假，她一个人回去了，是专程回去的。这次父母无比郑重地把商议好的想法告诉她："我俩虽身体不好，带小孩还是没问题的。你忙，要不把孩子送回来，我们帮你带吧。再有，咱家亲戚多，有事你自己去找找他们，你年轻，现在这世道，年轻的比我们这些老的有面子……"

她不同意，只在心里笑他们荒唐。想想自己的父母，真是一对糊涂虫，活了大半辈子的人了，还是不长大脑。已经上了学的孩子，他们要帮忙带，学校怎么办？他们有能力帮孩子办跨学区转学？这个时候倒想起小寒来了，回城后，他们和二叔家的关系一直不冷不热，奶奶在时，人家是不得不上门，现在早乐得不过来看他们那副嘴脸了。这个时候倒想到去找人家，他们放不下脸，我清秋的脸皮就那么厚？

不过，那天，清秋没再回避与父母谈自己已下岗的处境，那是因为她想让他们帮着找回自己，想自力更生重新开始。

"我们家，从前不是开过糕点厂吗？"她点拨他们。

可他们是无用的。虽然她父母从前都是在爷爷的糕点厂里干，但说起工艺、厂房、管理等等细节，竟然全都一知半解，糊里糊涂，说着说着还为到底是谁记性差而吵了起来，一边吵还一边打击她："哪儿那么容易，你能有多少本钱？赔了本怎么办？"后来，父母的矛盾不断升级，父亲一句"老二脑袋瓜子灵，糕点厂的道道儿，没准儿他明白"，惹得母亲开始哭哭啼啼地牢骚抱怨，陈年老账全抖搂出来了，从他们老李家当初偏心眼，留了长子在家卖傻力气，送老二去念书开始，一直骂到最难的时候是他们一家跟在了老人身边……

清秋强忍着泪，摔门离开。压抑了一路的痛恨，在锁上自己家的房门，把自己的头蒙在被子里后，彻底地痛痛快快地全爆发了出来。

那是清秋生命中最黑暗的时刻。在那之前，她曾自以为是地把自己充分挖掘了一回，找出自己身上的几个优点，比如她肯干、能吃苦；比如她曾在厂里负责，懂点管理；比如，自己家里爷爷那一辈曾有过做生意的经历……可真的事到临头，原来这一切都是虚的。这么多年，她为这些虚妄的东西努力了那么久，得意了那么久……

可再怎么难过，她也得继续过日子。哭过之后，忍着头昏脑涨，她起身把自己和家里拾掇停当，按时去了学校接女儿放学回家。然后，第二天，清秋老老实实去了一个家政公司。

6　2000年的小寒

小寒记得，最初将自己和清秋相提并论的是自己的父母。

"你年纪越大，就越会意识到亲情的重要。因为不管喜不喜欢、愿不愿意，总会有一天，你会在有血缘关系的亲人身上看到自己。"

初听父亲如此讲，小寒有些紧张，担心父亲在含沙射影，怪她回娘家不勤。小寒婚后第二年就有了孩子，开始是身体上的累，后来就开始了劳心，无论怎样，反正时间都没了，都耗到孩子身上去了。小不点儿时，她就给女儿这个兴趣班那个特长班地报，一天到晚围着女儿折腾。以至于，就在那之前不久，有个周末晚上在父母家，她无意间听到弟媳在跟母亲话外有音地评价她这个大姑姐："只全心全意做贤妻良母。"

"就好像你和清秋，你们俩小时候扎一样的小辫儿，穿一样的衣裳，背一样的书包勾肩搭背，一起出出进进的情形，这些天总是在我眼前晃……"

原来父亲是在重温旧事，之所以如此，是因为刚参加了自己哥哥的葬礼。"就在医院后面的太平间里，大家站了一会儿，车就来了，就把你大伯拉走了。我往外走的时候，正遇上一伙儿拿鲜花、果篮的人，才知道拐弯过去，前面就是产科……"

父亲那段日子显得很伤感，急着要说些什么的样子，可说出来的，翻来覆去不过这几句。这些句子，无论内容、形式，从父亲口里说出，都显得太过反常，以至于引起所有听者警觉，各自都在心里反思、检点、联想。尤其是妈，私底下落了泪，对小寒说："你爸他这是怕死啊，他怕死后没脸去见你爷爷。"

母亲显然是最了解父亲的。一年半后，父亲去世。小寒在凌晨被电话叫起来，和丈夫一起在冬日黑漆漆的夜色里跑出去打出租赶到医院。一拐上二楼，只见小小的病房屋里屋外已稀稀拉拉站了些人，在这些人里，她竟看到了清秋以及清秋的母亲，很有些意外。然而屋内躺在病床上的父亲正涕泪交加，见她进来，喊了一声："小寒，爸不想死啊……"

父亲到晚年，成了一个心浮气躁、牢骚满腹的人。他这一辈子，绝大部分时间是做小公务员，从来就没干过什么重要岗位，总在边缘，总是清闲，却依然无法适应退休后失去了身份感的生活，总说闷，总说没意思。和老同事电话聊天，和母亲鸡毛蒜皮拌几句嘴，和小寒及弟弟难得随便聊上几句，没几句就要来一声："我活着还有什么意思，死了算了。"那些年，唯一能让他平静下来的事，似乎只有写写毛笔字。"我这是童子功。"写字的时候，他基本上还算是投入的、忘情的、自在的，可一写完，马上又沮丧起来："书为心画，我这个人早废了，死了算了……"

那么，当需要真正去直面死亡时，父亲是担心大家误以为他真的视死如归吗？小寒看见，在父亲床前，母亲一直拖着平日和她并不亲近的清秋母亲的手，有时，还软软地靠在她身上——她瞬间懂得了母亲的用心良苦，也由此更加感激大妈——在她的印象里，大妈是个嘴碎事多的女人，但那天的她，表情凝重，没出一声，只默默地在很配合、很得体地不时摩挲、抚慰着自己哭得软成一摊的弟媳。

事后，和母亲谈起这些，小寒惊讶于母亲的变化。

母亲已将之看得很淡，甚至都没了分析。"人若是心里有气，你总得让她发出来，"母亲说，"打断骨头连着筋，再怎么说，也是亲戚……

"当年我和你父亲刚结婚的时候，你爷跟我说，他不怕别人说他偏心，他就是喜欢老二，因为觉得你爸像他，爱读书，有见识，将来一定会敢想敢干。可我在你们老李家这么多年了，无论你父亲还是你爷爷，我怎么一点都没看到他们敢想敢干的影子？"

"爷爷不是还做过生意吗？"

"那倒是。听你爸说你们老李家上好几辈子都是好人家，家境殷实，耕读传家，到你爷爷的父亲那辈才进的城，到了青岛。你爷爷年轻时，办糕点厂办得很红火。后来一解放，他也是最积极的，又是交私房，又是响应号召下乡，这其实还不都是为了你爸？你爷爷一直盼着你爸能光宗耀祖呢，可到后来，伤他最深的，还不是你爸？"

又说到清秋。"老李家，这辈儿上只有你们三个孩子，好歹都得好好处着。你有没有发现你和清秋的性格有很多相像的地方？是不是你们从小一起长大的原因？你看，你们都那么好强、好面子，也都不爱说话和交际，在周围都没什么特别亲密的朋友。可这样不好，"母亲说，"小寒，你都四十多岁的人了，女人四十过后的日子会越来越难的。自己在单位里压力越来越大不说，家里上面老的、下面小的，又全都指靠你……你得有个可信任、能交心的朋友才成。清秋是和你同岁的孩子，小时候你们俩又那么好，妈希望你能和她好好相处，没事多联系联系，尤其是，你现在过得还比她好……"

小寒已不记得自己当初是如何跟母亲辩解的，她只记得听母亲讲这些时，自己的吃惊、冤枉，以及后来开口辩解时的急切。

因为当老师时总当班主任，带班太辛苦，小寒在三十五岁那年搭公开招考的末班车考进了电视台。在那批录用的人员里，她年龄最大，劣势最明显，能顺利考入，与她在广电局当副科长的丈夫脱不了干系——周围的人一定也会如此认为，她虽从未听人当面讲过，却总在别人的眼神、举止以及引申意义无穷的话语里作如此猜想。所以，有好些年，周围一有人讨论此类问题，她就赶紧撤离现场。好在电视台这地方总是新人辈出的，没几年，她就被人尊称为老师了。她这老师当得谨慎、较真，也小家子气，因为总想证明自己是称职的，并非因年龄资历而徒有虚名。这些年，小寒的岗位从一个节目组到另一个节目组，从新闻到社教，从记者到编辑……来回折腾。不仅在钻研业务上谨慎，与人相处更是如此，比如，她聊天从不论人是非，外出采访绝不利用关系办私事……这一切的结果便是，现在，在单位里，她没有可畅所欲言的朋友，单位外，更没能像自己的大多数同事一样建立起自己左右逢源的人际网络。

她的丈夫比她强些？似乎也差不多。她常听他自嘲："我有本事？我要是有本事，你换工作时让你去哪儿不好，偏偏让你到那儿吸引眼球、授人话柄？"

她，还有她的丈夫——她唯一可利用的资源，他们能帮清秋什么忙吗？她那个大家都觉得过得不易，但本人却依然能自尊自强自以为是的清秋姐，可能接受她什么样的帮助吗？既然她帮不上清秋什么，那还虚情假意地联系她干什么？

一度，小寒对自己母亲的那番语重心长是不以为然的，因为在她眼里看到的母亲和清秋姐的母亲、自己的大妈，她们相处得也非常一般。没了男人后，这两个因婚姻而有了亲属关系的女人似乎也没了再往一起凑的理由。现在，连春节她们都不见面了。"她们或许只希望出现在彼此的葬礼上。"——小寒不止一次地如此猜想，甚至和丈夫念叨。而母亲讲给她的那些关于清秋的告诫呢，很快她就放下了，放得彻底，直到后来麻痹大意，伤了清秋。

那是在2003年？是的，是那一年。她和清秋是同一年生的女儿，那年，她们的女儿都十六岁，都要上高中了。清秋来找她，为了孩子。

"孩子是我们在这个社会上的人质。"那天清秋走后，小寒的丈夫突然冒出了这么一句话。见小寒在发愣，丈夫又解释："像你姐这么骄傲的人，这不也低头了吗？为了孩子。"

对清秋，还有自己家和大伯一家的是非曲直，小寒曾事无巨细地同丈夫讲过。丈夫——小寒如今在这世上唯一可信任、能交心的朋友，他旁观了她和小寒那次会面的全过程，之后，只诗人般言简意赅地用这一句话来表达了从此事中收获的心得。紧接着，他便开始大发感慨，感慨他们夫妻俩何尝不是和清秋一样，也是弱者？

小寒懂得，丈夫说这些，不过是想让情绪糟透了的自己，可以略觉宽慰。

丈夫说得不错，这是真的，他们何尝不是弱者？孩子中考前，小寒夫妻俩也担心得要命，怕万一考不上他们最想让孩子去的二中，考到一般的高中怎么办？要不要也像别人一样早早送孩子出去留学？或者，花钱找人去看能不能去借读？

好在他们的孩子争气，到底考上了第一志愿。清秋的女儿就没那么幸运了。其实，严格地说，那和运气没关系，清秋女儿的成绩一直就一般，她那成绩能上的只有职高，而这却恰恰是她母亲清秋没法接受的事实。

"这些年，我们周围多少人搬家啊，谁不知道东部的房子宽敞、配套条件好，我们却一直守在这儿，图什么？还不是图好的小学、初中都在西部？图孩子一开始，就能赢在起跑线上……

"你怎么认为小时候什么兴趣班都不给孩子报就是对孩子好呢？谁不想让自己的孩子轻轻松松地过一个无忧无虑的童年，可现在这种评价体系下，可能吗？

"孩子上幼儿园的时候我就送她去学钢琴了，我这个连唱歌都跑调的人，从来就没做过让孩子当钢琴家的梦，可我还是陪着她学琴，坚持一步步学下来，一级一级考出来，每天都规律地弹那些枯燥的练习曲……这么做的益处我是在后来一点点意识到的。还不仅仅是艺术修养的问题，最重要的还有培养孩子的耐性、恒心、生活的秩序、自我管控的能力，这一切，是对孩子的文化学习非常有促进作用的，是孩子一辈子都会受用的……

"孩子都十六了，应该有自己的想法了，你不能把自己的意愿强加给她。她想上高中，还是你想上高中？或许她更愿意读职高，早就业呢？每个人都有每个人的路，哪条路也不见得就比另外的路好……"

她记得自己当时同清秋讲的大致包括以上内容。这不能不说是她的肺腑之言。从前，和外人她也讲过些，只是没这次这么集中、这么大剂量。活到这么大，对生活，这是小寒唯一有胆量也愿意讲出口的经验。面对自己的姐姐,基本上没有讲话只是听她讲的姐姐,小寒开始是为了避免冷场,后来是说着说着渐渐进入状态。那天,小寒把这些内容讲得琐碎、忘情、苦口婆心。

但她正是因此得罪了清秋。在清秋起身同她道别的那一刻,她从清秋的眼神里知道了这一切。那一瞬间,她想起若干年前自己登门拜访后,从清秋家里离开时的情形。如今,那个当面指责她的姐姐选择了如她当年一样客客气气地离开,让她顿时意识到时光弄人,意识到人的衰老、隐忍以及无奈……她感到自己的心开始钝钝地、闷闷地疼,为姐姐,更为没能设身处地替姐姐着想的自己。

从那以后,她的清秋姐姐再也没来找过她。她倒是逢年过节的总想起姐姐,但当她主动联系清秋时,得到的却是她冰冷的拒绝。以至于,她都无法告诉清秋,那次会面后,她其实曾经急切地想过要弥补,为此绞尽脑汁,后来还托了人帮忙。可她到底没能力帮上她的忙,也就到底没找到可以再去接近清秋的理由。

这成了小寒的心病。

现在,坐在病重的姐姐身旁回望从前,小寒发现,正是从那之后的将近十年的时光里,正是这心病切断了虚荣、怯懦的自己和清秋姐姐之间的联系,让小寒每每想到姐姐,都要绕出一大堆的道理来抵挡、搪塞。这一绕,何止绕过了姐姐呢,难道不也同时绕丢了自己和自己过去的联系吗?当年,学文科、很文艺的小寒已经有多久无法顺畅地回望自己还有家庭的从前了?

现在好了,现在小寒终于来独自面对姐姐了。这次接到姐姐的电话,小寒激动得简直近乎感激。从没请过事假的她,当即跑去领导那里告假;从来没下过厨房的老公,也要被她义无反顾地撂下。

可真的坐在了姐姐身边,姐姐却在昏睡,一直昏睡。

7 2010年,清秋和小寒

其实,小寒还没进门时,清秋就醒了。她听到房东在屋外夸小寒来得快,感慨关键时候还是得亲姊妹,心里很有些不是滋味。以至于,小寒进了屋,她也没睁开眼睛。

　　血缘、亲情，真的是这世上最磨人、最理不清、最暧昧难明、最无法言说的关系。从得知自己将不久于人世的那一天开始起，清秋的心从烦躁不安到气郁憋闷，再到如今不得不无奈地顺应下来、平静下来。一个多月的时间，有如此迅疾的转变，主要还是源自于身体的提醒。这些天，她已越来越清楚地感觉到自己的生命之路就要走到尽头了。没了力气，总是心口窝疼、总吃不下东西的清秋，如今每天躺在床上，只沉浸在对往事的漫忆、翻拣里。她只牢牢地绷紧了一根弦——这世上，我还有什么牵挂？还能做些什么？

　　她牵挂的当然是女儿，那曾带给她无尽欢乐、梦想，也曾让她无比操心、伤心的女儿。想当初，女儿早恋时，她曾气急败坏地撂了句狠话，威胁女儿说如果不跟她回青岛，她就当自己没生养这么个孩子。可后来女儿果真没听她的，她也不过只是独自抹眼泪，空嗟叹，没多久便自食其言了。好在孩子怎么都能长大，好在女儿和那个同学彻底断了之后，她感觉到了孩子突然间的成熟，以及对她的亲近。在许多大学生毕业都找不到工作闲在家里啃老的今天，她的女儿能自强自立，在北京打份体面的工。"妈，你不觉得吗，我脾气秉性都随你，咱俩不能在一块儿，在一块儿没几天就要吵，一离开呢，又想得慌……"这是女儿对她讲的，她同意。孩子随她，可比她好——她自己，直到母亲去世，都没跟母亲讲过一句如此亲近、如此掏心窝子的话，这让清秋痛心。

　　最初确诊了自己的病，清秋的第一个反应就是拨通女儿的电话。电话那端的女儿照例是在忙，是没想到母亲会在自己上班时给自己打电话吧？那天，电话里话语匆匆的女儿说得最多的话是："妈，你怎么了？没事儿吧？"

　　她当然告诉孩子说自己没事，可放了电话，她就开始忙活开自己的事了。对，她得卖房子！她住的那片宿舍区马上就要拆迁了，眼瞅是赚钱的地角，现在出手无疑是能卖出个好价钱来。孩子长这么大，上学、找工作，她无数次地自责自己没钱、没关系，什么忙也帮不上。现在好了，她要走了，走之前，是老天助她，可以给孩子留下一大笔钱！

　　可卖了房子，她去哪儿呢？就好像从前打零工，她都因怕遇上熟人，而远远地离开沧口去市区一样，等中介帮她卖房子期间，她回了趟平度。

这辈子，除了青岛，她只在平度乡下生活过十几年，那时候，她被母亲领着去过几次平度县城，那儿给她留下了太多美好的记忆。然而，隔了二十多年再回去，下了中巴车，她竟傻了。以记忆中的建筑物作为参照到处去找寻从前，让她越找越觉得自己来到了一个全然陌生的地方。好在乘车途中她结识了一位大姐，大姐家在临近县城的一个村里，她把自己闲置的厢房租给了已无力再寻住处的清秋——过了不久就一个人搬家过来，等待死亡的清秋。

"姐，这儿不是咱爷当初带你们来下放的地方吧？我记得当初办回城时，我爸带我们全家来接过你们，好像不是这儿吧？"

"不是。"被小寒搀着，清秋强撑着靠墙坐起来，朝小寒苦笑摇头。

"都什么时候了，你怎么还这么犟，这么要面子呢？"她看见小寒汪了满眼的泪，来握自己的手，"姐，你可真像咱爷啊！听我妈说，当年下放的时候，爷本来是可以回原籍的，但他却选了离原籍三十里外的地方。他说，那儿可以每天听见老家的动静，又不必真正去面对老家的人。"

"没有，"清秋继续摇头，"我是因为要租房，碰巧……"她有些疑惑，无论是自己像爷爷，还是爷爷倔强、好强这些评价，清秋都是头一回听说。在她的耳边，从自己的父母，尤其是母亲那儿描绘出来的爷爷的形象，是懦弱的、愚笨的、做事没章法的。而自己眼中呢，清秋对爷爷最清晰、深刻的记忆也来自乡下那些年，那些记忆的确是在印证母亲的描述。

"那儿我也十多年没回去了，现在也不想回。不过，咱填籍贯时总写的那个平度万家镇李家村，应该离这儿不远。我这辈子就从来没去过，你去过吗？小寒，你想回去看看吗？"清秋故意不看哭哭啼啼的小寒，把话题往远处引了引。

"我也从来没回去过，只听我妈说我爸去世前，她陪我爸回过一次。姐，没事儿，我能找着，只要你身体允许，我陪你去……"小寒安慰着姐姐，自己的泪却越发止不住了，"一个人是怎么成为她自己的？刚才你睡着时，我一直都在琢磨这个。我觉得我真可悲，自己的父母、爷爷奶奶、姐姐弟弟，都说不清道不明的，谁我都没真正懂得过，谁我都没真正亲近过……"

"别哭，小寒，"清秋也难过起来，但她还努力让自己像个姐姐一样地对小寒说，"我以前脾气不好，可心里，我真的一直是在乎你的，你知道吧，小寒？"

"姐，跟我回去吧！"小寒突然抹了把泪，猛地站了起来，过来试图拉清秋，"就算没有治好的希望，咱也不能待在这儿，一个人上路多孤单啊，我不能让你就这么孤零零地走。我还记得我妈离走前跟我说，以前听说大妈信教，她还觉得不好，可大妈临走前，很平静地跟我妈说，她要去见上帝了……我妈特别羡慕她。姐，这些年，你……不是也信了什么吧？"

"没，我没有。"清秋摇头。在她眼前，出现了许多老人，大限将至的老人。他们有些已人事不知，却还有旺盛的胃口，旺盛地吃喝拉撒；有些已被化疗折腾得对活下去不再有指望，可一说到从前，却还耿耿于怀于某个人、某件事；有些总有亲人陪伴却总抱怨儿孙不孝，有些总孤单单的一个人，却到处跟人解释自己的孩子太忙——最近几年，清秋一直在青医附院做护工，她亲眼目睹了许多老人生命的最后一程。现在，她也要上路了，她希望自己能体面，也希望自己能给自己身边的亲人多些体面——"叫你来，是托付你帮忙，卖房子的钱，我把存单给你。还有我妈的房子，一直在对外租着，将来，要是俺嫚想回青岛，也有个落脚的地方；要是不想再回来了，你就帮她卖了吧。孩子就你这么一个最亲的姨了，到时候，别忘了，你一定得帮她……"

"这样不行的，姐，孩子要是知道你病成这样都不告诉她，将来是要怨你的！"

"拖到最后我再告诉她吧，我也想她，想见她最后一面啊！"清秋的声音也哽咽了，她眼前又出现了自己的女儿。想起自己这些年，离婚、下岗，后来又筹钱开过一阵小吃店，赔了本……小寒当年说的不是没有道理的，做母亲，她可能真的不如小寒。这些年，她折腾来折腾去，心里虽想着都是在为孩子忙活，可在孩子成长的过程中，她陪在她身边多久？她和她一起经历过什么？在孩子的成长阶段，她真正地帮过孩子什么吗？"俺那个嫚嫚，"她低声对小寒说，"咱家的事儿，我从来都没好好跟她讲过，要是我一走，很多事她就更不知道了。我走前，怎么也得告诉她，她妈、她爸、还有姨、舅……咱俩多巧，一年出生，又都在同一年生的女儿。人家都说，只有姊妹俩才可以做一辈子的好朋友，兄弟、兄妹都不行……呵呵，小寒，我如今只希望，将来咱俩孩子的孩子，他们小时候还能跟咱俩小时候一样亲，能处得比咱俩好……"

小寒愣在那儿，她想到自己已远在大洋彼岸的女儿，如今，她只能通过网络视频每天和女儿保持联络。

"我早就在琢磨找工作了,要是能找到合适的工作就好了,那样我就可以留在美国了。"

"没良心的傻丫头,你就不怕将来想家?"

"想家有什么用?你和我爸当年为送我出国花那么多钱,你不知道我压力多大啊。我哪敢胡思乱想,我想的只是好好努力,将来多赚钱,好早点儿把你和我老爸都接过来!"

清秋注意到小寒在发愣,自己顿时也反应过来了。她并不知道小寒已经把女儿送出了国,但却清楚地记得小寒教育过自己的关于一开始就要让孩子赢在起跑线上的话。她意识到,自己的女儿和清秋的女儿,从义务教育阶段开始,就是一个读李沧的普通学校,一个读市南名校,更不要说后来的高中、大学、就业……她们很早就不在一个跑道上,更不要说将来她们的孩子了……

想到这儿,清秋只能歉意地、尴尬地,朝小寒报以苦笑。

死生契阔,此刻,有如此感觉的当然不只是清秋,更有小寒。

(原载《芙蓉》2013年第2期)

过火的山林

　　一个人在时光中渐渐长成后来的模样，总会有很多理由。若你把这一路走来的沿途风光、因缘际会归结于冥冥中莫测的命运，那么，那个你最初来的地方，你的出生地，你度过最恣意、也最迷茫的年少时光的地方，对你又意味着什么？

　　我曾一度以为，对此最有发言权的，一定是我的堂弟火生。只因他的名字——火生，这两个字记录的是他出生时的情形。那时候，在我们的家乡正熊熊燃烧着一场森林大火。刚刚来到人世的堂弟，睁开眼睛初次打量这世界时，周围应声围拢过来的目光，就不仅仅来自他的亲人，更多的，其实还是那些萍水相逢的陌生人；当他开始挣扎，扭动着血污斑驳的小身子，翕动鼻翼，咧开嘴巴发出第一声哭喊时，由此而引发的情感，就不仅仅是欣慰，更多的还有唏嘘感慨，甚至泪水涟涟、悲伤失语。

　　那是二十年前一个春天的凌晨，大兴安岭某林业局火车站的一间小办公室被临时用作了产房。那时候，那场大火被狂风裹挟着刚离开不久，躲到火车站幸免于难的人们还惊魂未定。

　　事实上，你会明白，我所说的大火的离开，指的是它向另一个林区小镇烧过去了。众所周知，发生在1987年5月的那场森林大火，是我们国家建国以来最惨重的一次森林火灾。它燃烧了整整二十八天，在这二十八天里，一百多万公顷的林地过火，二百多人丧生，五万多人惊慌失措地在那片突然间变了脸的家园里仓皇逃难。他们，拖儿带女、扶老携幼，站在河边、马路上，或幸免于难的建筑里，眼睁睁地看着自己的家、家人、朋友在这大火中化成灰烬。

在这二十八天里，在大火肆虐的重灾区，还有十几个孩子平安降生。他们中的许多人，和我的堂弟一样，被父母用"火生"做了名字。这名字是个符号，它将跟随这些孩子一生，成为永远袒露在他们还有他们周围人之间的一道坎，不容忽视地横亘在那儿，用作纪念，并彼此提醒。这个名字，在后来的日子里，被不同的人们带着不同的情感呼来唤去。现在，到今年5月，火生们就要满二十岁了。

几天前的一个午后，我和堂弟火生在MSN上相遇。说起近况，我告诉他，自己正筹备休年假，还讲起对诸如丽江、凤凰等那些自己未去过的风景名胜的向往。然而堂弟那边则反应平淡，好半天，才发过来个"哦"或"呵呵"之类的敷衍文字。

"你最近忙什么？"我问。

"待命。"他说。

"什么？"和故乡睽隔太久，我已生疏了自己小时候最经常听到的大人们对他们工作状态的描述，一时都没能反应过来。

"你没看电视吗？"堂弟终于起了谈话的兴头儿，这次的答复显得有声有色，"大兴安岭又着火了啊，年年都着火，每个春天和秋天都是这样……嗐，这两天，我们局里所有的干部职工又都在待命了啊。姐，还是你们那儿好，我看到了你博客里发的照片，到处鲜花盛开……"

三天后，我踏上了返乡的旅程。

我离开故乡已十多年了，先是读书，后来在外面工作。刚开始时，每年寒暑假还回去，可后来，当父母也离开了那儿，我就简单地把父母生活的地方认作了故乡。并且，在和故乡渐行渐远的日子里，我还不断地剔除着自己身上那些来自故乡的痕迹。

在广播学院学播音，我做得最多、最用心力的功课，就是拼命地矫正自己的平卷舌及上声调的调值不够。那是我出生地的方言标志，我恨死了它的不规范、不正确，以及自己对这不规范、不正确的习焉不察。可与此同时，我却还会不由自主地把ing和in的发音混为一谈，比如把"英雄"

说成"阴雄",把"声音"说成"呻吟"等等。虽然这也同样不正确,但不仅我,我周围许多同学甚至老师都精于此道,都觉得这刻意犯的错能彰显出自己的品位,彰显出自己对流行风尚敏感、细致、周到的把握。

后来,我开始了工作,在一家电台做一档以自己名字命名的晚间夜话节目。我给自己取了"江南"这样一个带有南方地域色彩的名字,日复一日,我在夜晚的电波里用这个名字说话,并渐渐让它成为我在这座南方城市里的身份。

是因为和火生的闲聊让我突然决定返乡的。被这念头蛊惑,我还特意跑了趟书城,到底买到了一本叫《出生地》的诗集。在那片书籍的丛林中,之所以能把它打捞出来,是因为我喜欢这名字,我希望它能帮我铺垫足对故乡诗意的深情,让我这场突发奇想的返乡之旅变得冠冕堂皇。

然而,毫无疑问我是个矫情造作的人。具有讽刺意味的事情很快就发生了:前天一上飞机,不过稀里哗啦把那本书只翻了几页,我就又累又倦,不久就仰靠在椅背上睡着了。

为了返乡,申请休假,我废寝忘食地录制了十几期节目备播。是那几天高密度地朗读那一篇篇的煽情美文,败坏了我对文字的敬重吗?

当飞机振颤着要降落时,我终于醒来。

周围开始不断有人站起或坐下,伸手到行李舱里取行李,大声说笑,和同行者或偶遇的旅伴道别、寒暄。而我却在此时,从摊开在自己双腿间的诗集里,看到了这样的句子:

> 最细微的声音来自海底
> 像天体裸露的微光
> 我从哪里来
> 我常常将自己忘掉
> ……

那一刻,我突然感觉到自己的心变得那么柔软和轻盈,它已轻轻地、轻轻地被这些文字托起,暖暖地荡漾起感动。它让我在这喧腾、嘈杂、到处都忙碌着准备各奔东西的机舱里,一动也不敢动。

安静地靠在椅背上,我小心翼翼地守护着这份久违的感动。

恍惚间我觉得自己还是二十多年前那个沉默、单薄的小姑娘,是的,那个正奔跑在林间的小姑娘,被班主任于老师的手牵着,拼命地、惊恐不安地奔跑在逃离自己家园的路上……温热的、方向变幻不定的、夹杂着碎屑的风不断打在我脸上,迷住了我的眼睛,可我连揉眼睛的机会都无法给自己,因为在我周围,到处都是大人和孩子的哭喊,他们也在拼命地、不顾一切地奔跑、奔跑……终于,眼前颠簸着的黑漆漆的夜色里,那条泛着微光的大河出现了!所有的人都松了一口气,我们到了!我们终于安全了!拼命地跑过去,在马上要跃入河水的瞬间,我揉搓着眼睛回头去看,简直怀疑身后的那片土地是否曾是自己的家:弥漫的烟雾让眼前的一切看起来都影影绰绰的,陌生又恐怖。最恐怖的就是那一丛丛高大的松树,每一棵上面好像都高高低低飘浮着一串串大大小小的黄火球,它们怎么可以那么明亮,那么齐整,那么艳丽和诡异?而在那些灯笼背后,作为背景的天空则呈现出一片令人惊悚的火红,人、建筑还有树木的影子正夸张地在这片火红中晃动着、跳跃着,随着我惊惶的打量,一下子突然变得阴险、切近起来,仿佛所有那些曾安静地耸立在地面上的一切,都在此时拔地而起,正迅猛地、呼呼奔突着向我们追赶过来……

往事在那一瞬间被激活,记忆的闸门因这场景而轰然洞开。我的故乡、我的亲人、我的年少时光终于在我的脑海中全部苏醒,它们在这一瞬间变得那么清晰生动,那么可感可触……

机窗外的阳光暖暖地晒在我的身上。闭着眼睛,我知道自己终于幸运地踏上了返乡之旅。

一　5月7号

1987年的5月7号,对我来说毫无疑问是个刻骨铭心的日子。

在那场森林大火向我们走来的夜晚,我和妈妈也拉着手走在路上。我们要去的地方是妈妈工作的卫生所。在卫生所处置室的床上,躺着一个病号,我们要去给他送饭。

是的,我到今天都清楚地记得那病号的样子:是个外地到我们这儿来打工的小伙子,年纪不大,细高个,驼背,身材看起来像麻秆一样单薄,头却不合比例地硕大。当然，这或许是他那头又长又浓密脏乱的头发给人造成的错觉。他是前一天晚上被人从山上工队送到林场来的，说是出了生产事故。刚去上工不久的他，正辅助师傅作业，被不知为什么突然飞崩起来的圆锯锯片割伤了肩膀。

他被送来的那个晚上，也是我陪妈妈出的诊。我记得妈妈用一把尖尖的电镀剪刀剪开了他那脏得已看不清本来颜色的毛线衣，露出他右肩上血肉模糊的一片。血水糊着肉，红红地翻了起来，一些地方已开始结痂，把毛衣都粘在了一起。妈妈皱着眉头，咧着嘴，用镊子夹着酒精棉给他处理了伤口。后来，缝合的时候，他痛得弯下腰去，大声叫，那简直像野兽一样没有任何意义的喉音让我觉得他力气很大。但那声音依然没能吓住送他过来的工友，他们偏着头不看他还有他的伤口，只是齐心协力、又拉又拽地按住了他……

仅仅一天，生龙活虎的他竟然就安安静静地躺在那儿了。他脸色灰白，头发乱蓬蓬地虬结着。见我们提着饭盒进来，他睁开了眼睛，竟朝我们微笑了。我这才注意到，他原来有一双又黑又大、非常秀气的眼睛。他的笑，生涩又谄媚，像做错了事的孩子，正羞赧不安地等待家长的惩处。

妈妈过去扶起了他。他似乎很虚弱，就那么一坐，都折腾了半天，出了一头的汗。他软软地倚在床头，垂着长长的眼睫毛，低头一口口地吃着我们送去的饭。妈妈过去拿空饭盒时，他道了谢，又快又含糊。他讲的一定是自己的家乡话吧？站在一旁的我，听得很清楚，却无法明白具体意思，只是和他一样，因这道谢而窘迫，想赶紧离开。

妈妈在洗手池那儿一边清洗饭盒，一边安慰他："不用担心，你的伤并不重，是右侧肩胛骨受了外伤，但肌腱并没断。现在你觉得虚是因为来得太晚，失血过多。再住上三两天，输血、挂水，慢慢地你就可以恢复了。"

山上工队里像他这样从外地跑来打零工的人太多了，很多时候来了没亲戚的病号，都是卫生所的大夫负责照顾。从小到大，晚上和妈妈做伴儿去卫生所送饭这种事，太司空见惯了，我根本就没觉出有什么特别。而那天晚上，我们回家之后也一切正常。八点刚过，停电了，妈妈轻车熟路地点起了蜡烛，我们抓紧时间洗漱就寝。冬季是林区生产旺季，在林场，为保证生产用电，拉了家属区的生活用电算什么稀奇呢？

可我们哪知道,那次的停电,其实是因为山火已来,先把电路给烧断了。

是邻居们通过门铃对讲喊醒我和妈妈的。懵懵懂懂地醒来,让我感到恐惧的倒不是大火已来的消息,而是邻居凄厉的叫喊。

好容易穿上衣服,我只会在屋子里跑来跑去,不知道要干什么。妈妈开始似乎还想收拾些东西,可稀里哗啦地把柜子、抽屉打开关上,又去打开……到最后,她也不过是给我和她自己各找了件棉大衣,拉着我的手,就匆匆跑了出来。

外面那时已是一片混乱了,到处都是人的呼喊声、哭号声,还有怪异的噼噼啪啪的大风到处肆虐的声音。

"往哪儿跑啊?"妈妈随手就拖住一个邻居的手。邻居回过头,我才看清那是林场的会计,我叫他李大爷。他背着一个大包,正哆哆嗦嗦忙活着锁门呢。

"你们没看电视?"他回头喊,"电视都通知了,开始是通知职工拿工具去打防火道,家属带孩子去大河。还没等收拾好,通知又变了,说不打防火道了,全往大河撤!看来是火太大,救不了了。赶紧往大河跑吧,吴大夫!"

是家属、职工,还是吴大夫,到底哪个称呼刺激了妈妈?她竟镇静了下来,扭头对我说:"你跟着李大爷去大河!妈有事,一会儿就去找你们!"

"不!"我哇的一声哭了,"我谁也不跟,就跟着你!"那天晚上,爸爸出差不在家,难道妈妈也要扔下我吗?

"不打防火道了!"李大爷有些气急败坏。

"不是啊,卫生所还有个人呢!"妈妈朝我们喊。

"好,好,那你赶紧去!"李大爷一边朝妈妈喊,一边过来拖我的手。可我不肯,甩开他的手去拖妈妈。

"晓雪,你听妈妈说,妈从前打过火,有经验的。你吸口气,觉得呛吗?不呛是不是?火还没靠近呢,还有时间呢!你听话,和李大爷去大河,妈保证一会儿就到!"

妈妈蹲下来,看着我的眼睛,想给我信心,但我执拗着到底和妈妈一起去了卫生所。

我们到卫生所的时候,那小伙子还在睡呢。我们一推开门,就大呼小叫地拉他坐起来。他木讷地揉着眼睛，低头哆哆嗦嗦怎么也找不到鞋。我们好容易帮他把鞋套上了，他却还是站不起身来。我们拼命去拖他，拖他，折腾半天，他也只是站一下，就呼地又坐下了。他的脸惨白，眼睛闭着，头还一个劲儿地向后仰，好像就要晕过去了似的。

这时候我的嗓子突然感觉到了呛，周围的空气似乎也突然炙热起来。想起妈妈刚说过的话，恐惧猛地攫住了我的心。我放弃去拖那小伙子，又绕过去拖妈妈。

到现在，我已记不得自己当时都和妈妈喊过什么了。话应该并不多，但似乎还提到了爸爸吗？我记不得了。我不是个话多的孩子，小时候更是如此。但我想我那次的表达能力一定发挥到了极致，这发挥也一定乱了妈妈的方寸。我如今只记得妈妈朝那小伙子喊了声："我马上就回来！"就拉着我的手，离开那儿了。

出来时外面已没什么人了，好在没跑多远，好像是在操场附近，遇到了我当时的班主任于老师，还有校长等几个人。妈妈把我交给了于老师，我眼睁睁地看着她和校长又跑回去了。

是于老师带我逃到河边去的。那条河并不宽，但那个晚上，它却成了一条救命的河。那一年的春天天气偏暖，冰封了整整一个冬天的河面早已化开了大半，河面上星星点点地袒露着不少遍布石子的干地。我们蹚水进去，棉裤都湿透了，却浑然不觉。因为，在我周围，空气燥热温暖，就如同炎炎盛夏。

多年以后，通过各种媒体，我看了不少关于 5 月 7 日那天晚上那场山火的分析报道。有数字说，那天晚上，火的行进速度至少有每秒十五米，火场中心的温度有上千度，火和风互相借势，风力远远超过八级。整个火灾之后，留在大兴安岭火场上的二百多具尸体大多是红彤彤的，那是因为，大多数的死者是被烤死的。因为如此大面积毁灭性火灾的罕见性，许多传统的逃生方式都遭遇到了挑战。比如说，有些人逃到为储存过冬蔬菜而挖的地窖里，想躲过地面上的火，却因窒息而死；有些人把身体浸在水里仅露出嘴巴来呼吸，结果因火场温度过高，火并没近身，人却被活活地煮死了……

我是幸运的，尽管经历了那场山火，但我一具尸体也没看到。在去往大河的路上，于老师一直捂着我的眼睛。可即便她不这样，我的注意力也不在那儿。我瞪着六神无主的眼睛，一直在寻找自己的妈妈。

妈妈是很久以后才出现的。我现在还清楚地记得她当年头发乱蓬蓬，哑着嗓子东张西望，到处喊我名字的情形。我记得，后来她紧紧地把我搂在怀里，我感觉到她和我一样也在颤抖。那一刻，我觉得我的妈妈比我更像一个受惊的孩子。

然而现在，奔走在返乡途中的我，再次回头去打量当年的自己，那个年仅十二岁的，在河边颤抖着哭泣的小姑娘，我知道那时自己的哭泣，仅仅是因为恐惧。那时的我不会懂得那个恐惧的夜晚对我，对我的家乡、亲人们意味着什么。

是的，那时我不会知道，在自己的生命中，因为有了那个晚上，家，还有家所在的林场，以及所有镌刻童年记忆的物件都化为了灰烬，自己以及自己周围的孩子们，就这么成了一个童年记忆暧昧不清的人；我不会知道自己的祖辈、父辈、自己以及下一代孩子们，他们那原本该按部就班的日子将由此改变；不知道那片山林，还有那场山火，会在我后来的日子里，反反复复地、不断地进入我的梦境，与我现实的日子如影随形……

那梦境是在提醒我吗？提醒我，自己是大兴安岭的孩子，无论将来走多远、回不回来、几时回来，永远都是。

二 大兴安岭

1975年，阴历的九月十五，我在大兴安岭出生。

妈妈说，我出生的那个早晨，她在睡梦中因感觉不适而醒来。家中没人，她就自己出去找人，结果，在回家的路上，让那个被找来给我接生的奶奶担心了一路。"要乖啊，要乖，千万要等到我们到家后你再来呵。"那奶奶一路都在不停念叨。

可妈妈却表现得非常镇静。她后来和我解释说，因为她是医生，她最见不得的事情就是一个人在面临痛苦的时候丧失尊严。所以，尽管那是她第一次面临生产，她还是留意到了一些细节。"你出生的时候，刚过早八点，隔壁的邻居都去上班了。周围特别安静，我一个人躺着，看见窗外灰蒙蒙的天上开始飘起了小雪花,就想:天,怎么这么快啊,今年的第一场雪,怎么这么早就来了啊?"

妈妈因此给我起了晓雪这个名字。后来,当我需要解释自己的名字给亲近的人听时,曾向他们描述妈妈讲过的情节,但几乎没人相信。他们几乎都在向我表达疑问:"真的?你们那儿阴历九月就下雪?"

是啊,谁会信呢?我们每个人,难道不都自以为是地以自己的经验在对道听途说做真伪判断吗?

对那些我离开故乡后结识的友人或亲人们来说,大兴安岭或许仅仅是个地域概念吧。当他们仅仅因为我而关注那里时,都会想到什么?中学课本上做了需背诵标志,可能会在考试中以填空形式出现的知识点?还是时髦地理杂志上配发了风光图片和煽情广告词,大力推介的新兴旅游景点?再或者还会有诸如"莽莽苍苍""峰峦叠嶂"一类的形容词,以及他们受这些词语蛊惑,从各自经验出发而在自己脑海中生发出的静美图画吧?

在他们的图画里,会有人吗?生活在那儿的人?

那儿的绝大多数人都不是"土著",他们来自五湖四海。有许多人为了那里的开发建设,死在了那里。其实,又何止是他们?对于在那儿出生的我们,还有当年坚信人定胜天,豪迈挺进那片千古蛮荒的山林去战天斗地的我的祖辈、父辈们,难道,他们就敢说自己真正认识那儿吗?

那片山林,她一直在那儿,浩渺深邃、神态端凝。她体恤地打量着我们,看着我们徘徊在不断认识她的路上,前行、折返、瞻前顾后、左顾右盼,这条路到底有多长?我们到底还要走多久?

大兴安岭是我国最大的林区,整个山脉面积二十二万平方公里,比江苏和浙江两省的面积之和还要大。她面积中最大的部分位于内蒙古自治区的东北部,另有一部分位于黑龙江省辖区。她的木材资源十分丰富,直到现在,木材蓄积量依然占全国的六分之一。这片自西南向东北的原始森林,绵延数千公里,是一道天然的屏障,抵御着西伯利亚的寒流和蒙古高原的旱风。因为它的存在,使得松嫩平原和呼伦贝尔草原较同纬度的地区气温更高,降水更多,利于农牧生产,延缓土壤沙化进程。同时它还是黑龙江和嫩江等河流的水源涵养地,努力护卫着那里肥沃、松软的黑土,使其不至于被雨水冲刷带走……

历史上,在那儿生活的人,只有鄂伦春、鄂温克等一些少数民族,他们以原始狩猎的方式和她和谐相处。我们国家对那儿的开发建设1952年正式上马，而我们家是60年代末去的那儿。爸爸从内蒙古西部过去，跟随成分不好去支边的爷爷；妈妈则从上海过去，作为参与北陲建设的知识青年。

"为什么我出生的时候，爸爸会不在家？"小时候，我常对此耿耿于怀。

"你生在内蒙古大兴安岭林区，而爸爸那时已先到黑龙江大兴安岭林区去了。那儿开发晚，条件更艰苦，我们都叫那儿北三局。你满周岁后，妈才带你去那儿的。"妈妈说。

北三局指的就是西林吉（漠河）、图强和阿木尔，那里是后来5月7号那场山火的重灾区。从我记事起，我的家就在那儿。

现在，当我回望时，首先出现在我脑海里的画面，永远是冬天。

是的，冬天，大雪纷飞，白山黑水，干冷干冷的冬天。铺天盖地、厚厚沉沉的积雪严严实实地覆盖着远山近树，冰封的河面以及错落的人家恹恹地泛着灰蒙蒙的光泽。没有一丝风，雪已静静地下了整整一天了，却依然没有任何要停歇的迹象，还在纷纷扬扬无声地飘落着。这雪花，它们来自同样也恹恹的、灰蒙蒙的天空，是它们的来途去路使得天和地浑然成为一体。放眼望去，你无法分清天地万物的界限，你将愿意相信自己不过是天地间一片又轻又薄、无足轻重的小雪片。

不过，若停留久了，你就会发现家家户户烟囱里滚滚升腾出的条条气浪，它们在灰白的背景下，颜色略浅，袅袅地在风里飘拂游走。那是升腾的炊烟，是沸腾的人间烟火！在它的跃动里，你会看到春天，她是个慢性子的小姑娘，总在人们的翘首以盼中，迈着四方步走来。积雪会哗哗啦啦地唱着歌儿慢慢消融，达紫香会在积雪尚未完全消失的山林间绚烂怒放，把漫山遍野变成粉丹丹、热辣辣的花海；紧接着，明亮、舒爽的夏天会缓缓而来，正午的阳光会渐渐不再偏斜，傍晚八九点钟时太阳还赖在西面的天上，执拗着不肯离开；可即便如此她也敌不过热烈、急躁的秋天，葱郁的林间会扬起他阵阵急行的足音，仿佛只是一夜之间，他就跑来了，满山遍野的杂交树木会层林尽染，红色、黄色、绿色，劈头盖脸地就给群山套上了五彩的花衣裳；可这花衣裳太金贵了，没几天，他们零落成泥，了无痕迹，不觉间霜下来了，冻下来了，晚生的农作物还满满地有一包劲儿没来得及使出来,就要被目瞪口呆地冻死在田间地头,因为在他们周围,四季已又开始了一轮新的流转……

是的,那就是我记忆中的大兴安岭。我最早的家,便是在一座仅有一百来户人家的小林场中。它陷落在莽莽林海的怀抱里,显得宁静孤单、整齐划一。

我还记得,那个时候大人们习惯用"五户平均"来描述自己的住房。那是因为林场所有的家属房差不多都是同时、统一建造的,每一栋房子的外观都一样,齐刷刷的一列,被均匀分成五等份,安置着五户人家。在林场,差不多所有人家的房子都完全一致,都是五户平均的一部分,两间屋子加一个厨房的格局。

尽管一共也没几栋房子,可我小时候还是常常会找不到自己的家,站在别人家的门口,抽抽搭搭地抹着眼泪。因为所有的房子都太类似了,包括大门、院子、房子和房子间的胡同等等。

所有人家的日子也都大体相似吧?

所有的爸爸妈妈们都在同一个单位的不同部门工作。谁家来了亲戚,谁工作变动、免职或升迁,商店新来了什么紧俏的物品,学校新分来了老师……新鲜的消息并不多,传播的速度却极快,都是口口相传,像风一样,看不见摸不着,就迅速地铺展着远去。当然,还有我们呢。那时我们所有的孩子都在同一所小学的不同年级上学。不是完全小学,因为有的年级根本就没学生。就是有学生的年级,人数也不多,比如那时我们班就只有程永林、张盈和我三个学生。

三　于老师

几排整齐划一的房子让林场呈现为规则的长方形,位于这长方形中心的是一大片广场。学校办公室的房子和林场机关的房子恰好各居这长方形的两端,彼此遥遥相望。而位于另外两端的,则是学校的教室,以及商场、粮店、仓库等一些公共设施。

学校办公室那排平房最东端的那一间,就是我们于老师的宿舍。

小学五年,我一直在那儿读书。相对于我们这些为数不多的学生来说,老师并不算少，因为流动得非常频繁。记忆中有过好多像于老师这个年纪的老师，我们还没来得及记住名字呢，他们就调走了。可于老师一直没有。教我们的时候，她就已在林场教了三四年书了，后来又从一年级开始带我们，把我们带到小学毕业。

"我还记得第一次来上课，等在敞开的教室门口，听着学生在里面起立唱歌。一首歌一首歌地唱过去，我还是在等，心中总觉得人没到齐。可后来，我看见靠窗户的那一侧学生看我的眼神都不对了，才犹犹豫豫地走进去。天，一进去才发现，原来教室里一共就两套桌椅，都坐着人了，要等的人，除了我还有谁？"于老师曾不止一次地和我讲起这件事，每次讲的时候都呵呵地笑，头不断地仰起又垂下，画着弧形的圈，很沉醉的样子，仿佛那天的情景永远历历在目。

是的，当后来我离开了那儿，想起于老师时，首先想起来的总是她的笑。她是个多么喜欢笑的人啊，她的笑，总是那么轻易就能感染我。

她个子不高，很瘦弱，混在我们学生里，一打眼看过去，都会搞不清到底谁是老师谁是学生。她是近视眼，而且据说度数还不低，却是除了看书绝不肯戴眼镜的。于是，当抬头看远方时，她总会眯着眼睛，看着，看着，渐渐地，远方的景物被她捕捉清了，她眯着的眼睛也就终于可以放松了。这时，她的眼睛里就会亮亮地泛出一层迷离的光来，笑容也会在此时迅速扩展，从目光移向了嘴角。笑意渐深，渐深，渐渐地，就要有呵呵的声音从她的嗓子眼里像水冒泡一样地泛出来。

而站在讲台上呢，她的笑则是变幻莫测的。她把笑意憋在眼底，紧紧地抿着嘴巴，直面坐在座位上指手画脚、信口开河的我们，来回踱着步，不时欣慰地微笑点头，或高深莫测地微笑摇头。偶尔我们闹得太凶了，她便要板起脸来："嗯……无法无天了吗？"她用鼻子轻轻地哼着，目光突然锐利了起来，一圈圈地扫视着我们。我们都怯怯地大眼瞪小眼，心里急急地打起小鼓。然而只一会儿，当我们再抬头时，就会发现她早在那儿弯着腰笑软了，此时的笑声将会随着肩膀的抽动，被她筛糠一样地筛出来……

她的家在另一个林业局，据说乘直达的通勤车都得五个多小时。除了寒暑假，她几乎不回去。听妈妈说，她父亲曾是个很有名的伐木劳模，因生产事故于1983年去世。母亲带着她最小的弟弟再嫁去了关里，所以她那时回家，回的不过是已经结婚的姐姐家。她是从地区师范学校毕业分配过来的。在林业局，她有许多同学，但和她一样窝在林场教书的，可并不多。

每逢统考前或教师节，总有林业局的领导来慰问。我记得有一年，来了几个团委的领导，其中有一个年轻的、大眼睛的老师离开了主席台坐到于老师身边去。她们互相拖着手，亲热、熟络，嘀嘀咕咕地攀谈了好久。离开的时候，那个大眼睛的老师向大家解释，自己和于老师是师范学校的同班同学。"张校长，"那老师高声笑着，挑起一根手指来指点我们的校长，"你看，领导们多支持你工作啊。你就偷着乐去吧，于云霞可是当年我们班成绩最优秀的学生呢。"

后来慰问结束，林场和学校的领导要陪慰问的领导去吃饭了。那个老师拖着于老师的手劝了好久，旁边的领导们也热情地帮着腔。但于老师却死活不肯，一会儿说要照顾学生，一会儿又说宿舍里已做了饭。虽听起来她的每条理由都站不住脚，说得也力不从心，但只因她坚决的态度，领导们到底放弃了努力。

"为什么你不和他们一起去？"后来我问她。

她瞪起眼睛看我，目光里晃出一阵猝不及防。可只一会儿，这反应很快就被呵呵呵的笑声取代了。"我才不去，那种饭，吃不饱。"她漫不经心地就把我打发了。

于老师教过我们许多歌，并不都按照当时的教材教。那时我们学校里只有一台脚踏风琴，很旧很笨重，脚踏板都有些活动了。于老师是学校里唯一会演奏那风琴的人，全校的音乐课都是集中到一起上大课，由她来教。上课时，她的演奏常常会因为脚踏板坏掉而中止。她瞪着眼睛，似乎还沉浸在音乐里，有些愣神儿，飞扬在空气里的音乐却突然跳出一个荒诞的滑音，随即琴声便戛然而止了。我们则次第收声，装模作样地朝脚踏琴的方向探过头去。总会有男生在此时迅速起身，到处朝大家扮鬼脸，让满教室的学生为此哄然笑成一片。

她应该是很喜欢那些苏联歌曲吧？我还记得，在课间，当不再是为了教学而演奏时，她手下流淌出来的总是那些歌曲：《小路》《灯光》《山楂树》《三套车》《纺织姑娘》……许许多多这类的歌，我初次听到都来自于她。以至于到了今天，一听到这样的曲目，我脑子里总会闪现出那间空旷的教室，那教室里的她和我，还有起伏在那音乐声里的因脚踏板运行不良而发出的吭哧吭哧爬坡一般的风箱鸣响。

学校里有许多同学都非常喜欢她。在我们班的三个学生里，我成绩没程永林好，也没张盈那么漂亮、那么大方得体。和她相处，我总是笨拙的，敏感的，小心翼翼的。然而，为什么却是我和她走得最近？她一个人住，很孤单，周末时常邀请我去她宿舍做客。是因为知道我崇拜她吗？那时候，我盼望长大的理由之一，就是能早点长成一个如她一样的人。

再或者，她愿意接近我，是因为喜欢我的妈妈？发现这个理由让我无法不沮丧，但这却是可以说得通的。因为至今我都清楚地记得，闲聊时，她最喜欢问我的，是些关于我妈妈的事情。

四　妈妈

上世纪60年代末到70年代初，先后有五万多名知识青年从北京、上海、浙江等地来到正在开发建设的大兴安岭。我的妈妈就义无反顾地走在这样的人群当中。

她十七岁，初中毕业，浓密乌黑的头发被一丝不苟地扎成两条粗壮的长辫子，并小心地摆放成一根垂在胸前、一根向身后别去的经典样式。在为了离开上海而特意去拍的那张二寸照片上，她微侧着脸，眼睛里流泻出的笑意和盈润的脸庞一起，泛着明亮、坚定、鼓舞人心的光芒。

然而，你只需略略用心，就不难发现这光芒的实质。在没有彩照的年代里，请照相馆的师傅人工上色，妩媚的粉红在颧骨处被仔细晕染开，少女的纤弱和单薄被成功掩盖，渴望长大、渴望独立的心情却得以彰显。而那张照片，就纤毫毕现地把这一切的掩盖和彰显都永久地定了格。

曾有好长一段时间，那张照片上妈妈的表情都在我的脑海中挥之不去。十五岁那年的暑假，在姑妈家，我因要读高中即将开始住校生活，被妈妈告知，这意味着我长大了，该学着自己打点行装了。可我却没能被妈妈的激情鼓舞。相反，我发现自己的心像长了草一般慌乱，一刻都无法安静下来，只会像个没头苍蝇一样在屋子里窜来窜去，一会儿觉得什么都想带，一会儿又觉得其实什么都无所谓。

"妈，当年你离开家时，都带了些什么？"妈埋怨我，我就去问她。

"我？我哪有你这样的福气！"妈妈正在给我缝制小垫子，兀自飞针走线，头都不抬，应答的语气云淡风轻。"我当年走的时候，你姥姥是不愿意的，没被拦住就算万幸，还能指望有人帮我收拾行李？什么不得自己想着啊！不过，要说起我那时做的最得意的事儿，"她抬起头，大有深意地看着我，"应该就是我去拍了一张二寸彩照，留作纪念。"

妈讲这话时的眼神我一直都记得。后来我在外面的世界里渐渐长大，脑海依然会浮现起妈妈那大有深意的眼神以及她那张宝贝二寸照片。我常为此困惑：当年，十七岁的妈妈，刻意要去打理自己的形象，然后，再带上自己打理后的结果——那张二寸照片一起踏上离家的路，她是不是想以此来鼓舞士气，并同时平息自己对未知一切的恐惧或忐忑？

可是，那经过润色的美好，它的力量就足够吗？

三十多年前的一个冬天，在大兴安岭首府加格达奇火车站，她从闷罐车里探出头来，才发现自己已来到了另一片天地。几天前从家乡出发时，还是满眼灯红酒绿、秋色浓郁的都市风光，而彼时的大兴安岭，却早已是人烟稀少、白山黑水的一片冰雪王国了。

可那儿还不是目的地，还要再转汽车，再次进发，向着密林深处。

宿营地安扎在原始森林里，是部队建制。五顶帐篷就是五个排，加上连部和食堂的帐篷，一共七顶，被莽莽林海包围，除此之外，周围方圆几十里不见人烟。到的时候是晚上，没电，只能点起蜡烛。她在烛光里一遍遍地打量自己将要住的地方，那是十几个人的大通铺。从此以后，这不足两平方米的铺位就是自己睡觉、吃饭、学习的地方。又想起吃饭时排长介绍的情况：伙食是每月一斤大米、八斤面粉，其余全是粗粮；菜是著名的三汤：白菜汤、土豆汤、海带汤。而每天的的日常生活，除了跑步、训练之外，就是打样子——把树木修剪掉枝丫，锯断、劈好，做成容易烧的柴火，整整齐齐地一摞摞码好……

有人开始哭了，先是压抑地、遮遮掩掩地哭，渐渐地，有了互相的感染和鼓励；渐渐地，从一个帐篷传到了另一个帐篷，从啜泣变成了哀号。哭声如决堤的河，在瞬间汹涌泛滥，一发不可收拾。

"你也哭了吗，妈妈，在那个晚上？"

妈妈从不给我讲她当年插队时的故事。只是，几年前，有一次我回娘家，和妈妈一起看电视，偶然撞上一个有关知青重返第二故乡的电视专题。她看得有些忘情，竟和我讲起了自己当年初去大兴安岭时的情形。只是面对我的上述疑问，她没了反应，迅速地看了我一眼，就闭紧嘴巴，再也不肯和我继续这个话题了。

是的，这就是我的妈妈。她和我们周围的许多人都有些不一样，这一点我很小就知道。小时候，我们家在林场时，家家户户都用木杖子围起自家院子，而相邻的两家之间，则会特意留出一点空隙，方便互相走动。但我们家从来不，我们家的院子始终严严实实的。事实上，不仅如此，连我们家院门的意义，对妈妈来说都不过是为了往来于家和单位之间——她从来不串门。从小我就很羡慕那些家里总热热闹闹的同学，总有同学在一起做作业，却一直无人愿意到我们家来。而原因呢？是妈妈把家收拾得太干净，还是她太不热情？我也说不清。

爸爸一直管点儿事，很在意和周围人的相处。曾有一次，我听见他们在讨论此事。听得出来，爸爸是有些埋怨的，但妈妈还是说："人家是人家，我们是我们。"这辩解，这语气，我都太熟悉了，因为她也这样面对过我的抱怨。她安静地看着我，直面我激愤的情绪，好半天，才不疾不徐地说："别人能这样，就意味着你也可以了吗？你只能是你自己。"

"要我说，你妈这一辈子，其实就是让赞扬给害了。她呀，从小就生得美，人又乖巧，总被真真假假的赞扬包围着，难免虚浮、不切实际，打肿脸也要充胖子，天大的事情也没面子的事大。别看她不讲，其实争强好胜的心是在她骨子里的。她这样的人，日子其实是过得最苦的！"这是我姨妈对我妈的评价，说这话是在我度蜜月时。

本来我没准备去见姨妈的，却不知怎么被她知道了，打了好几次电话，十万火急地催我去。她已离休，老伴也不在了，一双儿女也都去了海外，空荡荡的大房子里，只有她一个人。她见了我，拉着我的手，顿时上来了情绪，可不想说来说去说了一个晚上，话题却反反复复地总也绕不开我妈。

小时候我一直以为妈妈家没亲戚，因为从没人来走动。姥姥姥爷在我年幼时就不在了，而妈妈和我的姨妈——她唯一的姐姐，曾有过二十多年不相往来的历史。她们姐妹反目，是因为当年妈妈在大兴安岭时，因自己不肯返城，为表决心，撕碎了家里给寄过去的调令。这一撕，差点儿就把在辽宁插队的姨妈也给耽误了。

她们姐妹间的僵持是近几年才慢慢缓和的。也不过是两家人偶尔礼貌性地打打电话,姐妹俩本人却都不肯积极主动地创造机会见面。就是偶尔接到对方电话,双方也都讪讪的,没话找话地说上几句。

最后一次有机会返城是1980年,彼时我已五岁。妈妈在内蒙古时被推荐读完了工农兵大学,成了一名大夫,却又为了爸爸从内蒙古的林业局医院调到黑龙江的林场小卫生所。她每天都忙忙碌碌的,有时就寝之后,也会被敲门声惊醒,在爸爸的陪同下去出夜诊。

"妈妈为什么要留下来?"我曾不止一次问过他们。

"思想积极呗。当年林场一共就给三个人涨工资,都不能少了你妈。"爸爸对待我的疑问,总是打哈哈。而妈妈,则嗔怪地看我们:"要是我走了,你们怎么办?"

"嗐,"爸爸来了兴致,"当时你同学里假离婚的还少吗?"

"那叫什么办法!"妈妈用鼻子哼着,满脸的不屑。这不屑当然就是她要放弃和我们继续探讨的标志。

五　程长江

林场中,如于老师一样的年轻女孩大都对我妈妈有兴趣,而那时我的兴趣却在周围。那时我幻想自己是程永林,或张盈,因为我更愿意做他们父母的孩子。

程永林的父亲是我们林场的场长。林场虽小,却样样俱全,不仅包括一线的伐木工队,其他如小学、卫生所、商店、派出所等等,都归林场统一管理。所以,程永林的父亲就是我们这一百多户人家的头儿。

他高大健壮,走起路来腰杆笔直,只是宽宽的肩膀有些摇晃,但幅度并不大,增加了气势,倒也还不至于显得张狂。若是走在人群里,很自然地,他就成了众星捧月的焦点;若是和别人边走边谈呢,谈着谈着,偏过头来四顾一下,就有了一览众山小的架势。

据大人们讲,他的脾气是不好的,较起真来,和自己的上级领导也敢拍桌子。而据程永林说,有时他和哥哥打架了,由他妈妈来处理,往往只需撂出一句话:"别惹我啊,惹火了我,告诉你爸去!"程永林的妈妈是先天性哮喘病患者,常年老病号,无法做家务不说,说话都有气无力的。但就这么一句无力的话,却足以震慑住孔武有力的程家两兄弟,那是因为,爸爸打起他们来,那可是要动真格的。

"裤腰带蘸了凉水去抽人,你们见过没?对你们,不用抽,只要听听皮带抡起来呼呼的声音,就能把你们吓死!"程永林有一次和我们说起来,梗着脖子,红着脸,举手作抡鞭子状,小眼睛随着手的比画一顿一顿地瞪大、瞪亮,盛满恐惧。这表情让我们充分相信,他对自己每次的挨打,都是刻骨铭心的。而我和张盈呢,也觉得头皮一阵一阵地发紧,仿佛自己就要被抽中了,心下一凛,头早不由自主地向后让了过去。

可这毕竟只是听他说,毕竟皮鞭抡到我们头上的情形还从来没发生过。而通过我自己的眼睛看到的却是:程永林的爸爸,其实是非常非常有亲和力的。先不用说他看见我们时展露出的笑容,以及偶尔来学校讲话时的好口才,就是周围的大人们讲起他来,也都非常带劲儿。

比如,人们有时提起他,是为了给别人以信心:"你别不好受。要不,我帮你找找程长江吧。"

劝人的,手被对方攥着,热热地、贴着心说。

"那行,这事儿就麻烦你了。"被劝的眼睛一下子亮了,继而表情松弛,手攥得更紧,心却踏实了。

表达绝望则是:"这事儿恐怕没辙了,连程长江都说不行了。"说话的人满脸沮丧,话一出口,顷刻间就变成了大家的沮丧满脸。唉声叹气的调子由此开始,绵延不绝。

当然,更多的时候,还是被用来面对质疑,增强说服力。

"真的假的?"一个在怀疑。

"你不信我,还不信程长江?程长江说的啊!"另一个脸红脖子粗,腔调七扭八转地高了起来。

"哦。"怀疑的顿时不吭气了,点着头,若有所思。

所以你看,一个人的名字都可以如此赫赫响亮地福祸相依,该有多威风!

他是场长,可这职务却是没人叫的。正如真正的将军,在现实生活中从不佩戴勋章,若是有一天,你突然看见他戴上了,那很可能是因为他即将离休或退居二线了。

背地里，大家都喜欢直呼他的名字，而当着面，则要刻意去回避称呼。若是路上遇见，离得还很远，就会开始微笑致意，太远了怕看不清，笑得就有些夸张，却也恰好铺垫了敬畏的色彩。他也会远远地迎上这笑，不怒自威地含笑点头。若是不忙，他会停下来，和你闲话几句；若是忙了呢，一边点着头，一边就继续迈着大步子，转眼就从你身边晃过去了。

与此形成鲜明对比的是我的父亲。他是副场长，却总被人有意抹掉这个"副"字，用姓氏替代，变成了刘场长。人们也如面对程长江一样，离着很远就开始和他打招呼："刘场长，吃饭了吗？""刘场长，上哪儿去啊？"虽是疑问，但没人在意有无答案或答案如何。看似全是废话，却因说话的双方都有耐心，显出了自然、家常、亲切生动，也是自成一道风景。

我的爸爸，他从不打人，不拍桌子。他语气温和、客气，最急躁的时候，不过也只是涨红了脸，不停地去扶自己的眼镜框。可扶过了，红过了，话一出口，依然还是慢条斯理，一副急死人不偿命的架势。

林场的人对待他们的态度有谄媚的成分吗？这内容当年的我是感觉不出的。而现在的我呢？现在我已成年，经历了坦诚和虚伪、管理和被管理，再回头去审视琢磨，似乎也没能感觉出其中令人不快的深意。是因为程长江和爸爸他们都真心地爱岗敬业，受人敬重？还是那时的人，都单纯、正直呢？

曾有人说，他们两个一文一武，是最合适搭班子的。那些年，我们的小林场声名远播，先进是年年落不下的。当然，当时的我对这种"性格互补成就最佳拍档"之类的说法也全无兴趣。我对他们的兴趣还是来自于他们对我们说什么，以及说得怎么样。

我爸爸显然是不行的。他倒是也喜欢和我说说他过去的事，但对我来说吸引力不大。他是66届高中生，工作前是学生，他的故事中只偶尔能闪出些什么排演个活报剧、参加个俄语比赛之类的小花絮，都是好学生的锦上添花，没多大意思。而程长江却不同，他就是黑龙江人，出生在小兴安岭，是转业的铁道兵。在林场工作前，他在大兴安岭曾修过五年多的铁路。

1952年国家开始正式开发大兴安岭后，曾在1955年、1958年两次被恶劣的高寒逼出禁区，开发项目被迫下马。直到1964年，解放军铁道兵第三、

六、九师八万多官兵进军大兴安岭，会同林业职工一起搞会战，才最终取得进军大兴安岭的全面胜利。铁道兵逢山开道，遇水架桥，在大兴安岭修建了将近八百公里铁路，三百多名指战员为此牺牲。也就是说，在今天大兴安岭的铁轨下，平均每两公里就有一个铁道兵指战员长眠于此。

这些信息，我是长大后才渐渐知道的。而其实更小的时候，我最早听到的有关铁道兵在大兴安岭的故事则来自于程长江的讲述，在我们学校的操场上。他的讲述，比这些呆板的信息要生动、鲜活、激动人心得多。

"那时候，我们有个口号是：'死任务，活时间，累弯了腰也要多修路。'那时候我们一门心思只想尽早把铁路修进大兴安岭，把这儿的木材运到祖国各地，支援国家建设。那时候，所有的施工基本都靠人力……"

"住宿，是真正的火烤胸前暖，风吹背后寒……"

"听老兵讲，有个战士探家，一下子就吃了三盘子青菜。我们那时只有过年才吃一次青菜，许多战友的手、腿都肿胖胖的……"

他还给我们唱过一首当年他们铁三师的歌："林海雪原摆战场，高寒禁区练兵忙。我为革命修铁路，红心似火志如钢……"

我现在都记得当年他唱歌时的情形：仰着脸，音量偏低，胸音厚重。他是要在歌声中重温自己当年和众多战友一起战天斗地、引吭高歌时的豪情吗？

被人群淹没，也被人群成全？

我是在他的讲述中才开始意识到的，原来，自己脚下的这片土地，还有周围的人，竟然都那么雄伟、那么神奇。

六　张婶

如果说，我希望自己能成为程永林，是因为我想有个见多识广、令人高山仰止的父亲，那么，想成为张盈呢？是因为她的美丽出众，还是因为她有个心灵手巧的妈妈，成全了她的美丽和出众？

夏天，傍晚，我和张盈一起走在放学回家的路上。

张盈又穿了一件她妈妈新给她做的罩衫：天蓝色，收腰，颈前是两片白色的铜盆领，身后是一行白色的球形扣儿；泡泡肩，七分袖，袖口被松紧带微微一收，不仅利落飒爽，有风拂过，还能蓬蓬松松地鼓起来，就像欣欣然徐徐张开的翅膀。但凡是个女孩儿，若能穿上这样的衣裳，都会不由自主地飘飘欲仙起来吧？

二十多年后，我也有了自己的女儿。要过六一了，我去给她买礼物，结果在商场，我竟看到了一件和张盈当年那件颜色、款式几乎一模一样的罩衫，它，被穿在一个娇俏可爱的芭比娃娃身上。

如同被钉在那儿一样，我承受着芭比娃娃高傲微笑的打量，一步都挪不动了。陷落在往事中的我，心中并不全是对年少时光温情的追忆，更多的还是感叹，感叹张盈的妈妈竟对服装有那么卓然不群的眼光和手艺。

当年，我披挂着妈妈给我买的行头和张盈同行，那行头不要说和漂亮沾不上边儿，就连合体都谈不上。人是衣服马是鞍。张盈，她能永远自信满满，永远仰着脸，抿起含笑的嘴角。我却不能够，我只能耷拉着脑袋，皱着眉头，满腹心事。我觉得优雅的张盈就如同一朵怒放在艳阳里的大丽菊，而我呢，我是低垂在这花朵旁的那棵被阳光晒蔫了的狗尾巴草。

我们并肩走在路上，路过商店。一辆大卡车停在那儿，车拖斗上绑了好几个大喇叭，又在那儿反复地广播："彻底清除自流人员，整顿林区人口秩序……"

我小心翼翼地偏过头，偷偷去打量张盈。她丝毫不为之所动，仿佛什么也没听见。阳光正好，她正心情明媚。是啊，有谁会想到她们家是"盲流"呢？若是那会儿有人路过，看到我们两个，会觉得张盈的妈妈是上海知青，而我，才是出身"盲流"之家吧？

"盲流"，这是一个在今天已逐渐销声匿迹的词，它的本意是指盲目流入人员。小时候，在我的家乡大兴安岭，他们成千上万，漫山遍野到处都是。他们是那儿社会地位最低下、生活质量最低的一类人。

听我爸爸说，早些年进入大兴安岭是要办边境居民证的，后来渐渐放开了。而这儿的珍禽异兽、中草药材、金矿以及林木资源等等，是许多"盲流"们瞄准的目标。他们都曾是在册的中国人，户口在原籍，因各种各样的原因背井离乡从四面八方自愿变成没户口、没粮食关系、没固定工作的人，来大兴安岭讨生活。这些人大多都拖家带口，因为没房子住，有不少人就住在了山上，钻进林子里，搭个窝棚。起灶的炊烟一冒出来，就表示又有一户人家到大兴安岭安顿下来了。

张盈家的条件好一些，他们家来得早，已渐渐站稳脚跟。他爸爸在山上伐木工队打零工，她的妈妈——我们叫她张婶，开始就是持家，因为家里有各差两岁的四个女孩儿，家务实在繁重。及至二女儿张盈上了学，孩子们已可以大的领小的，一个拉扯着一个，勉强可以空出人手来，她妈妈就开始收衣料，在家帮人做起衣服来。

张婶家做衣服并不挂招牌。林场人少，且他们家的房子也好找，是自己盖的，板加泥的构造，独立于我们五户平均的一排排房子之外，分外抢眼。没做多久，他们家就和林场的商店、卫生所一样，成了带有标志性意义的公共场所了。这都是因为她妈妈的手艺实在太好，连周边林场都有不少人乘车专程来找她做衣裳。

他们家祖籍广西，家里人的长相都有家乡的典型特征：塌鼻子，大嘴巴，眼窝深陷，皮肤黝黑。但相比起我们这些一马平川、扁平脸的北方人，倒也格外显得生动活泼。尤其是她的妈妈，彼时刚三十出头，个子不高，骨节宽大，身材略丰腴，凹凸有致。她总喜欢盘一个圆圆的发髻，高高地在脑袋后面顶着。印象中的她总是在忙，总低着头，露出圆滚滚的肉脖子和耳朵，有节奏地跟随脚踏缝纫机的运转，一顿一顿地向前点着脚。

她听来找她做衣服的人讲话时，手和脚是从来不停的。来人会听见自己的声音和缝纫机滚动的声音搅和在一块儿，骨碌骨碌地滚来滚去。她只是听着，并不看你，面无表情地趴在那儿按着布料、踩着机器，突然把脚一收，缝纫机便停了。她略微直直腰，刚顺势把平铺在桌子上的衣料一掀，嘴巴早凑过去，咯嗒一声，咬断了线头，然后，仰起头，偏过脸，瞪着眼睛朝你看过来。

多年以后，我还无法忘记张婶当年向人看过去的眼光。她的头歪着，黑发整齐地向后抿去，额头光光的，饱满、宽展。她的眼睛是那么明亮，就好像永远汪着一潭春水，若是粲然一笑呢，眼光立马就变成被搅活了的水，波光潋滟，碎金点点。她就那么笑着向你看过去，看过去，微微眯起眼睛，若有所思，仿佛已看到了你正穿着那件你刚才向她描述的衣裳。可她在朝你摇头，显然她是不满意的。她不容置疑地问你："真的？你真喜欢？我倒觉得，那种款式可不合适你。你是溜肩膀，V字领可有点儿犯忌……"

总之，她不仅美，美得和周围的人不一样，而且，一谈起衣服来，还无比自信，甚至可以说，无比骄傲。

我和妈妈也去他们家做过一次衣服。那时正值《血疑》热播，她给张盈做了一件幸子穿的学生装，那衣裳让我连着半个月晚上做梦都念叨。拗不过我，妈到底带我去找她了。

张婶一边低头熨衣服一边抿起嘴乐。"你这孩子，怎么不直接和我说？没事儿，下周一我就让她穿上！"是在说我的事，可她却一直在笑嘻嘻地看我妈妈。

"不用量吗，张婶？"我已直直地平伸双臂，很想找找做新衣服的感觉。

"不用不用，"她在蒸腾的雾气里连连朝我摆手，"你总来玩儿，尺寸早装在我心里了。"

"这是你买的书啊？"我妈并不关注她怎么干活，倒是发现了整齐地码在窗台上的一摞摞服装裁剪书。

"是我的，吴大夫。我哪有条件学什么裁剪呢，都是自己照着书，胡乱摸索着做起来的。"张婶赔着笑脸，没了骄傲，面对我妈妈时的表情很是恭敬。

我妈妈就带着这份受人尊敬的快感回了家。吃晚饭时，她对我爸下了定论："张富贵的老婆真是聪明，不怪别人讲，我今天算是真见识到了。"

"是啊，她们家全靠她。张富贵这个人好吃懒做，换了几个工队都评价不好，赚不上几个钱。"爸叹了口气。

"张盈说她妈从来就没上过学，字都不认几个。"我赶紧贡献出我的信息，希望也能参与讨论。

"真的？"妈朝我撇了撇嘴，一脸的不屑，"你个小孩子懂什么做衣服，那是有计算公式的，加减乘除，三分之一、四分之二的，她没上过学能算出来？"

我没敢接话，可心里却不服气。是啊，我妈倒是上过学的，有知识，有文化，连百分之一、千分之一都懂，可有什么用呢？她连想给我扦个裤角儿什么的都一筹莫展。

是啊，许多事，谁能说得清呢。就好像几年前，我们家已离开大兴安岭了，有一次，爸爸跟我说起了那儿，说起那儿的"盲流"。

"其实，这些年，尤其是80年代后，林业职工的生活水平普遍提高了，山上林业生产一线最苦最累，挑大梁干的活儿，很多都是雇盲流来干的。你无法忽视他们对那里开发建设所做出的贡献。可是，"爸爸叹着气说，"他们又是最难管理的一类人，人心涣散、没有安全意识，不少人还不服管……"

我对爸爸的一席话很感慨。我告诉他，我曾看过一份资料，上面说，截至1987年5月，大兴安岭共有人口四十七万，而盲流就有一万九千多。

"不止。"他朝我摆手，"对盲流的统计不可能太准确，我觉得一定要多于这个数。嗐，那么多人，什么样的没有呢。"他朝我摇摇头，一脸的沮丧。

我也没再吭声。是啊，尽管离开那儿已经很久了，可我们都还是不喜欢提到1987年，提到5月，提到那场山火。

也许，你该知道吧，发生在1987年的那场山火，最终认定了五个起火点，全是人为因素造成，其中，有四个起火点的直接肇事者，都是"盲流"。

七　1987年

应该是在1990年前后吧，我记得曾在一本杂志上看过一篇文章，描述了1987年春天的大兴安岭。

文章中说，1987年春天，大兴安岭地区的生态气候已非常严峻，因为从1985年底以来，漠河地区仅下过一场透雨，整个地层含水量已低至极限，黑龙江沿岸的地下井几乎全部干涸。北极村还遮天蔽日地下过一场罕见的"沙雨"。北部的露石顶山，石头裂缝中的空气被高温晒出暖气，在夜间急速冲出，震荡起石头中的云母膜发出声响，以致被当地人听见，流传说是大山在哭。

直到今天，我还记得自己当年拿着那本杂志瞠目结舌的样子。我坐在那儿，举着书，不断发出难听的噪音来清自己的喉咙，仿佛那个春天里躁动的热流再一次腾空而起，又开始在我的喉咙里蠢蠢欲动。

是的，我真的是不知道。尽管漠河离我们的林场还不到四百公里，但对文章提及的火灾前发生过的自然现象我全然不知。全然不知的，应该不仅是我，或者说，不仅是如我一样的孩子们吧？

我们这类被称作人的动物，在自然中生活，向自然讨生活，靠山吃山，靠水吃水，以满足我们的衣食之需。可大多的时候，我们并没在心里给它存留位置。这就如同我们对待自己的身体一样，若不是你身体的某个器官发生了病变，你能意识到自己身上都生长着什么器官吗？它具体在什么方位？有何功用？你说得清吗？

现在想来，当1987年来临的时候，我的心里，也正躁动着一团闷热的火。这当然和自然无关。

那年正月初三的晚上，我们一家三口围坐在一起，看当年春节晚会的录像。那时候，我们那儿还不能直接接收电视转播的信号，全国人民欢聚一堂共度除夕的场景，我们要稍晚一些才能分享。

可我们的热情却并未因此而有丝毫减损。电视上，星光四射的费翔在载歌载舞："你就像那冬天里的一把火，熊熊火光照亮了我……"晚会现场的气氛十分火爆，伴着费翔的劲舞，观众满面红光地击掌相和，大家的脸都被帅呆了的费翔照亮了。

我们的家也被照亮，蓬荜生辉。然而一曲终了，升腾在我们心底的热情却在妈妈一句扫兴的感叹中骤然完结。妈妈说："这是我们在这儿过的最后一个年了。"我和爸爸都没吭声。在沉默中，我们看见被明星风采照亮的除了我们之外，还有我们即将面临搬迁的家：堆积在一起的纸壳箱子、已被清理到空了一半的大衣柜，以及摆放在墙角的那一堆堆包袱皮、绳子……

是的，1987年，它就这么来了。这一年，我十二岁，将要升入中学。而我们家，也将在这一年离开林场到林业局去了。那当然是因为爸爸的被提拔。他春节前就已去新部门报到了，妈妈的工作也正面临交接。并且那个时候，局里已在林业局给我们家调了一幢五户平均的房子，供我们过去安顿。我已跟着妈妈去过那里，每次都会在空空荡荡的房间里走来走去，听自己脚步的回响。我心想，离开自己熟悉的环境，原来就只需换个房子。可那些我熟悉的一切呢？它们将自此离我而去，我的年少时光，也将如此匆忙地宣告终结了吗？

"我们什么时候搬啊？"我问妈妈。

"把精力用在学习上,别操心大人的事!"妈训我。

妈妈那时一有时间就收拾东西,我能感觉出她心绪的烦躁程度绝不亚于我。是啊,那时候,我们家已分成了两半,一部分家具已搬到爸爸那边的新房子里去。妈妈总领着我,奔波在旧家新家之间。她说,这种局面要一直持续到秋天我升入中学之后,而原因就是尽可能不影响到我的学习。

可是,我又如何能安之若素呢?频繁地在新家旧家间奔走,穿梭在热闹拥挤的人群和车流里,我再也不敢由着性子撒欢儿、自由自在地疯跑了。置身在各色目光织就的一堵堵墙里,我总要不由自主地去拉扯妈妈的手;对眼前一切的变化,我总有着茫然不知所措的恐慌。

而在我的周围呢?我周围的人们,他们正如何过他们的1987年?

1987年并不是个特别的年份。林场的日子舒适静谧、波澜不兴,被淡淡的昏黄和温暖笼罩,使得人们总会不自觉地陷落到恹恹思睡的心绪里去。慵懒的味道在一年一年间弥漫,很自然地就会忽略了年轮的增长。深深沉浸在其中的人们,有谁能把每一年都记得牢、说得清?

在一份资料上,我看到对1987年火灾前大兴安岭人这样的描述:"大兴安岭是聚宝盆,大兴安岭人是富裕的。中国版图上最北端的漠河县城西林吉镇,四千多户人家,家家都达到万元户的生活水平,主要的收入均来自林业。"

这一点我是有切实体会的。我还记得,那时家里有外地的客人来,在酒桌上吆五喝六的时候,他们总喜欢称呼我们那儿的人为"林大头"。

是的,"林大头",现在,当我写下这三个字时,依然无法控制自己对这称呼原创者的叹服。它真是绝妙:有描述,描述得意蕴丰富;有态度,这态度是明捧实贬,很自然地就能让我们中了招。不是吗?你看,这三个字,它描述了我们那儿的人:他们处事风格粗犷豪放,因腰包鼓鼓带来了气定神闲的状态。可其实,它还在揶揄我们到底都是没有根底的暴发户,偶尔上个什么台面,就要露怯,不精到,没算计,是总时不时地要一往无前地赶着去充当傻帽儿的"冤大头"。

带给我们所有这一切的,当然是那片山林。

"富不过三代。"离开那里之后,一次聊天时,我和爸爸说,"其实,老天是公平的。你们这一代,还有我爷爷他们那一代,为那儿的开发做了贡献,所以,你们也享受到了它最好的时光。木材计划调拨的时代,市场刚放开，各地到处大搞基建工程，你们享受了那片山林带给你们的荣光。而我们，我们凭什么？我们只是生在那儿，并没为它做什么，凭什么还奢望享受？"

爸爸对我的论调嗤之以鼻。他说："不管你们怎么想，我们当年向大兴安岭进军的时候，心里想的可绝不是我们自己。我们那时的口号是'功在当代，利在千秋'。"

爸爸的话唤起了我的记忆。是的，小时候，我们那儿到处是这样的标语牌。林场场部的墙上，学校空旷的操场上，它以规规矩矩的印刷体出现，被到处刷写、悬挂，出现的频率仅次于"护林防火、人人有责"。

八　山火

一个人在什么时候才会开始真正打量自己的故乡？是因为已长大，还是因为要离开？我得承认自己是个愚笨的人。今天想来，我对大兴安岭、对那片山林的认识，是在1987年的5月7号，那场山火发生之后才开始的。

我还记得，1987年5月7号那天晚上，我们困在大河边，尽管火还在烧，但危及自身的可能没有了。人们慢慢地聚拢成一群又一群，我在那儿听大人们说了不少有关林区山火的事。

"这么多年了，还有过哪一年山上不着火的吗？年年都着，有谁能想到它会烧进家里来……"话说不下去了，原来说话的人，脸已埋在自己的双手里。

"哭！你就知道哭！哭顶什么用？只顾瞎跑，你到底听没听见啊？火来的时候，那跟打雷似的嗡嗡声。那些大火球呼呼呼跳着高儿直往树上蹿。风也邪乎，到处打着旋儿刮，没一会儿就把火连成了片。我跟你说，我一看就知道了，这就是天火，人根本不行，绝对救不了！"

"我今天上班还看《参考消息》了，说这两天俄罗斯那边原始森林也在着火呢，好像也不小。"

"刚一开春就这么热，这么反常，哪儿的林子能不着？不过，人家外国肯定有好设备，肯定比我们会打火。"

"可不，咱整个大兴安岭专业打火的人有几个？不是说今年三月刚把漠河县里的森警队给撤了吗，你看，刚撤就着火了！"

"那个森警队才七十来人，这么大的火，也白搭！"

"漠河县不是还有个护林队？好像一百多人？"

"那是个护林中队，最多的时候也就一百零几个人。他们有个队长姓郭，我还认识呢。他们也不容易，不但管防火，还得抓林政、抓乱砍滥伐，一堆的事儿。再说主要是设备不行，听说咱全大兴安岭风力灭火机一共就三百来台。打火啊，主要还是靠二号工具！"

"二号工具？对付这么大的火，嘁，开玩笑……"

人们开始了叹气，这话题谈不下去了，我在一旁也听得沮丧。是啊，我们那儿的人，习惯把救火说成打火，这其中的道理，你要是见过二号工具就明白了。

在爸爸办公室的走廊尽头，我曾见过一堆的二号工具。它的外形就像是一个大拖把，与拖把不同的无非就是，拖把下面绑的是布条，而二号工具绑的是橡胶条。它们被整齐地捆扎在一起，堆放在墙角，等有打火任务的时候，发给林场的干部职工，一起上山打火去。

是的，是打火。这样的工具，你完全可以想象它的功用。一群人跟在火的后面，一起跑过去用它来击打大势已去的残余火苗。而火的前锋，还在前面奔突肆虐着，人是不能也不应该上前去的。

如我一般的大兴安岭的孩子，有谁没见过二号工具？有谁的爸爸妈妈没给他们讲过打火的故事呢？

在故事里，爸爸妈妈们都如何来塑造打火者的形象？

说得最多的当然是智慧。他们会告诉你，他们有本事远远地依据林中烟的颜色来判断火的势头。要是黑色的烟，就说明火烧得正旺，人要赶紧避开；烟成了黄色呢，就说明明火快灭了，但还有些明火，人可以过去围堵，用二号工具群起而攻之；要是等到烟成了白色，则说明火基本已灭，被控制住了，这时候，你跑过去的任务，就该是去看守火场，防止死灰复燃了。

另外，他们还喜欢提及自己的英勇吧？比如，他们会告诉你，打火多艰苦啊，防火指挥部也不过就是用手摇电台和一线联系。而真正去打火的人，条件就更艰苦了，背着个喝水的缸子和一些硬干粮，跟在火的后面跑。

脚都跑出了血紫的泡，就跐着脚，一瘸一瘸地跑。鞋底跑掉了，就用绳子捆上再继续跑……

不过，你若是有心的孩子，就会发现，在表达自己智慧和英勇的同时，爸爸妈妈其实无时无刻不在渲染自然的神奇，表达自己对自然的敬畏。他们所谓的智慧，其实是对自然规律了解的智慧。他们所谓的英勇，也不过是勇于挑战自己的极限，善于抓住有利时机的明智英勇。在自然面前，他们都懂得，自己能做的不过是尽人事，听天命。

当我长大，当我开始能有选择地在所谓的信息社会里捕捉对自己有用的资讯，印证自己的感观认识或道听途说时，我将会知道，那个晚上，大家七嘴八舌说到的，的确就是我们那儿当年消防力量的真实状况。

我还会知道，森林火灾在任何国家都很常见。而在理论界，对森林火灾应抱以什么态度，也一直争论不休。一种观点认为，要尊重大自然的选择，因为森林大火是大自然新陈代谢的方式。排除人为因素，季节变化、晴天打雷等自然现象，都可能导致林间树木油脂和厚厚苔藓层的自燃。这也是大自然优胜劣汰的一种方式，因为过火林地的灰烬将会是来年树木成长的最好肥料。且大兴安岭属于高寒地带，下面有永冻层，土壤非常薄，林地过火还可以增加土质层，增加地温，以利于落地的松树种子慢慢繁衍生长。当然，这样的火，大多只是烧树的枝叶，很少伤及树干，能烧个三五天，顶多十天，然后，雨水和气流的变化就会自然地熄灭它。

而另一种观点则认为，人进入了原始森林后，起火原因就变得复杂，火势也会越来越凶猛，所以必须要人为干预。具体做法有控制火源、清除林地内的落叶及苔藓等可燃物、配备专业扑火设备、铺设检测监控装置、修建林内公路、培养专业扑火队伍等等。目前这些做法正在大兴安岭逐步得以落实，当然，这一切是在1987年火灾过后才迅速开展起来的。

那天晚上，我们在河边坐了一宿。5月8号的凌晨，妈妈领着我进到废墟里，寻找自己的家。

到处都像下雪一样飘着黑黑的灰烬，一堆堆漆黑的没烧彻底的木材不时还呼啦呼啦地闪着红光。房子一片一片地倒塌，只留下一排排的火墙和烟囱在齐整地站立着。我们怯生生地步入其中，像走进了一片庞大的墓园。

迷失在这片死寂的墓园里，我们努力回忆着自己家的方位、特征，有什么可用作标志的特殊的东西……最先被我们认出来的是卫生所，那一排通开的长房子，因紧邻林场广场而特征明显，可现在，那里已经倒得一塌糊涂了……

"那个盲流……"我一边探头向里看，一边轻声问妈妈。妈妈轻轻地捂住了我的眼睛。"别往那儿看，晓雪，"妈妈说，"你知道吗，他才十七岁……"妈妈的声音哽咽了。拉紧我的手，她带我快步地离开了那里。

那是我第一次真切地感知到死亡。死了，再也没有机会见到，就再也没有机会解释或忏悔了不是吗？那些天，那个大眼睛的盲流的形象总在我的眼前晃来晃去，他就这么死了吗？他远方的家人知道吗？他没能被救出来是因为我吗？因为我拖着妈妈的手，大呼小叫地要妈妈扔下他？

那些天，最振奋的故事来自张盈家。他们家没被烧。不是因为运气好，而是他们自己救了自己！

他们家知道消息并不晚，却因往大河那边搬了两趟东西而耽误了时间。一家六口被困在了房子里，还加上两个也困在火海的过路邻居，他们一起开始了自救。好在他们的房子孤零零的，好在周围的柈子垛相对少。他们抡起斧子砍掉了屋前燃烧的木杖子，用湿布打、用水浇，扑灭了屋顶上的团团火球。而对一些低飞的小火，他们就用身体去滚压……据说，那个晚上，张盈的父母镇静果决，他们用谁都听不懂的方言互相喊话，在火海中，在烟雾里，他们行动迅猛、配合默契。

救灾专列是5月9号才开进我们林场来的。在这之前，我们许多人都去张盈家喝过粥。她妈妈熬了一大锅白粥，碗不够，人们就捧着千奇百怪的各类器皿，站在院子里，三三两两，边喝边凑在一起说话。

有人在嘤嘤地哭，有人在安慰，也有人在抱怨、诅咒。来了这么多人，七嘴八舌的。张盈的爸爸不知跑哪儿去了，只有她妈妈带着四个女儿，在人群中穿梭着，手脚麻利地到处帮忙添饭。

"你们真行啊，那种情况下都不慌。"许多人由衷敬佩。

"哪儿哟，"张盈的妈妈拖着长腔，"逼到份上了噢。可我说啊，那天如果有人组织，可能不会烧得那么厉害。"

"说得是啊，人都慌神儿了。可那种情况下，谁不蒙？谁组织，怎么组织啊？"

"哎，对了，你们觉不觉得，怎么好像一直就没看见程长江？"

"他老婆和两个儿子我在大河时碰上过！不过，程长江倒真的没看到。"

"电视突然停了，通知去打防火道，是他喊的话，我听出来了。"

"对！对！是他的声音。不过后来通知赶紧撤，都去大河的，可不是他，像是他的司机小刘。"

站在人群里，捧着粥，我也满腹狐疑。是啊，这的确怪，这么大的事，这种时候，程长江怎么可能会不在场呢？

九　程永林

1993年的春节是我在大兴安岭过的最后一个春节。那年初一，在菜市场上，我遇见了我的同学程永林。

那年冬天天冷得反常，气温持续几天徘徊在零下四十多度，人已经能明显感觉到因气压偏低而带来的胸闷。走在街上，你会看见有一层浓白色的沉沉的雾在空气中弥漫着，而被这雾气笼罩的菜市场，则显得更加冷清、寂寥，买菜的人都没有卖菜的人多。

程永林坐在自己的小菜摊后面，无精打采地向偶尔路过的人兜售他的菜。撞见了我的目光，他有那么一瞬的发愣，但很快，他就用吆喝生意的语气，向我打起了招呼："过年好啊，刘晓雪。"

我抬起头去看他，看那个在小学时就曾被众多老师交口称赞、一致认定将会是我们林场所有的孩子中最有出息、最前途无量的同学。

已经六年没见了，他的个子竟一下子蹿了那么高。不过我想即便走在街上，我也不难认出他来，因为他实在是越长越像他的父亲。不仅是身材，还有五官，甚至于那斜挑起的眉毛、专注地打量人的神情。

天太冷了，他全副武装，穿着宽大、油迹斑斑、乌黑锃亮的羽绒服，严严实实地捂了个大棉布帽子，脖子上还紧紧地捆着条粗毛线打的长围巾。可即便如此，也还是不够的。站在那儿，他缩着脖子，端着肩膀，两只脚一刻也不停地来回跺打、晃荡着。他的脸早被冻成了鲜艳的赤红色，而嘴巴上方，竟还挂着一长条青绿的鼻涕。

那鼻涕刺激了我，我感觉到自己的脸腾的一下就热了，好像那鼻涕是挂在我的脸上一样。我觉得尴尬极了，目光极力回避，不敢去看他。

好在我的妈妈非常热情："永林啊，你妈的哮喘今年怎么样啊？"妈妈抻着脖子，偏起藏在厚厚羽绒服帽子里的耳朵，像抢话似的，一句赶着一句地不停讲话，转眼就把菜市场变成了她的卫生所，"永林啊，哮喘病人最怕的就是气压低了，今年这鬼天气……"

程永林也和我妈妈一样，抻着脖子，偏着头，两只手都抱在胸前，交互插在袖筒里，神情专注地听着，听着。我妈妈讲得太急，他都来不及回话，只是不时点头，不时轻声重复着我妈妈口授的关于如何照顾哮喘病人的金科玉律。

而我则成了局外人，退在一旁看着他们，无限感伤。

我想起小学时，自己最头疼数学应用题。一个水池，又是进水管，又是出水管。一会儿开了这个，一会儿又关了那个，谁知道何时才能注满水呢！可程永林永远知道。他不假思索地就设了个 X，然后刷刷刷把方程列了出来。

"你来给大家讲讲为什么要这样列吧。"于老师对他说。

他则困惑地抓起了后脑勺："我也没怎么想啊，就该这样吧？这还要有什么理由吗？"

张盈和我都忍不住扑哧一声笑了。一旁的于老师也笑了，神情得意地感叹："是啊，成就一个数学天才，还需要什么理由吗？"

后来大家就都喊他数学天才。他就是聪明，精力也旺盛，旺盛得似乎无处释放。那时他还喜欢天文，不知道从哪儿淘弄来那么多关于天文学的杂志，还给我们讲过许多天体现象和观测常识。

夏天，夜晚，我们几个孩子相约到学校操场去看星星，他指点给我们看不同的星座。天空是那么晴朗澄澈，空气是那么清新通透，有微风轻轻拂过，我们都仰起头，随着他的指点唏嘘不止……那一刻，我只觉得星星是那么近，近得都好像它们并不是挂在天上，而是闪烁在我们的四周。不由自主地，我们都屏住呼吸，闭上了眼睛，恍惚间，觉得自己已深深陷落到那片闪烁的星群里……

可当年那个数学天才、天文爱好者哪儿去了呢？现在的他，站在那儿听我妈妈讲话，大个子，弓着腰，抻着脖子，眼神混沌、迷茫，完全是一副中年人的神情。

在我和他之间，隔着一小筐青菜。

我们那儿冬天卖青菜，为了防寒，菜筐都是用厚厚的棉被仔细包好。在筐的上方，则要摆放出一棵菜，用以招揽生意。那天，隔住我们的是一块洗得发白，有些地方已经破旧、发毛的蓝底白点的厚棉被，上面端端正正地放了个大青椒。那已被冻得硬邦邦、亮晶晶、翠绿无比的大青椒，标致得就如同陈列在展室里的标本。那天，那个绿青椒怪异的鲜艳深深地刺痛了我的眼睛，让我目光灼热。我努力压抑住自己心底的伤感，暗自感慨：我们每个人，是不是都是托在时光或命运手中的一个小小标本？

程家的故事，我当然是知道的。

程长江在着火的第二年被开除党籍、工职，原因是在大火来临时指挥、疏导群众不力。"出这么大的事，那么大损失，死了那么多人，那么多相关责任人都受了处罚，咱这点儿挫折能算什么呢？"这是他的原话。火灾后，当我们全家聚在一起吃饭时，这句话曾被我爸爸多次提起，并以此慨叹他的心胸宽广。

然而不久，事实就证明了实际的情况并非如此。他在那一年的冬天被送到北安精神病院，据说是患上了严重的精神分裂症。他一发病就到处乱跑乱喊，说要着火了，不能救了，大家得赶紧撤……

1990年，当程长江再次回到自己大兴安岭的家时，已是一个白了头发、沉默懒散的老人了。据说治疗期间，因为使用激素，人已胖得不成样子。那一年，他的大儿子离开家去哈尔滨读大学。小儿子程永林初中毕业，成绩也并不十分优秀，就没再继续念。一家三口，开始倒腾起了蔬菜。

"永林这个孩子就是仁义！他妈是老病号，现在他爸爸又这样，还得供哥哥上大学，他们家，现在全是他在撑着啊。"

关于他们家的故事还有评价，我都是听父母说的。因为火灾后，许多林场合并，我们的林场也不存在了，无论我们家还是他们家，都搬到林业局住了。而我，则走得更远，火灾当年我就转去了江苏姑妈家寄读，虽然每年寒暑假都回去，却也都是闷在家里，不大出门。

那年回去过年，其实还有一件重要的事，就是我们家也要搬离大兴安岭了。

"当年知青返城机会那么好,你都不走。现在,年纪这么大了,却要走,这么大岁数再从头开始,你何苦呢?"我不止一次地听见爸爸向妈妈抱怨。可妈妈去意已决,她说:"你就当是像我当年从内蒙古为你去林场一样,也为我牺牲一次,好不好?"

我记得妈妈和我讲过她刚去林场时的情形。当年在内蒙古大兴安岭林业局当医生的妈妈,调到林场去,粗略安顿好家,就赶去向一个老大夫报到。老大夫正蹲在家里的地上生炉子,炉子不好点,满屋子都是烟。妈妈站在他身后,大体向他介绍了一下自己的情况。话都说完了,老大夫还没动静,妈妈就问:"要不,我自己先去卫生所?"老大夫转过头,很奇怪地看她:"你现在不就在卫生所吗?"

从没有固定的诊疗场所,到后来发展到有了四个专业人员,妈妈在林场一干就是十几年。他们的卫生所除了正常的医疗工作外,还承担着计划免疫、卫生防疫、计划生育等工作。情况紧急的时候,他们甚至打着三个手电筒,做过阑尾炎、剖腹产手术。她总说自己舍不得离开那儿,可那次离开时,我听见她对爸爸说,"林子都烧没了,我还在这儿干什么……"

爸爸妈妈调来了江苏。从开始着手办手续到离开,一直就没怎么和人讲,很少有人知道我们家要离开。所以那天,站在菜市场里的程永林不会明白,我那一贯沉默寡言的妈妈为什么会站在那儿,和他反反复复絮叨个不停。

那天,在离开菜市场时,我们还遇见了程长江。他是来换程永林回去吃饭的。

"快叫大爷啊,晓雪。"妈妈很不满地推搡着我的肩膀。可我不能,我的喉头哽咽,伤感如汹涌澎湃的河,激荡、冲撞着我的心,也在同时封住了我的嘴巴。

程长江果然已胖得不成样子了,脸几乎成了平的,眼睛也眯成了一条缝。不过或许是因为他的眼睛本来就不大吧?可我清楚地记得,从前,从那眼睛里发出来的光是骄傲的、炯炯有神的,可现在呢,却木讷、迟疑、没精打采。他也戴着一顶帽子,是那种可以系带,把脸和下巴都围起来的棉帽子,但他邋邋遢遢的根本就没系,帽子耳朵一侧兀自垂在下巴旁,一侧则向上翻着。那形状，就如同戏曲里七品芝麻官的帽翅，随着走路，一摇一摇地扇动着，让人看着心酸。因为冷，还是因为难过呢？他的眼里竟也汪着亮亮的泪。他看着我，慢吞吞地说："晓雪一直就是好孩子，懂事、自立，学习还那么好。"

他讲着话，语速那么慢，声音也轻飘飘的。我站在那儿，实在无法忍受这变化。一个人怎么可能变化那么大呢？他怎么可能一下就全然没了昔日的神采！

我的眼泪唰地就下来了，赶紧朝一旁偏过脸，不敢再看他。但在心里，我其实真的很想和他说："不是的，大爷，你说得不对，从来就不是这样的！我从来就没程永林那么懂事、那么自立，学习还那么好……"

十　张盈

张盈不仅是我读小学时最好的朋友，后来我去江苏求学，她还是唯一一个和我保持通信联络的故乡伙伴。我们的通信持续了好多年，后来慢慢断了，但2002年5月的一个下午，我见到了张盈。

正午，编辑机房里人迹寥寥。我戴着耳机，躲在一个小制作间里剪辑采访带，突然感觉到自己的脖子被人一扭，眼睛也热热地被一双手从后面捂住了。紧接着，一个大嗓门的女声开始嚷嚷："猜猜我是谁？"

我实在猜不出。那年距离我们分开已十五年，我已二十七岁，不是没有朋友，是实在想不出自己有用这种方式来打招呼的朋友。

她松了手，挺挺胸，站在了我的面前。于是我看见了一个高大、丰腴，穿着红底黑花大下摆长裙，散乱开蓬松卷发的时髦女子，在眨着眼睛朝我微笑。

"你都把我忘了？刘晓雪！"她跺着脚，开始了嚷嚷。这热辣辣的嚷嚷地方色彩浓重，有效地帮助了我，把我八爪鱼一样正欲四处漫逸的思路汇总，迅速收成一束，然后向着更远的往昔进发。终于，啪的一声，我的眼前陡然一亮，旋即叫出了她的名字："张盈，怎么会是你？"

"怎么就不能是我？"她娇嗔地抱怨着，"当我想要离开大兴安岭时，第一个想到要来找的人就是你啊！你知道吗，我好不容易才打听到了你爸爸原单位的同事,是他们告诉我你现在地址的。我还把我的行李邮到你这个地址来了呢。"

"行李?"我一阵发蒙,"我没收到你的行李啊?"

"你怎么会收到呢!我写了你的名字,然后又写上'转张盈收'。这几天我上班一样天天来看,昨天下午才取走了。"

我目瞪口呆。要是她不说,会不会我永远都不知道?我们广电大厦的传达室,一直都是武警值班,时不时地还会有新来实习的小姑娘因没证件而被拒之门外,闪在一旁哭鼻子抹泪。可张盈呢,她不但进来了,还进到了另设一道武警岗的编辑机房,并在我不知情的情况下,取走了该由我转交的行李。

小时候,对张盈的乐观、积极和神通广大,我就颇有体会,现在看来,她的神通广大还伴随着她的成长在越发升级。

我们一起出去吃饭,一路上,她都叽叽喳喳地说个不停,让我继续分享了她神通广大的故事。原来,她这次的离开,是偷偷的出逃,和不被她妈妈接受的男朋友一起。

到了楼下,我见到了她的男朋友。他戴着眼镜,个子不高,人也瘦弱,一眼看上去好像还没有张盈高;衣着精致讲究,神情却是慵懒邋遢的。他朝我点头:"你就是刘晓雪啊,我们来了好几次都没有找到你。"

"你们打算在这儿安家吗?"出去吃饭的时候,我问张盈。

"不一定。"她低头吃着饭,很随意地说,"这两天转了转,这儿似乎也不适合我们。"

"那你们当初为什么要来这儿呢?"我问。

"当然不只是为了来看你!"

我的问话显然不合适,一直笑脸盈盈的张盈突然拉下脸来,情绪不高地回答:"反正我就想离我妈远些。倒是想过回广西老家,不过怕被抓回去。"这么说着,她突然忍俊不禁,扑哧一声低头笑了,"说来真有意思,当年我爸妈千里迢迢从广西走走停停,一路去了大兴安岭,也是因为我外婆不同意她和我爸的婚事。"

"啊?"我也笑,心想,尽管都是出走,可张盈母女二人出走后的故事,一定会大不一样了。今天,在我们的周围,哪儿没有到处流动的外地人呢?

他们为了生计、爱情或者梦想，流动在全国各地，大多的时候，也并不盲目。比如张盈，她对我问她要找什么样的工作就很不屑。她说，这些年攒了点本钱，打算做点小生意。

我们聊起近况，才知道张家姐妹四个都还争气。目前除了小妹妹还在读研外，另外两个都在教书。而张盈初中毕业后考了林校，后来分配的单位不大景气。可即便如此，她倒是供曾是自己林校同学的男朋友又读了大专。只是毕业后工作也不如意，拖了几年，张盈家里又不同意他们的婚事，才终于下决心跑了出来。

"你妈妈为什么不同意？"趁她男朋友去卫生间，我悄声问她。

"他有先天性心脏病。"张盈音量倒一点儿也不低，大大咧咧的。

"哦……"我的笑容僵在了脸上，脑子里突然晃过她妈妈当年的影子，还想起若干年前晚饭桌上我父母的谈话。父亲说，张盈他们家，爸爸好吃懒做，全都是她妈妈一个人在撑着……

这一年，我也正面临自己的婚姻，总被父母亲朋催着到处去相亲。我觉得自己频频出场，屡屡去判断、掂量，患得患失，冷静得就如同一台运转精良的机器。我见了又见，越见越心灰意冷，觉得自己注定要像妈妈说的一样，早晚剩在家里。

张盈的笃定和坚持，让我的羡慕油然而生。我激动难言，只会去拉她的手。

她倒不好意思了。"嘻，刘晓雪，"她的叹气没了情绪，徒有声音，"我这个人啊，就是这个命，早晚也得出来。你知道不，咱们那儿，出来的人可多了，尤其是年轻的。也就是像于老师那样性格的人才会死守在那儿。"

"于老师？"我兴奋起来，"她好吗？你能常见到她？"

"他们家现在和我们家住邻居。她还是老样子，教书呢。她这个人就是命不好，只养了一个孩子，还先天性耳聋。她老公也教书，一家人过得还成，主要是心态好，呵呵。"张盈苦笑。

我有些动容，脑子里又闪现出于老师当年站在讲台上的神情。"一个人如果能带给别人阳光，那是因为他的心里有一轮太阳。"这是若干年前于老师讲给我的话，现在它又浮现了出来，让我再次感知到这温暖遥远的笼罩。

"张婶身体好吗？还做衣服？"我转移话题。

"哪年的黄历啊？你现在还穿做的衣服吗？"她斜了我一眼，明显是奚落的表情，"要说我妈干的活，那可多了去了。她给山上工队做过饭，打过餐馆的工，开过小卖店，现在嘛，在家养貂呢。"

"怎么样，我说吧？还得想你妈。"他男朋友突然进来了，笑呵呵地打着哈哈，一副无所不知的表情，"刘晓雪，你不知道，别看他们家姐妹四个，就数张盈的脾气秉性最像她妈。"

"闭嘴！就你知道？我什么时候像？不听话的时候最像，对吧？"张盈似乎真动了气，腾地一下站起来，把大眼睛一瞪。她男朋友立马闭了嘴，干干地笑了笑，坐了下来。

一时间，大家都没了声音，都很尴尬。

"刘晓雪，你当年离开大兴安岭的时候，心里难过吗？"过了好一会儿，张盈突然可怜巴巴地问我。

我想起火灾后妈妈送我去姑妈家，还有1993年，我们全家搬离那里时，坐在行驶的火车上，我都是思绪纷乱，有茫然、惶惑，更有紧张。但这种种情绪似乎都是因为要面对不可知的未来，而对我身后的路、我离开的地方呢？我有过不舍或难过吗？我迟疑地朝张盈摇了摇头。

她的情绪突然又激动起来："你说，我们是不是都太冷血？怎么离开自己的家，心里并不难过？是不是我们根本就没把那儿当成自己的家？"

"张盈，你和我们是不一样的。你从小父母都讲方言，生活习惯、交往圈子也大多不跟大兴安岭本地人一样，你们当然对那儿没归属感。"他男朋友讲话的声音不高，语速却快，先抢去了话头。

"我们家火灾后可是落了当地户口的！"张盈白了她男朋友一眼，又转头看我。

我却不知道该如何回答她。我只知道，这种对远方、对未来浮士德式的渴望，许多年来就充满了我的心。我一直目光朝前，大踏步走在通往远方的路上，在这条路上自以为是地左冲右突、患得患失。而这，仅仅是因为我出生在大兴安岭，因为我们那儿的人绝大多数不是原住民吗？

两天后，张盈他们再次离开。她并没来和我告别，而是邮了封信给我，说大城市的生活压力太大，他们想到周边的中小城市看看，等她以后安顿好了会再联系我。

可一晃快七年了,我没收到张盈一星半点儿的消息。虽然,我如今时常会梦见她,梦见她像那次一样,在一个午后,突然站在浑然不觉的我的面前。

现在是2009年的5月,从哈尔滨下了飞机,我又转乘直达大兴安岭首府加格达奇的火车,颠簸在归乡的路上。我的耳边再次响起张盈当年的疑问,这让我返乡的思绪越发混乱。

十一 "火生"

一觉醒来,天已大亮。我探头去看窗外,火车正途经嫩江站。

嫩江这个地名源自于一条以此为名的江河,这条江曾是三江平原和大兴安岭天然的分界。听爸妈说,这界限在从前非常明显,从前站在这儿,你就可以看到江的南岸是茫茫草原,北岸是莽莽山林。可现在,坐在行驶的列车上,凭窗北眺,山林只是远远的背景,你能看到的只有大片大片的耕地。

我已很久没一个人旅行了,尤其这次又是时隔十几年后的再次返乡。我在铺位上爬上爬下,收拾东西、洗漱、吃泡面……忙活着这一切,让我渐渐地兴奋起来,觉得自己已忘了年龄,恍若还是十几年前那个跑在回家路上的小姑娘。是啊,1987年火灾后到1993年我们家搬家前,我整个中学时代的寒暑假,都是一个人乘火车在这条线路上来来去去的。

那时候的车厢里,到处都是五湖四海的外地口音,尤其是"抢劫火烧木"高潮席卷大兴安岭的时候。

1987年那场山火过后,有关专家曾断言,要尽快砍伐并抢运出那些过火的"火烧木",否则它们会在两三年后腐烂,或被严重的虫害侵蚀。这意见立即引起了高层的重视,不久即决定用两年多的时间将一千多万立方米"火烧木"抢运出来。于是,来自内蒙古、吉林、辽宁等地的六千多人的砍伐大军来到了大兴安岭。并且,与此同时到来的,还有来自全国各地的木材商人。

听爸爸说,那些林木因已过火,当时卖得特别便宜。可更糟糕的还不仅是这些，几年后，一些幸存的"火烧木"竟发出了绿芽。那些有本事在高寒地区扎根，历经自然风雨锻造生长的植物，同样也有本事让自己在森林大火中幸免于难。

可经历了错误的砍伐风潮之后，铁路沿线二十里内，成了如今这样的荒山秃岭。

我还记得就是在那个时候，我曾在火车上遇到过一个据说年轻时曾在大兴安岭支过边的南方人。他对我自称是大兴安岭的孩子很是不屑。"在那儿出生、长大有什么用，你能说出几种那里树木的名字？你见识过林区冬季生产的场面吗？"他说。

我没敢接话，却也正因如此，在那年寒假，我跟着爸爸第一次去了林场工队。

现在，在我脑海里，那场面还恍若昨天。

大雪封山，看不见道路。厚厚的白雪完全覆盖了山林，山林也借此壮大了气势，暂时恢复了蛮荒、沉寂的原始森林气象。我们的车在路边停了下来，爸爸领着我，踩着齐膝的雪，循着林间作业的声音一路前行。是的，我们走了一路，就听了一路的沸腾声响：油锯在呜呜呜发动的声音，拖拉机咔咔咔行进的声音，一声声粗犷、豪放的劳动号子："嗨哟，嗨哟噢嗨哟——"间或，还会有人回音悠扬地喊："顺山倒……横山倒……"然后就有大树咔嚓嚓断裂的声音，它倒了，还砸到了别的树上，噼里啪啦的巨响在我们耳边接连不断……

然而，当我们真的走近，却发现那么生气勃勃、热火朝天的场面，其实干活的不过只有五六个人。穿着笨重棉衣的他们，周身都冒着白气，蹚着雪在笨拙地走来走去，许多人都是边干边高声喊着劳动号子。有人在抬木头，有人在驾驶作业车；有人则在发动油锯，端着肩膀，弓着身子，双臂随着油锯不断颠簸、奔突，那细致的姿势和神情，就像一个在田间精耕细作的农人，在面对苍天大地，深深地弯下自己的腰身。爸爸告诉我，之所以采取这种姿势伐木，一是因为锯树不能锯得太高，离地不能超过要求的高度。另外更是因为，天太冷，人穿得太厚、太笨重，有时放倒的大树可能会反弹过来，让你来不及爬起，就被树干打伤或打死。

爸爸还指给我看周围的树，那些一直就在我周围，却被我熟视无睹的树木。

大兴安岭的树种其实非常单一，只有落叶松、樟子松等两三种高大乔木，加上一两种耐高寒灌木。可他们的生命力非常顽强，松树的种子仅靠林间的微风吹送，就能植根到周围厚厚的腐殖土里，再经历大自然阳光雨露的眷顾，小松树自己就能从地里冒出来。

"不过，"爸爸说，"它们能长大很不容易。在高寒地区，一棵松树每年只有不到一百天的生长期，它们要长大成材，至少需要一百年的时间。也就是说，在50年代开发之初人们砍伐到的松树，其实可能是清朝长出来的……"

就是这些树木，我到江苏后，又看到了它们，被砍伐下来后的它们。

按规定，在大兴安岭工作过的干部职工调离时，都可按级别带些规定数量的木材作为福利。爸爸和妈妈的此项指标加在一起，批了些木材，那些木材先于他们，被火车托运到了江苏。

我还记得那个中午，在姑姑家，我们正要吃午饭，姑姑接了电话，告诉我们木材到了，得找车去拉。紧接着，姑父就开始了抱怨，天气不好，车不好找，还得租仓库，拉回来卖也是个麻烦，谁爱要啊……

后来，我和姑姑、姑父一起去了火车站，看到了那些松树。确切地说，是看到了那些松树的尸体——它们已被加工成规格大致相同的板材，被乱七八糟地撂在那儿。

我们打着伞，站在那儿等搬运的工人。隔着蒙蒙的细雨，我看着它们，耳边听见姑父还在絮絮地讲述它们的不好："这样高寒地区的松树，树节太多，油脂含量高，易干裂，加工和应用都非常受限制。不要说做家具、装修，就是做桥梁、枕木、电柱、建筑用的脚手架，也渐渐被淘汰出局了……"

看着那些离开自己的家，跋山涉水远远来到异乡等待我们认领的松树，我觉得自己委屈极了。那是我第一次听到有人这么说它们，在那之前，我听到的几乎清一色全是它们的好：生命力顽强，对气候和水土极具功用。还有，经历了半个多世纪的开发，大兴安岭为国家奉献的木材，已可以绕赤道五圈都不止……

现在，躺在卧铺车的上铺翻弄那本诗集的我发现，原来，在自己周围，那些讲着天南地北方言的乘客们，他们也是为这片森林而来，来将其作为风景欣赏。在这节卧铺车厢里，大多都是去大兴安岭的旅游团。

"因为大兴安岭空气好,来度假,是吗?"我问我下铺一位阿姨。老阿姨还没张口,她身边的小孙子早把手上拿着的旅游线路图举到我的铺位上来了。"就七天假,太短了,我们只能选漠河一个地方。你看,去北极村看界碑,洛古河看黑龙江源头,远眺俄罗斯伊格纳斯依诺村,胭脂沟看金矿、火灾纪念馆……"

我没和小男孩讨论。因为我知道,已经有好多年了,国家调整林业经营政策,将大兴安岭纳入了天然林保护工程,近年来,这里的旅游业正开展得如火如荼。外地人把火灾纪念馆作为景点来观瞻,我却是第一次听说,心里多少有点接受不了。

安静地坐在车窗旁,我能感觉到火车正在爬坡。而车窗外,耕地也渐渐不见了,开始出现大片大片低矮的丘陵。渐渐地,铁轨两侧的树木开始迫近、密集,我知道,这已是大兴安岭的南麓了。

"导游说,这就是大兴安岭了,不过现在还在内蒙古辖区,这儿开发得早。再过一会儿,就到黑龙江省大兴安岭地区的首府加格达奇了。我们要在那儿停一天,然后明早再乘火车去漠河。从加格达奇到漠河需要坐几个小时的火车?你知道吗,阿姨?"

"十几个小时吧。我以前坐火车是十八个小时,现在提速了,该不用了吧?"我说。

"啊,大兴安岭这么大!"小男孩做了个夸张的向后仰头的动作,转瞬又举起右手,用手指指点着我,狡黠地坏笑,"阿姨,原来你就是这儿的人。"

"我又没说我不是。"我扭头去看窗外,不喜欢他的表情,"我也是先去加格达奇,那儿有亲戚。"

他却站起来,咧开豁牙子嘴嘿嘿笑着攀到我的铺位上来和我搭话:"阿姨,1987年着大火时你在不在?吓不吓人?你认识的人有烧死的吗?"

"不在!"我瞪了他一眼,甩出句话答复了他,就埋头佯作看书,不想理他了。

是的,我是个小家子气的人!我没能力也没耐心向他解释我和我周围的人与这片山林、那场山火的故事。更何况,我知道,我和我周围的人都是小人物,我们的故事卑微、琐碎,也没什么代表性。

可也正是在那一瞬间,我突然觉得自己能理解妈妈当年为什么要义无反顾地离开这里了。是的，好像我也是，这些年来，每每说起故乡，我的兴致总在提到山火的时候终结。为什么呢？是不是在心里，我们一直就没能放下那儿的人和故事，可那场山火，它一直烧到了我们心上。

火车终于驶进了加格达奇火车站。在缓缓行进的列车上，透过车窗，我贪婪地望着窗外的树木、站台、人群……一切都是我熟悉的，包括清新的气味，包括人们的做派、眼神，包括渐渐可闻的乡音……有那么一会儿，我看见了堂弟火生正在密集的人群里，伸着脖子，东张西望。可一转眼间，又看不见了，是淹没到人群里去了吧。

那么，一会儿我也会这样吗？走下火车，就非常自然、顺畅地进入这亲切、熟悉的人群？虽然已离开，虽然这么多年没再回来，但我是大兴安岭的孩子，这永远不会改变，不是吗？我身上如影随形到处都是她留下来的痕迹，不是吗？虽然在后来的日子里，我一次又一次地远离她，但那是否正是在心里，一步一步更客观、更贴近地向她走来？

扭头去收拾自己的行李，我突然想起爸爸曾告诉过我，当年在山火中逃命的人们，不约而同地想到了用"火生"这两个字给新降生的孩子取名。不仅是要纪念他们出生时曾经历山火这个事实，更因为在那场突如其来的灾难中，人们感到孤立无援、悲观无望，人们是想借助这个名字，来表达自己对"获胜"的渴盼。

那么，现在呢？这么多年过去了，重新再回头去打量这半个多世纪以来人们在这片山林中的进进出出，我们该如何来言说胜利——人和自然、和世界，以及和不断成长的自身……

整理好行李，重新趴到车窗上，我试图去找寻堂弟火生的身影。

(原载《西南军事文学》2010年第2期)

看 大 王

关于她的故事,我初听时,版本众多,莫衷一是。

这其实不大符合常规。因为,前年我初进于家门,就被先生告知,在他们河口村,村民百分之九十以上都姓于,大家四百多年前是一家。全村四百来户,总人口不过一千,彼此间血缘辈分清晰有序,来龙去脉也大抵一清二楚。

我这人,从小到大从未在农村生活过。记得初去的那次是傍晚,先生开着车,我坐在他旁边,从高速公路上一路疾行下来,路开始变得坑坑洼洼。我像坐轿子似的,在车里颠来晃去,脖子却始终抻得直直的。瞪着眼睛,我看见雪亮的汽车大灯笔直地向前照射过去,小小村落终于在冬日荒芜的田野上陡然跃入画面,暮色四合,鸡犬渐闻,我的心里也隐约升腾起兴奋。

然而,那天我不过是去跟未来的公婆照个面,吃过晚饭就离开了。返城的路上,我已是无精打采,老老实实地歪在车座上了。

"怎么样?"先生在黑夜里开着车,扭头问我,"什么给你印象最深?"

"草垛吧,"我说,"怎么会那么多,满眼都是,像是进入村庄的标志。你说,是不是一个草垛后面就有一户人家?"

"什么草垛!"先生显然火了,嗷的一嗓子就打断了我的发挥,"你都看什么去了?还来了那么一大屋子的人呢……"他很沮丧。

我当然很抱歉,赶紧闭嘴,不再吭气儿。每个人都爱自己的家乡,家乡和家人一生都会和我们如影随形,是我们生命不可分割的一部分。尽管在心里,我们可能会对它有属于自己的客观看法,但来自外人的对它丝毫的不敬，都会让我们难以忍受。这些我能理解，因为，我本人也深爱着如今已和自己海阻山隔的、地处蒙古高原的塞外小城。

后来，她告诉我，她第一次看见我，就是在我初到河口村的那个晚上。

"那天，你前脚走，我们后脚也走了，路上都在议论你。我说，也太瘦了，讲起话来好像只剩了一口气。好与不好倒不好讲，可要是将来我自己的儿子找媳妇，说什么也不要你这样儿的。"她吃吃地笑着，向我偏过脸，本来就迥异于别人的灿若明霞的眼睛笑成了波光潋滟、碎金点点，两条弯弯的眉毛也游蛇般地挑起落下，变幻着上下高低。

我则在这笑声中讪讪地低头，作势去抚弄自己怀中早已睡熟的孩子。

那是秋天，婆婆家的门口，有风的过道。我抱着孩子，坐在一大群和她一样的农家妇女中间，抬头是明晃晃的大太阳，耳边是她们在昨日今朝里翻来拣去的对我印象的拌嘴说笑。我只感觉到脸红耳热，感觉自己恍若是突然间被端到众目睽睽之下的一盘正烹制得哗然作响的铁板烧。

是的，那时距我初到河口村已过三年。我生了儿子，被送到距我们自己的小家三个多小时车程的胶东乡下，来我的公婆家坐月子、带孩子。那一年里，有大半年的光阴我在河口村度过。公婆家开着村里唯一的一家小超市，被她们沿用旧习，称之为供销社，不仅用来采购生活用品，更重要的，还是她们聚众闲聊的公共场所。我就这么和她们渐渐熟络了起来。当然，这熟络，不仅包括她们肯当面评说我，更多的，还是不介意当着我的面评说彼此。通常，她们喜欢把评说的矛头指向某个不在场者。

"喜平婶好几天没来了。"

"她男人回来了，这回出去干装修的时间久，快半年了才回来歇歇。"

"嘀，那不是又齐了！喜强的虾池子今年不是又赔了？合适了再去凑吧，三个人一起过把瘾，合演一出《大登殿》！"

"嘻……"

"喜平婶今年有四十吗？"

"还四十呢，都四十二了，和我一年的，属狗。"

"可人家就是看着年轻。"

"那当然了，谁能跟她比？像她这么过日子的，全乡、全省、全国，能有几个？"

"你还嫉妒吗？只怕你没那本事守得住两个男人！"

"嘻……"

隔着方言和典故的背景让我去听她们的闲话，显然吃力。但毕竟表情是最畅通无阻的泄密源头，一来二去，我也渐渐感知出大家的话外之音。然而又岂敢贸然去问，只好等得先生周末回来，偷偷去问了他。

"你们这儿，还有一个女人嫁两个男人的？"

"胡说，你们那儿才这么荒唐呢！"先生反应强烈，脸红脖子粗。

我也恼了，至于这么急赤白脸的吗？看来，这一定不是空穴来风了。

见我发火，先生倒憋不住笑了。他大学毕业就在文化局、广告公司之间瞎折腾，最晓得我这类不肯安心教书，每天总鼓捣写什么诗歌，到处去投稿的半吊子女文青感兴趣的是什么。

"哪儿有那么多的传奇故事，你问的是喜平婶吧？"他慢悠悠地说，"她没什么，和喜平叔结婚十多年，生了两个孩子，有个儿子都当爹了。喜强叔倒是老婆前年去世，两个儿子也早早出外打工，剩了他孤零零一个人，没再找。不过，那是人家的自由啊，是他们两家好，不是单单他和喜平婶好。他、喜平叔和喜平婶，三个人是戏搭子，喜欢凑在一块儿拉胡琴唱戏！你不知道，他们仨都是真正的大戏迷呢！喜平婶迷得最厉害，她有个怪名儿，叫的就是《霸王别姬》里一个唱段的名字——《看大王》。"他朝我挤挤眼睛，"她的故事，你别听那些长舌妇嚼舌头，找机会多跟咱妈聊聊。"

对京剧我原本知之甚少，听不懂，也没兴趣。近几年渐渐有些喜欢，还是因为先生，他是戏迷。从我和他恋爱到结婚，五年多的时间里，每每在一起吃饭，一上桌子，我肯定都是右手筷子、左手遥控器，一副要牢牢霸住电视的架势。但还是屡屡无法得逞，餐餐吃到最后，都成了先生借助电视屏幕，对我普及戏曲知识的现场教育会。

我还跟着他去看过几次京城名角儿的巡回演出，印象最深的是那次看《红鬃烈马》。那是我第一次进戏园子，整场演出持续了一个多小时，现场始终热气腾腾，掌声、叫好声此起彼伏。大夏天，中央空调开得低低的，可放眼看去，坐得满满当当的老中青幼，不是在那儿自得其乐地摇晃脑袋，就是摇晃各色大蒲扇。我这眼睛也是紧忙活，一会儿台上，一会儿台下，一会儿又朝舞台两侧的电子提示屏上瞟两眼唱词，像进了大观园的刘姥姥，只恨自己的眼睛不够使。

"名家就是名家，唱得就是卖力气、见功夫！他们来这儿演出，一定也是知道的，我们胶东这一带民间京剧基础十分深厚，戏迷、票友的水平都不容小觑！"记得那次散场出来，先生还曾如此大发感慨。

"喜平嫂的怪名儿叫'看大王'，可不单单因为她那出戏唱得好。要说她唱得好的戏，那可真是太多了。你别看她现在这副样子，从前，二十来岁的时候，她嗓子好，扮相好，身段儿也好，那几乎是场场不落，总要登台的！"翌日晚饭后，我一边和婆婆刷盘子洗碗，一边听她讲喜平婶。

"登台？去哪儿登台？"

"哪儿？就是这儿啊！"婆婆的急脾气又上来了，一把拉我到门口，"你看，看那棵大槐树，那儿早先就是个大戏台啊。我找婆家时是六几年，能嫁到河口村，很多小姐妹都羡慕，就因为那会儿咱村常唱戏，在这一带名气响当当的！你不知道，最红火时，都唱过全本的《玉堂春》《甘露寺》《秦香莲》呢！那时候主要是你喜平婶她爹带头儿。听老辈儿说，她爹是个木匠，出外见了世面，跟人家学的戏，差点儿就留在城里的剧团了，是喜平嫂她妈背着孩子，硬把他给找了回来。回村后，他就张罗着教戏，村里自己花钱置了些行头，喜平嫂她爹手也巧，许多道具都自己做，做得还真像那么回事儿！那时候啊，一到冬天，地里的庄稼收拾完了，晚上，大伙儿就全凑在村委排戏，连排、响排、彩排，一回回地排，一出出地练，都盼着登台演出的那一天！那一天才叫热闹呢，老婆、汉子、媳妇、公婆都一个台子里跑上跑下的，自个儿村里演了，还能被请到外村去演呢！"

"都能唱？都唱得好？"我将信将疑。

"也都是看着差不多才教的！"婆婆白了我一眼，突然捂起嘴巴，低头笑了，"也闹了不少笑话，那时咱村有个大闺女长得挺好的，总喜欢跑前跑后跟着排戏。开始都不肯教她，因为她说话有个毛病，用咱这儿土话说就叫'吐舌儿'，说话张不开嘴，一说'来'就是'奶'。有一次终于让她上了台，串了把穆桂英。她一阵小碎步，风儿似的飘上台就拉了个云手，这一亮相，人可真是精神啊！可大伙儿这边的'好'字还没喊出口呢，她一张嘴，亮亮地念了句道白：'穆桂英下山来尿（了）。'把大家都给笑疯了。后来啊，给她起了个怪名儿，就叫'穆桂英下山来尿'。"

我弯下腰,早笑岔了气,一边笑一边问:"妈,那喜平婶呢?她为什么叫'看大王'?"

"那是后来的事儿了。"婆婆显然是对我的轻慢不满,皱了眉,情绪低落下来,"喜平嫂啊,她养了一儿一女,女儿嫁得远,儿子就在咱村娶了媳妇。那个媳妇太霸道了,和婆婆吵架,竟然什么她都敢骂!有一次,吵完架,喜平嫂就不见了,大伙儿都吓坏了,整整一个下午到处跑着找。后来,有人在离村子老远的一片麦地里看到了她。她一个人在那儿咿咿呀呀、比比画画地唱《看大王》呢。

"嗐……你们这些小年轻懂什么呢?你们哪知道她年轻时候什么样儿啊!八几年的时候,咱村的戏又火过一阵儿,那个时候,看的就是她了。她真是唱什么像什么啊!不过,要我说,我最喜欢的,还是她的《贵妃醉酒》。当年她唱这出戏时,你不知道有多好。我是怎么看都看不够,只要她一出场,我觉得自己的眼睛里除了她,就看不到别人了,好像满场跑来跑去的全是她,那眼神,那身段……"

站在那儿,我看着自己的婆婆。在傍晚的夕阳里,她仰着脸,发着呆,手上举着一把正滴水的炊帚,眼神迷离,一脚门里,一脚门外,说话的声音越来越轻,速度越来越慢,渐渐地,眉头舒展,眼里竟放出光来……目光前移,我又看见了那棵古槐正兀自在风中婆娑摇曳。背景是稀稀拉拉的几座土房子、农家小院,前景是一头被拴住的、浑身结满泥痂的老黄牛,正在纷飞的蚊蝇阵里把条棍子般的长尾巴悠悠地抛来甩去。那儿,那么安静,那么破败,那儿就是曾经的戏台吗?曾经热火朝天,鼓乐齐鸣,人声鼎沸?

远远地,我仿佛听到悠扬婉转的四平调响了起来,是了,那就是"万年欢"的曲调。一句千娇百媚的"摆驾"叫板过后,盛装的杨玉环在一群宫女、内监的簇拥下,风姿绰约,款款而来。本来已和玄宗约好来花园赏花,可玄宗偏又去了西宫梅妃那儿。于是,这个擅歌舞、通音律、资质丰艳的女人,先自己闷头喝醉了酒,又独自来到花园,借助妩媚、癫狂的舞姿,把心底的幽怨宣泄了出来:"海岛冰轮初转腾,见玉兔,玉兔又早东升……"

那么,喜平婶当年曾成功地化身为这个女人吗?当年,站在戏台上,她向人头攒动的台下望去,出现在她眼里的这片土地,会是寂寂深宫、云霞翠轩吗?京剧毕竟和许多地方小戏不同,鲜有如《锁麟囊》那样讲述家长里短的剧目,多是讲些帝王将相、才子佳人,这和凋敝、荒凉的乡间如此鲜明对照的故事，她要怎样才能心领神会？

我没再去搭婆婆的腔，因为在心里，我发现，自己很难对此深信不疑。

我亲眼看到喜平婶他们唱戏，已是半个多月后的事了。尽管听了众人议论后，我特别盼着有机会去看他们唱戏，但无论我怎么提，先生嘻嘻哈哈，婆婆顾左右而言他，和邻居又不能不知深浅，我是干着急没办法。

领我去看戏的，是喜平婶的儿媳妇，大家都叫她兰子。她和我年纪相仿，孩子也差不多大。我对她其实早有印象，只是不知她是喜平婶的儿媳罢了。兰子在我的印象中，话不多，很少和大伙儿凑在一起闲聊，却也总被闲聊的人取笑。当然，说取笑并不恰当，因为大多的时候、大多的人，都是在以取笑的口气表达对兰子总是来去匆匆的感慨或赞许。比如，有人笑言她那两条黑瘦枯长、走起路来总向后弓起的手臂为"钱搂子"。"兰子这孩子，又要伺候地，又包果园子，还养猪、喂鸡，一心就想着怎么多挣点钱，过日子可真叫红眼啊！"取笑行为的最后，大多是以兰子低头远去，大伙发出此类感叹而告终。

有日子没见喜平婶了，她应该是在家忙吧？那天去大队给孩子打疫苗，竟碰上了兰子。猛然从周围人的谈话里知道了她的身份，我赶紧凑上前去和她打招呼。

然而，刚才还朝我含笑点头的兰子竟瞬间翻了脸，眼睛圆圆地瞪着我。她一言不发，满是戒备。

我给唬住了，慌慌张张地连忙解释自己是谁家的儿媳，解释自己喜欢和喜平婶聊天，有阵子没见到她……

"我知道你！"兰子绷紧的脸略缓了缓，就抱起孩子，扭头离开诊疗室了。我也抱着儿子，紧随在她身后，只见她一边闷头走路，一边还愤愤地嘀咕："我做媳妇的，能有什么办法？只能到处跟着婆家'沾光'，到处丢人……"

"不是的，不是的，"我跟紧她，不住嘴地表态，"我婆婆也和我讲起过喜平婶的，她特别喜欢听喜平婶唱戏。她对喜平婶，简直就是崇拜啊！"

"崇拜？"兰子用鼻子冷笑了一声，停了脚步，回过头来，用毛茸茸的大眼睛挑衅般地瞪着我，"那你呢？你也崇拜？你愿意和我去看他们怎么唱戏吗？"

从村委到喜平婶家，路不远，可我们却一路走得辛苦。那几天因总下雨，路面泥泞不堪，我们两个又都抱着孩子，深一脚浅一脚的。已是傍晚，天刚擦黑，家家户户都正忙活晚饭，路上很安静，几乎看不到什么人。

然而，我们刚拐过弯，就几乎在听见热热闹闹唱戏声音的同时，远远地看见了正唱戏的他们。

他们竟然是在房顶上！三个人，都是寻常的农家打扮，一个高高坐在凳子上，在操琴；另两个站在那儿，你一言，我一语，边比画边唱。胶东这一带，家家户户的厢房房顶都砌成平的，方便晾晒些粮食什么的，夏天太阳落山了，有时还会有人跑上去乘凉。可他们怎么那么会想办法？竟然能想到，要离开这满地恼人的泥泞，上到平展、开阔而又风凉的平房顶上去唱戏！

我很震惊，慢慢地、慢慢地越走越近，他们也变得越来越高，让我不得不仰头张望。

非是我这几日愁眉难展，
有一桩心腹事不敢明言。
萧天佐摆天门两国交战，
老娘亲押粮草来到北番。
我有心去宋营见母一面，
怎奈我身在番不能过关。

你那里休得要巧言来辩，
你要拜高堂母就我不阻拦……

我知道，这是京剧《四郎探母》中脍炙人口的一段唱——《坐宫》。喜平婶便是那一千多年前辽国的铁镜公主，大度、豪爽、通情达理的番邦女子，站在那儿，正听那个已和自己结婚数载，连孩子都生了的驸马吐露自己原来一直在隐瞒的实情，说他的真实身份竟然是金沙滩一役中战败的大宋名将杨四郎……

毫无疑问，一眼看上去，眼前这个站在平房顶上的"公主"颇有些别扭。她容貌太老，衣着太邋遢，身材也太臃肿，但她显然相信自己就是铁镜公主。她的眼光并不直视"杨四郎"，却在细细关注着他的一举一动，表情随着他的讲述瞬息万变：疑问、体恤、愤怒、英气逼人……这种种变幻的表情让她明亮的眼眸波光流转、浪滚波翻。而她的站姿呢，则在那儿较着劲儿：高高翘起的兰花指在和手腕较着劲儿，手腕儿在和肩肘较着劲儿，肩肘又在和腰身较着劲儿，腰身还和站成丁字步的双腿较着劲儿……这么较着劲儿，她竟然就硬生生地把自己已明显粗笨的身材，摆出了一种弱柳扶风的婀娜形态，摆出了一副翩翩欲飞的轻盈韵致……

我呆在了那儿，为这个"铁镜公主"感到迷惑。

虽然我从小就是个对外在形象很敏感的人，而无论是艺术作品中，还是自己周围，都不乏体貌姣好的女子，但那天喜平婶带给我的震撼却从未有过。站在那儿，被她甜、脆、水、亮的行腔细细密密地牵引、缠绕，我向她看过去的目光里溢满了倾慕。是啊，我怎么会想到呢，这个年过四旬的农村妇女，竟然能让我那会儿脑海中涌现出来的词全是妩媚、娉婷、妖娆……

平房顶上，大段高亢、豪迈的西皮快板过后，剧情机锋愈显，再入高潮，她和"杨四郎"一句赶着一句的对唱也越发精彩：

　　公主叫我盟誓愿，
　　双膝跪在地平川。
　　我若探母不回转……
　　（白）怎么样啊？
　　罢！黄沙盖脸尸不全。
　　（白）言重了！

喜平婶低头轻舒手臂，伸手过去，甜蜜娇嗔地作势欲搀起自己的驸马。可那不知何时已跪在地下的"杨四郎"，竟然把全身的重量都向"公主"靠过来。我一惊，这才发现，原来这"杨四郎"竟然是个残疾人，一条腿是跛的……

几乎与此同时，喜平婶发现了我们。她显然还浸在戏里，没能走出来，这会儿竟用夸张的舞台动作来表达自己的惊讶：她的眼睛陡然圆了，倏地一亮，张开的嘴巴也紧跟着圆了，头猛地向后一躲，愣怔怔地、万般无奈地轻轻摇晃着脑袋，傻在了那儿……慢慢地，她眼里的光波渐渐散尽，如熄了火的灯，暗了，冷了，也木了……她一点点、一点点地让自己滑稽的表情定了格，两行清泪也不知何时如虫子般从她的眼角拱出，蜿蜿蜒蜒，挂到了她的脸上……

当然，同时傻在那儿的还有"杨四郎"，不过他的反应快些，已经一跛一跛地向琴师走过去。那操琴老者一直腰杆笔挺，高高地跷着二郎腿，闭着眼睛，仰面朝天。他直到现在也不晓得发生了什么，还拉得起劲儿，在那儿不断地一遍又一遍重复拉那段过门，来催促唱戏的人赶紧往下唱。

过门越拉越快，琴师的脸也越仰越高，下颌几乎已和脖子拉成一条直线了……尴尬的静默在此时已如一张无边无沿的大网，悄然张开，弥漫铺展开去，似乎想把这所有的一切都牢牢罩住。可胡琴激越、婉转，依然在一声紧过一声地做着对抗……站在那儿，我只感觉自己的心越缩越紧……被这铺天盖地的戏曲音乐的气场震慑，我不由得在心底暗自感慨：一个深潜入艺术作品中去的人，他的内心该会有多么骄傲！

可是，一个人该如何在自己真实的日子里获得骄傲？

被"杨四郎"扯了一把，操琴老者的身体猛一颤，顷刻间醒来。他一眼就看见了站在院子里的我们，人顿时如真魂出壳一般，脖子、手臂、腰杆全软了下来，再也挺不直了。他哆哆嗦嗦地把琴夹到腋下，弓着腰，耷拉着脑袋，站起身朝我们走下来。当然，和他一起沿着台阶慢慢走下平房的，还有"杨四郎"和"铁镜公主"。他们当然既不是公主也不是驸马，他们只是三个最寻常的中年农民：头发都乱蓬蓬的，灰着脸，趿拉着糊满泥巴的塑料拖鞋，高高低低胡乱挽着裤脚，畏畏缩缩、战战兢兢、灰溜溜地走成一列……一边走，一边还不时朝我们抬起头来。我看见，在他们朝我们看过来的目光里，除了局促，还有谄媚。

"兰子，我……没什么事儿，刚唱……"走到我们面前，喜平婶的目光如做贼一般东躲西藏，她向兰子低了头，轻声嘀咕。

"你还没什么事儿？"兰子的声音直直地向上蹿着高儿，还伴着压抑着的凄厉哭腔，很刺耳，惹得我们怀里的两个孩子也跟着哇哇号哭起来。兰子一边一颠一颠地哄孩子，一边略低了声音，朝喜平婶喊："你可真好意思说！你的孙女，唯一的孙女啊，还没满百天呢，她爹就出去打工了。我一个人带她，家里还又是鸡又是猪，你说，你还好意思说没什么事？"

"兰子，""杨四郎"向前走了一步，带着心平气和的神情，一副要往自己身上揽事儿的架势，"你婆妈说的真是实话，我们真没唱多久。你不信自己想想，你看这不连看热闹的人都还没出来呢……"

"呸！"兰子咬牙切齿地扭头吐了口唾沫，看都不看"杨四郎"一眼，"我们自己家里人说话，还轮到个外人在这儿插嘴？"她说着，从孩子的后背上腾出手来，又开始指点喜平婶，"你说你有空和别人在一块儿搅和也就罢了，怎么也得偷偷摸摸的啊！你自己有本事不要脸，就不能替别人想想？我们这当小辈儿的，只要能忍，全都装不知道了！可你倒好，还蹬鼻子上脸，都蹿到平房顶上去了！竟然还有人好意思提什么看热闹，也不想想，你们的这种热闹，哪个正经人稀罕看？"

"喜强兄弟，喜强兄弟！"拉琴的老者过来拖"杨四郎"已高高抡起的手臂，"我们家兰子直性子，你又不是不知道，别和小辈儿人一般见识！兄弟，你你消消气，先回，回，好不好？"

"杨四郎"悻悻地把手一甩，转身一瘸一拐地走了。我当然也是外人，也得走，忙不迭地哄着抽抽搭搭的孩子，我也落荒而逃。临拐出门，我到底扭头扫了一眼身后，这才发现院子里的局面已然改变：孩子已被喜平叔抱到怀里；喜平婶和兰子，左一个右一个，都瘫坐在房门口的水泥台面上，各自低头抹泪。

喜强叔的残疾，可谓是阴沟里翻船。那个周末，先生回来，终于又和我说起了喜平婶他们。

"喜强叔是唱老生的，文武全才。我还记得小时候看他扮《挑滑车》里的高宠，站在那儿，一个后空翻，直直地就从高空里翻下来。他一个业余唱戏的，能练到那种身手，我是长大后才真觉出他的不易来。不过，后来他出事儿，却是因为唱《空城计》。诸葛亮老得都白了胡子，一个人在那儿大段大段地念叨"先帝爷"的知遇之恩，差不多算得上是他演过的最没危险的戏了，却不知怎么搞的，身下坐的椅子没摆好，突然间就摔了下来，竟然就摔残了。当年喜平婶他爹带的最得意的徒弟就是喜平婶和喜强叔，要不是喜强叔后来残了，可能早就和喜平婶结婚了吧。"

"是喜平婶嫌他残疾？"

"不是！听妈说，是喜平婶他爹拦着。他爹就养了喜平婶一个孩子，一心巴望她能跳出农门呢。他爹活着的时候，领她出去考过不少专业剧团，不过，折腾来折腾去，最后全没成。喜平婶是快三十了，才高不成低不就，嫁给了结过婚、死了老婆，还带着一个孩子的喜平叔。算是嫁得很好了，因为喜平叔虽也是咱村的人，却在北京当过兵，见过世面。而且他人也非常聪明，听人说，但凡是件乐器，他都能给鼓捣出个调调儿来。胡琴还是他后来学的呢，都能越拉越好，很有天分的。当然了，最主要的还是他心地好——喜强叔的老婆去世前也总生病，喜平婶他们两口子，这些年没少帮扶喜强叔过日子。"

"哦，原来你也是听东家讲、西家传啊。不过，我觉得你们这故事讲不通。照你这么说，喜平婶他们年轻时迷唱戏，是想离开农村，那现在呢？都四十好几了，眼瞅着这辈子就这么过去了，怎么还迷？甚至还能不顾家人、邻居的指责、嘲笑？"

"你不用假清高！不用骨子里瞧不起农村人！"先生朝我冷笑，一字一顿地说，"你要我说实话吗？我告诉你，我一直都觉得，喜平婶考不上专业剧团非常正常。你知道吗，她唱了一辈子的梅派青衣，却连梅派精髓的边儿都没摸到呢。梅派为什么能居四大名旦之首？那是因为它雍容典雅，怨而不怒，哀而不伤。它最适合刚学戏的人入门，但却也最易学难工，想上层次非常难。许多人都说梅派是'没'派，它的特点就是没有特点，那是一种大气，是境界，是'无招胜有招'，是'绚烂之极归于平淡'，这些东西，喜平婶他们就是憋足了劲儿，唱上一辈子，都很难修炼成。从一开始，她们的唱念做打、手眼步身法就太过、太刻意，用力太猛。可你想想，一个愿望，你有本事因为它过于奢侈就彻底放下吗？就比如你，你干吗要写诗？你这个人迷恋写那些发表不了的诗，和喜平婶他们迷唱戏，还有什么本质的区别吗？"

我被他训红了脸，一句话也讲不出。是啊，我强忍着泪，自怨自怜地想，我为什么要写诗呢？那些文字，它们一个一个滚烫地从我的心里流出来，然后又一个一个相继冰冷地死在纸上，一首诗都无人问津。可是，我从读书时开始，到教了这么多年的书，为什么一直都停不下来？仅仅是因为我喜欢那些新奇、绚丽的句子吗？它们给我的生活带来了什么？它们又能带来什么？

我最近一次见到喜平婶，距那次在河口村休产假已过了八年。

这八年里，我的工作没什么变化，一直在同一所小学教书，闷头在学校和家之间忙碌，时间在一茬又一茬学生的入校和离校中流逝得悄然无声。我当然也早已不再写诗，而退化成一个纯粹的文学期刊阅读者了。对大多数凡人来说，诗歌只是一个年龄阶段的特定产物。偶尔想起从前，我常常发此感慨，聊以自慰。而这八年，我的生活呢？自然也变化不大，无非就是把儿子养大了，都上小学了。再就是先生的生意做得也还不坏，这也使得我们有能力把公婆接到城里，和我们住在了一起。

  上个周末，我陪公婆返乡，回河口村去参加一个亲戚的婚礼。在胶东乡村，人们习惯把赴宴称为"坐席"。请上好几桌远远近近的乡邻，聚在一块儿，围着桌子上一个又一个上来又撤下的菜品，一直从中午坐到傍晚，才肯散去。离开河口村已三年多，公公婆婆都很兴奋，到处去找人闲聊。我也兴奋，因为，我又遇见了喜平婶。

  她就和我坐在同一个桌上，可一开始我都没认出她来。听大伙儿起哄，张罗让她的小孙女起来唱出戏，我才反应过来那是她。想当年，她和众乡邻在我公婆家门口闲聊时，让我把她和众人区别开来的原因，主要来自她的双眼。那双眼睛，是那么明显地比周围的人明亮，会说话似的。可现在，她已是眼神木讷，泯然众人了。

  《看大王》！《看大王》！一个人挑了个头儿，大家就都跟着起哄，朝着她那个已站起身来，双手像模像样端在胸前的小孙女嚷嚷。

> 看大王在帐中和衣睡稳，
> 我这里出帐外且散愁情。
> 轻移步走向前荒郊站定，
> 猛抬头见碧落月色清明……

  小孙女唱完，大家热烈鼓掌，然后继续闲聊。可喜平婶不，她一副事不关己的神情，一直在低头攥菜吃。

  "后继有人啊，喜平婶！"我笑着和她搭话。

  "她唱得不好！不过是脸皮厚，敢唱罢了。"喜平婶朝我伏身过来，低声数落，"你不知道，我从小跟我爹学戏，吃了多少苦。天天起早练气、吊嗓子、跑圆场、拿大顶……偷一丁点儿的懒，都能挨我爹的狠打！哪一出戏不是哭着练出来的？可现如今的孩子，哪吃得了这种苦！"

"我唱得不好也是你教的！"我一抬头，才发现小孙女回来了，正梗着脖子，高声同奶奶斗气呢。

"既然你爸妈偏要出去打工，一年也回来不了一次，你就得服我管！"喜平婶的声音倒不高，脖子却和小孙女一样，也直直地梗着。"让你出息成了这么一个没大没小、不懂规矩的孩子，我自然怨不得别人，只能怪你爷爷不好，从小愣把你给惯坏了！"

"我爷爷走得早，这会儿也听不到你在这儿栽赃了！"喜平婶的小孙女嗓门儿亮，话接得快，嘴一撇，眼圈儿早红了，脖子却还梗着。她眉头一皱，低声又嘀咕道："无所谓，反正，我不是又快有一个瘸腿的爷爷惯着了吗……"

"我打你这个小东西！不过是说你两句戏唱得不好，哪招来你这么多废话！"喜平婶火了，声音一下子高起来，这一高，底气足，连假声都带出来了。她一把把孙女拉到自己怀里坐下，一边厉声训斥，一边运起手指、眼神，开始投入地比画。

"我跟你说过多少遍了，这段唱里，'散'和'愁'这两个字你一定要亮出高音儿来！你为什么就一直不长记性呢？你也不想一想，虞姬是个普普通通的只会舞个剑的妃子吗？这一段里，难道她就是闲得慌，想出来简单地散个步？"喜平婶说着，眼光暗淡，声音也慢慢低沉下来，"你想想看，虞姬，她虽然只是个妇道人家，可毕竟跟着项羽打了那么多年仗啊！她还能不懂得，他们就快不行了，就快连性命都保不住了？可是，除了强颜欢笑，给项羽宽心解闷，鼓舞士气，她还能怎么办！谁让她喜欢呢！谁让她放不下呢！那，那就是她的命啊……"

大家渐渐安静下来，都在看喜平婶训小孙女。我也被她的话惊呆了，坐在那儿，眼睛一眨不眨地看着她。

此刻，没有人会知道我内心的激动和欢喜。是的，是欢喜。那是因为，我又看见了喜平婶那灿若明霞的目光，那目光让我相信，无论世事如何变迁，这都将永远是我在人群中认出她来的标志。坐在那儿，我知道，跨越飘逝的流年，我正和多年前的喜平婶，还有我自己，再一次幸运地重逢。

(原载《十月》2011年第5期，《小说月报》2011年第8期转载)

号令一声

赶在五点前,海涛终于把车开下了高速公路。还好,天还没完全黑下来,他不必再担心自己拙劣的车技面临赶夜路的考验了。

可下了高速有下了高速的问题,一出收费口,他就蒙了。

不错,远处那隐约可见的暗蓝的海;近处土黄干枯、一垄一垄荒芜的农田;农田里暗褐色、枝干粗壮虬结的果树林;果树林后空旷的田间偶尔闪出的一根根早已枯死,却依然挺立着的玉米秸……这开阔、硬朗、厚重的北方乡村冬日景色于他再熟悉不过,因为这儿是胶东,是他的老家。虽没在这儿出生,他却在这儿长大;虽去国离乡十几年,但他的家人一直在这儿生活。如今他每隔上个三两年,也总要回来一次——只是,每次回来,他都要遇上不同的问题。比如,今天,现在,一条黑漆漆、双向六车道、标志线减速带交通指示灯一应俱全,路旁每隔五十米就有一杆路灯的,豪华气派的柏油马路,就横亘在他和他那应该已近在咫尺的家之间,让他彻底迷了路。

他于是给姐打电话。还没等他开口,姐那边就开始埋怨:"哎呀,你可是有动静了!都快把我急死了!我傍晌来爹这儿,才知道是他让你开车回来的。你说咱爹,这不是老糊涂了吗?这就是这些年村里不少出外的自己开车回来,把爹给眼气的啊!他也不想想,你都四十多了,会开车才几天,道儿也不熟……嘻,把我吓的,估摸你早该到了,都不敢打手机问……"

姐是不知该如何指路的,电话被转到了姐夫手上。常年开大货车的姐夫几句话就把路给指得明明白白:"兄弟,你就沿南海旅游度假区的路牌一直朝前开,开五里来路吧,有个路口,很密实地种了一堆咱这儿老辈没见过的怪怪树,树冠都用塑料布包了——就从那儿,你往北拐,再向前不到一里,咱河口村的村志在路左边,看到村志,你就能进村了。"

路变了,可他的河口村并没怎么变,他家的样子更是十几年如一日。

姐夫抱着膀子在村口等他,把他迎进家。他一路和姐夫感慨这变化,姐夫只憨憨地笑:"嘻,咱这小家哪能和国家比!这变化还是小的呢,南边那些离度假区近的村子,都要住上楼房了!"

"住楼?那地不种了?"

"种地有什么好?又不赚钱!人家那些要住楼的村,家家户户张罗要搞'渔家乐'呢。到时候,城里人就来了,又吃又住的,人家就可以赚上城里人的钱啦!"

"听你姐夫吹!我赶集早听人说了,楼盖了一大片,没卖几户出去!"姐也踮着脚在家门口等,见他下了车,咧嘴一笑,不大的眼睛笑眯了,细密的褶子笑开了,皴得红红亮亮的圆盘脸像突然绽放开的大丽菊。只是,这大丽菊虽一直在盈盈地仰望着他摇晃,张嘴吐出的话却不是招呼他,而是训姐夫。

姐夫是早被训惯了的,他把头低下来,猫了腰,辩解成了嘀咕:"不都说开了春就好了吗?现在是因为没通暖气,城里人不抗冻……"

他就在这村里长大,不是城里人,可也是不抗冻的。刚进屋,一脚先踏进厨房,倒还没觉出冷来。姐在蒸过年的饽饽,黑乎乎的厨房里,空气里满是蒸腾的奶白雾气,地下到处散乱着树枝、碎木头、干玉米瓤子。可推开门,进到里间,在爹面前站下来,他就忍不住要打哆嗦了,好在姐夫从后面追上来,把他扔在车里的羽绒服递过来。

爹比三年前见面时更胖了,只是脸扁平水亮,看上去倒让人担心会是肿。此刻,爹正抱着被,坐在炕头上看电视——中央十一套,戏曲频道,北京,长安大剧院,名角云集的一出《红鬃烈马》。李维康饰演的王宝钏美艳婀娜,光彩照人,娇娇嗲嗲的一声"爹爹呀"道白过后,锣鼓家伙又起,她目光亮亮地扫视了一圈,迈一步上前站定,无限风光,吐气扬眉地道出了那段"讲什么节孝两难全"……

正是要紧的当口儿，爹自然顾不上他，只摇头晃脑看着戏，偶尔抽冷子问出句话来，眼睛都没离开电视。爹问了他几时在伦敦上飞机，几时到北京，北京到烟台又是几时到，烟台叔家谁去机场接了他，又是谁把车借给他开。他在炕边冰冷的木椅上坐下来，一一作答。爹问完了，冷了场，他便回了一句："怎么没见姨？"

这下子，爹突然扭过头来，朝他看过来的目光木讷、空茫，像是刚从戏的热闹里抽身出来，一时冻僵了。不过，爹到底什么也没说，很快又扭头看电视去了。

他见姐夫一个劲儿在朝自己使眼色，便赶紧推说要去厨房帮姐的忙，讪讪地溜出来。

"回那边去了，"姐说，"今儿是腊月十八，本来说好我过来帮她一起蒸供的。我今早过来，爹才说她前儿就让那边的儿子给搬回去了。"

姨比爹小八岁，是二婚嫁过来的。那边的老头早没了，还有三个儿子、一个女儿，也都成了家，都不常往来。这么多年了，他还从未听说过搬姨回去，便愣了："回去？怎么，爹欺负她？"

"不是，"姐说，"爹欺负她，她还好意思去和自己当初撇下的孩子们说？是他们村的地被征了，和从前老头住的房子也能分楼，儿子媳妇、女儿女婿一大家子人争起来，闹到街面上，实在不好看，才想到过来搬她。可搬她有什么用？她是个有主见的人吗？"

他没接姐的话，只回头去找自己的皮箱。

刚才自己先进的屋，姐姐姐夫屋里屋外一趟一趟搬得热闹，都是些酒水饮料、鱼虾鳖蟹。不用他说，大家也知道那又是叔捎给爹的年货。现在，他看到那些年货被胡乱地堆放在西厢地上，而他那两个皮箱被高高擎起在头顶的木板架上。

这次他给姐带回的是件米色的棉大衣，雅格狮丹，尽显英伦风情的世界顶级品牌。当然，姐是不懂什么牌子的，但姐那两个都在省城工作的双胞胎女儿对名牌的道道可是精着呢。这大衣还是小房去年夏天打折时在彼斯特购物村买的，因为早定下今年要回国探亲的计划，小房便照例早早准备。买下如此价格不菲的大衣，一则是因为断码，折扣实在吸引人，二则也是因为彼时他们餐馆生意正好，而他和小房之间也还没什么状况。

"我都五十多了,穿什么也穿不出个好样儿来,你就知道乱花钱。"姐嘴里怪他,眉眼却在看到大衣后迅速舒展。姐用手抹了抹镜子上的水雾,哈腰对着洗脸架上的小圆镜把头偏过来偏过去地看,怎么也看不够。姐夫也跟过去,在后面一边跟着姐来回偏着头,一边笑道:"你不是正好忙得都没来得及买过年的衣服吗?还是咱海涛会买,外国衣服就是打扮人!"

"这不是你买的,是小房买的吧?"姐听了,也笑,笑着回头看他,见他沉默不语,扭头把气全撒到了姐夫身上,"胡说什么啊你,今年过年我可不出去丢人现眼!"

这么说着,姐便奔他过来了,压着嗓子说:"我还没来得及和你说,海涛,你不知道,去年这村里卖河沙赚了钱,书记说什么也要热闹热闹,年初一要在大队门口耍会儿。书记还特意跑咱家来,撺掇咱爹出去给他们唱戏……"

胶东方言本来咬字就狠,姐话里又带了怨气,更显得又艮又硬,掷地有声。他正帮姐夫试穿他买的其乐皮鞋,对姐的气愤没上心,只轻声问了句:"唱什么?"

"《号令一声绑帐外》!"

"什么?"

"《锁五龙》里单雄信让李世民给抓了,砍头前,骂了东家骂西家的那段!"

"啊?"他愣了。爹好戏,好多年了。他也是,从小就喜欢跟在爹后面跑,看爹教村里人唱戏、排练,又扎了台子演;自己村里演了,又跑去外村演。那是60年代,爹三十来岁,清秀、儒雅,套上行头、扮上妆,把他看得云里雾里,爹也迷得云里雾里。那时爷爷还在,一天到晚唠叨家门不幸,数落爹玩物丧志。可爷管得越严,爹迷得越深。他也是,他喜欢听爹说戏,行腔、念白、身段做功、戏里戏外的故事……爹说戏总是不拘场合:冬日夜晚的被窝里,夏天乘凉的平房顶上,冰冷的灶间,漆黑的场院,爹每每眉飞色舞,把周围说得热闹非常。常常是说着说着,就哼唱起来;哼着唱着,又比画起来了;比画不尽兴,一次,还挥毫为他写下"盈盈公府步,冉冉府中趋"……那时他还小,不过是听热闹,及至年长,尤其是到了海外,才发现自己已成了地道的戏迷。不知是不是受爹的影响,他发现自己最迷的还是老生戏,觉得老生的形象是最具中国传统文人品相风骨的。小时候,他记得曾看爹扮过《上天台》中的汉光武帝刘秀、《甘露寺》里的开国老臣乔玄……

时间真快，离自己上次看爹登台唱戏都二十多年了吧？可现在，爹老了，再登台去唱，为什么竟要从安工老生变成蓝脸武净，从帝王权臣变成落寇草莽？

"大过年的，怎么好唱这个？"他苦笑，"再说，爹都七十多了，身体……"

"好汉无好妻啊！"姐又狠叨叨地来了一句，摔摔打打地掀起锅盖，呼呼呼往大锅里续着水，"这家里可是有人高兴爹又出来唱戏的！一天到晚把那些几百辈子的破袍子、脏胡子全翻出来，又是洗又是晒，我一看见她摆弄那些破烂就生气……"

每次回家，海涛都到厢房睡。夏天还好，提前进去喷药，门关严，把蚊子统统收拾干净人再去住。冬天就麻烦了，裹紧被子，电褥子开到最高档，身下已燥热难当，脸却还觉得冻得发僵。算起来，结婚到现在十八年了，小房陪他回老家过年都没超过五次。每次回来过年，过后一连好几天都叫苦不迭。这次，只他一人回来，倒难得，吃饭时爹就吩咐姐给找铺盖，说今晚要和他在一个炕上睡。

听爹说时，他就有些紧张。想一想，多少年没和爹一起睡了？这些年，不要说一起睡，就是聊天都很少。千里迢迢地跑回来见一面，隔着纷纷扰扰的人声、电视声、家里家外杂乱的大事小情，开口讲出的话不过都是在汇报近况。通常是爹问，他答。问得漫不经心，答得浮皮潦草。这局面是何时形成的呢？是他离开家，去县里住校读高中后吗？还是更早，他七岁那年？那一年，春天里娘去世，秋天里姨进了门。

吃了饭，收拾完，他出门送姐和姐夫回家，没耽搁多久。再进门，发现屋里电视还响着，爹却早已躺进被窝，他便也赶紧收拾收拾睡。从他进门到上炕，爹一言不发，连看都没看他一眼。可他刚躺下，爹便手一伸，去拉头顶那两根长长的灯绳。

吃饭时姐说过，那灯绳是姐夫帮爹接的。一根管着头顶上的电灯，另一根则管着对面那台遥控器坏了的电视。现在，爹把这两根灯绳一块儿拉了，啪的一声，声音和光亮便瞬间全部消失，他到家后的第一个夜晚就这样降临了。伸出手，他看了下表，七点五十。

"从烟台来家多少里地？"

像等关灯一样,爹问话的语气也显得迫不及待。他的心一热,仿佛又回到了躺在爹怀里海侃神聊的年幼时光。"我打了表,一百九十多公里,高速,路好。"他赶紧回话,并试图语气轻松。

"那差不多,高速修得绕,过去老辈人抄小路也得将近四百里地。"黑暗中,爹摸索着燃起烟,慢悠悠打开了话匣子,"以前咱家在烟台时,总有咱村的人去,我常听他们议论怎么走路。听他们说,去烟台,得两头带亮——天蒙蒙亮时,挑着鸡蛋、粮食什么的从村里动身,到烟台,太阳就快落山了。那时他们都是直接奔咱家落脚,吃,住,然后,第二天,天亮了再该干吗干吗。咱家,你爷、奶心肠都热,认亲。我还记得,小时候,赶上个年节,或秋天要卖粮食的时候,咱家在烟台那三进小院儿,总是满满地到处是人,今儿这个大爷刚走,明儿那个大叔又来了……"

爹的声音越来越轻,飘忽着,终于说不下去了,他也一时语塞,接不上话。

这情形他当然是知道的。从小他就没少听大人讲,爷是年少时被家里送去烟台学徒的,后来自己做生意,慢慢赚了钱,不断置办些地产、房产。家业大了,人又仁义,不要说村里人去投奔落个脚,就是村里的大事小情,谁家有个好事、难处,爷也都是大家最先能想到也最不让大家失望的人。这当然也是60年代初,因成分不好,在烟台过得不如意的爷爷选择了领着一家老小回老家村子的原因。回村当年,他刚下生,从前的事儿都是后来听爹妈说的。但他亲身经历的,关于村里人念叨他们从前的好、关照他们的事却没多少。尤其是到了60年代末,爷、奶、爹、妈、叔、婶挂着地主、地主婆、地主崽子的牌子到处挨批、游街,村里人打骂、刁难,或见了他们绕着道走,明明好心帮衬帮衬他们,都得像做贼似的偷偷摸摸的情形,多少年以后,他倒是一直都历历在目。

"铭恩怎么样?上次回来,听说得了癌症?"沉默了一会儿,他终于找到了话题——铭恩是他小时最怕的人,那时一听说铭恩来了,他都会吓得哆嗦,哭都不敢哭出声。当然,怕铭恩的人不仅是他。铭恩一只眼残疾,不但长得凶,讲话也凶神恶煞。每次来他家,铭恩都会跳着脚,屋里屋外到处吆喝些"要老老实实、要好好改造"之类的话教训人。在他们当时已被抄得一贫如洗的家里,奶奶总不忘备些火柴、鸡蛋什么的,就是为了打发像铭恩这样来上门来找碴儿的人。

"我这辈子,最恨的就是铭恩!他还算个人吗?怎么就好意思为了占那么点小便宜一次次上门,全不念我们当年是怎么帮他的?他也不想想,要不是有我们,他铭恩一个半瞎子能娶上媳妇?"奶和妈一样,都在1968年去世。病重时,一提到铭恩,白发苍苍、六十多岁的奶奶哭得就像个委屈的小孩子。

"走了,去年的事儿。"爹叹着气,答得没精打采,"他得癌病,我也和你一样,是上次你回来时听德祥说的。"

德祥是这村里的大夫,年轻时学的赤脚医生,开始在大队干,这些年就自己在家里开诊所。他医术不错,周围十里八村诊所不少,但他那儿最招人,村民看病拿药都爱往他那儿跑。一般来说,要是德祥说谁的病不大好,得去县医院,基本上就表示这病得动手术,或干脆是不治之症了。上次回来,德祥过来给姨打吊瓶,偏巧说起铭恩,说他怕是癌病。

"他老婆走得早,儿子不孝,也没个人领他去医院好好瞧瞧,只是在家等死。听人说,走了好几天都没个人知道。大夏天的,发现时,人都臭了……铭恩走前,有段时间我总能从咱后窗看见他拖着根棍儿在供销社门口转,转,转,转得让人心寒……铭恩大我十七岁,辈分却小,按理,你是该叫他叔的……嗐,海涛,你还记得你爷爷从前总骂我没出息吗?现在你是不是也这么觉得?"

"爹,别这么想。爷临走前,不也就是说过些要我们一定好好过日子,过好了让村里人都看到的话吗?"

"你爷对我是失望的,我知道。从小,他就嫌我身子骨弱,性子也弱,脑袋瓜儿更没你叔那么灵……"静了一会儿,爹又说,"1978年的时候,你叔跟着人家一趟趟地往北京跑,落实政策,把房子跑了回来,户口也跑回了烟台。那段时间,我总想起你爷临走前说的那番话……我知道,他一直在盼的,就是那一天!"

"别这么想,爹,要是当初您也想回,不是没机会吧?我总觉得,您还是喜欢这儿的……"

"你叔回去那年我四十三,身埋半截土了,在哪儿都无所谓。不回去,我主要是为你姨考虑,她总担心咱们一回烟台就和她散了。而你们俩呢,你都快要高考,可以出去念书了,我觉得就行了。毕竟你姐那年二十五了,婚也结了，一对双棒子闺女也生了，再回去，不过是守着些空房子，不见得就是好事儿。嗐，可你姐，这些年……她……她不这么想啊。"

"听姐说，您年初一要出去唱戏？"他慌慌张张打断爹的自责，换了话题。

"是你姨劝我去过过瘾。嗐，可能因为我老了，这几年，总念叨从前的事儿，你姨就劝我，说其实咱家不是过得挺好的吗？海涛在英国当大老板，海燕两口子的日子也红红火火的，两个外孙女都读了大学，现在都在省城干文明活儿……对了，海涛，听你姐说，你和小房在闹矛盾？"

他在英国不过是有两间临街的外卖店，因为金融危机，生意每况愈下，却被父亲当成了信心的支撑。他正深陷在内心的自责里，不承想，突然又听到爹问起自己的家事。

心一下子提到了嗓子眼儿，他支吾了一声，便翻过身装睡——小房的事来得太突然，姐知道，都怨小房，他可是不想让任何人知道，不想同任何人讨论的。其实细想，小房这个人，除了不愿陪他回老家外，倒也真挑不出还有什么别的毛病。他和小房读书时是校友，教书时是同事，后来又一起去伦敦，一起放弃学业开餐馆。他真的没有想到，在自己四十八岁这年，和自己同床共枕同甘共苦了十八年的妻子小房，会讲出请他给自己自由这话来！而小房所要的自由，就是要和小田在一起的自由——小田，那个年纪比他和小房都要小得多的小房的上海同乡，在伦敦访学，因常来他们餐馆吃饭而结识。认识小田这两年，换房子、续签证、结交朋友、人情往来，他一直在极尽所能热心地帮衬，可这个小田，他怎么可以这样？他和小房是什么时候开始的？他这个当丈夫的，怎么会一点儿都没察觉？

"主要是因为你们没孩子，就容易把芝麻大点的事儿给吵大了。海涛，爹告诉你爹的体会啊——人，可以对不起自己，但绝不可以对不起别人。真的，因为对不起别人，会让你心里更遭罪！这一点，等你到了爹这个岁数就懂了。"

许久，他又听见爹开始了讲话。但他没敢转身，而是用自己的后背、用沉默应对。

乡下的夜，黑，是真正的伸手不见五指的黑；静，也是真正的能听见自己心跳和喘息的静。睁着眼睛，他让自己陷落在这静夜里。渐渐地，困倦浮上来，沉沉地将他淹没。迷迷糊糊中，他总觉得身下的炕烧得太热，烙着他，也太硬，硌着他，让他不得不来来回回地翻身，但怎么翻身都不得劲儿。有那么几次，他在恍惚间看见爹在吸烟，红红的烟头在寂静的漆黑里燃着，一亮，又一亮，让他分不清眼底心中的这一切到底是真的，还是来自浑浑噩噩的梦里……

一大早，爹那边刚一有动静，他就醒了，赶紧跟着起床。

屋里冷，三下两下他就把自己给捂严实了。还不到五点，但窗外的天已放亮了，开门出去，才知道昨晚竟下了点小雪，薄薄的一层，铺在地上。爹到窗前站定，晃晃悠悠地打开了太极拳，他则拿起扫帚，扫起了雪。

雪还没扫到门口呢，门被推开了，是姨的小儿子，开了辆农用车把姨送回来了。他赶紧过去把他们让进屋。

姨本是大身板，但这些年总病病歪歪的，只剩下空壳子。这会儿看上去，她的背弓着，头蓬着，脸也灰突突的，越发显得人佝偻干瘪。只是见了他，姨还在强打精神，笑逐颜开地招呼着，招呼着，末了，又说自己得赶紧做饭。她回身刚要走，却被自己的儿子一把抓住。"大爷、哥，我妈这两天身上不太好……"

但姨一个劲儿地辩解自己没事，板起脸和自己的儿子生起了气。突然间，她不知从哪儿来的气力，死命地扒拉儿子的手，把那儿子唬住了。手一松，儿子由着她直奔厨房去了。

他抓了些糖果点心，追着姨的儿子去送。人家直推他："不用，不用，哥，回吧，回。"快到门口时，小儿子突然转过身，反手热热地抓住了他的手："哥，我妈这两天身体不好，您费心，让她多歇歇……"

这话，人家说得不自在，他听得也不自在。站在门口的风里道别，看着人家把车开远，又扫完了雪，他才回了屋。一进屋，竟发现姨已躺在炕上。

"刚才晕倒了，可能老毛病犯了。"爹在灶间生火，看也不看他，只淡淡解释了一句。姨躺在炕上，解释得急切，只是没气力，声音开始尖且高，渐渐低下去，却也还是尖的，飘飘忽忽的锐利的尖。"海涛啊，我记得你爱吃芋头，特地给你留的……可我，我没出息啊……"

把爹让回屋，他开始一个人忙活起早饭。家里这些年几乎没什么变化，每次回来，都是他下厨弄吃的，轻车熟路。他翻柜子翻出一扎挂面，便决定再炒些蛤蜊、白菜开卤子，煮热汤面吃。抡起膀子一阵忙活，人便不觉得冷了。

"你们家不是成分不好吗？只你一个男孩子，怎么你父母还那么舍得用你干活儿？说实在话，你做的饭，我倒不觉得多好吃，可对你无论在如何缺油少盐的情况下都能折腾出热饭热菜这一点，倒真是由衷地佩服……"

他站在热气缭绕的锅前，呼呼呼地往锅里扯挂面。从前在伦敦刚开餐馆，他颠着大炒勺当大师傅，有模有样地炒米粉时，小房站在身边的如是话语，也被一条条地从往昔岁月里直扯了出来，让他沮丧。

姨勉强坐起来，缩着脖子，努力挑了几根面条咽下，直说真的不想吃，又躺下了。他想劝姨再吃些，但爹不作声，他也不便讲什么。屋子里很静，姨躺着，他和爹对着头喝汤面，都小心地沉默着。

正吃着，姐来了。"秋天时不是犯过一次？不是也这么发晕，也浑身哆嗦？躺着有什么用，赶紧找大夫啊！"姐一听说姨晕倒了，就直嚷嚷，嚷嚷完了便去打电话。电话是姐给爹安的，一旁墙上还贴了张纸，上面用黑碳素笔字号大大地写着姐家、烟台叔家、德祥叔家等电话号码。

德祥叔提着个出诊包过来，进门就上了炕，掏出听诊器，扳过姨的身子诊病。折腾了一阵儿，他摘下听诊器下炕，还没等下来，姨却突然大睁了眼睛，小声嘀咕了句什么。他和姐都没听清，都去看德祥叔，德祥叔一边下炕，一边回他们："拉了。"

果然臭味就出来了。他下意识地往后缩，却见姐已飞快从柜上取了卷纸，撕了些就跪着上了炕，俯下身，掀开被子去擦。姐背对着他，他看不见姐，姨也被姐遮着。可心里，他却想着刚才姨见姐进门时，挣扎着想起来却没力气，向姐看过来的如同一个犯了错的小孩子似的眼神……

"怕是不好啊。老太太体格本来就弱，我给她挂个吊瓶，不过是补充点儿能量。"

"嗯，我也觉得不好，刚才我看她的大便，又细又软，像小孩儿拉的似的。德祥叔，这是不是就是老辈人常说的，人要走之前净身子的大便？"

后来，在院子里，德祥叔和他们姐弟俩说起姨的病，他才意识到问题的严重。

"恐怕老太太过不去这个年！不过也不好讲，也有可能和上次一样，又缓过来了。"德祥叔说，"只是，你们家这种情况，最好还是通知一下那边，要不，咱尽了力，可也不敢保证过后那边不落埋怨……"

"姨比我大十岁，今年正好六十六。老辈人常说，六十六，不死也得掉块肉……"姐喃喃地感叹，抄着手木在那儿，视线渐渐拉长了。

姐给那边打电话，放下电话，已满眼是泪。爹坐在炕上，都听见看见了，就开口劝："海燕，别哭，你姨常念叨你的好。海涛隔得远，顾不上，这些年，我和你姨，里里外外还不都是你和宏斌两个照顾……"

姐只是不停摇头，不停地擦眼泪，什么也没说，返身去了灶间，说要做饭。

姐和了块面，说包饺子，他也跟着帮忙。两个人都不说话，只低头干活儿。有那么一瞬，姐在案板上揉面，他蹲在地下引火，恍惚间，他有种错觉，想起了自己七岁那年，也是在这厨房里，也是蹲在这儿帮忙生炉子，只是，那会儿，他帮的是妈——妈在案板上揉面，揉着揉着，突然蹲下来，用沾满干面的手轻抚他的头，一句一句，很郑重地和他讲起了姐。

"海涛，你心细，又是男孩儿，妈这些话只能讲给你听。人家都说你爹前些年好出去唱戏，是让那个女人给缠上了……你爹今年才三十三，要是我不在了，这个家，迟早得有个女人进门来的。那个女人，就算她再不好，只要对你爹好，对你们一定也不敢坏到哪儿去……她要是真来了，你千万记着妈的话，护着点儿姐姐，你姐她脾气太犟……"

姨进门那年，他七岁，姐已经十五了。姐并没像妈担心的那样犯犟脾气，因为那一年发生的事太多了，先是妈去世，紧接着是奶奶，然后，转过年又是爷爷……年幼的他，只是目瞪口呆地经历着这一切，连哭都是不敢大声的，何曾想起过妈交代过他的要护着姐姐的话？倒是姐，一直在小心翼翼地护着他——和骂弟弟是地主崽子的孩子去打架；让弟弟歇着，去看书，自己忙完手上的活儿，又来推该弟弟推的磨；悄悄把弟弟叫醒，塞给他一块刚出锅的玉米面粑粑……

姨被姐喂了几个饺子，人显得精神了些，盖着被子，倚着墙，絮絮叨叨又开始讲话。在他印象里，姨一直是个只知低头干活，和谁都没话的女人，但现在，这个女人却似乎一直急着要说话。

"这么多年了，我一直都怕你。怕你嫌我不好，瘦，还黑，嗓门大，没见识，还总害病……"

"说这些干什么？"爹脸上有些挂不住，皱眉吆喝了一句，要打断姨。可姨虽然声音气若游丝，却也还是没停下，"我怎么这么快就老了呢？越来越不好看，越来越没出息了……这么多年了，你就听过我这么一次劝，答应我年初一出去唱唱戏，可我怎么就这么不争气，怎么就能捞不着听了呢……"

小时候，他听妈说过，爹好戏，其实是受爷的影响。爷从前也好戏，在烟台时，常带着全家老小一同上戏园子。爹刚回村是1961年，二十六岁，嗓子、身段都是好时候。爷开始也是支持爹参加村里排戏的，还掏过钱给村子里的戏班子置办行头。可那个时候，姨所在的山后村戏唱得也是响当当的。听说，姨的戏是跟她爹学的，她爹也是个识文断字的人，爱戏，也懂戏，姨从小就跟着她爹到处看戏、学戏。她模样俊，身段好，嗓子也争气，及至长大能登台，很快就在这一片的村子走红了，甚至县城都无人不知。可后来姨来他们家时，"文革"已开始，村子里早不唱戏了。他不但从没听过姨唱戏，就是谈论，他也没听姨和人谈过。即便这些年，有时他回家，听爹和别人议论些从前唱戏的事，姨也是在一旁伺候着，只是听，一句话也不插。在他的印象里，姨这个病歪歪的女人，好像根本就不懂戏，也从来就没好过、唱过。

"你这个人，过日子只懂惦记这个、惦记那个，就知道难为自己。我还是喜欢你唱戏时的样子，进了戏，你就化成戏里的那个人，那个人有本事治国安家，你就有本事治国安家；那个人风流倜傥、敢作敢当，你就风流倜傥、敢作敢当……"

"不说了吧！守着孩子，说这些像什么！"这次爹是真的火了，脸一拉，嗷的一嗓子。他和姐正在炕上吃饭，都吓了一跳。

"我没说错啊，你让两个孩子评评理，我是不讲理，只顾自己的人吗？我早就知道了，我来你们家四十多年了，也还是不能算你们家的人。"姨哭了，呜咽着，却也还在说，"我听人说了，等将来我老了，骨灰是要拿到那边去葬的。你也一样，将来得和海涛他妈合葬，要不这样的话，孩子们将来想要去上个坟、烧个纸什么的，都不方便……"

"爹，宏斌不是给你录了那出戏的伴奏吗？你不是一直也在练，怎么就不能先唱给姨听听？"姐突然站起身，拉着脸，赌气似的插了话。

"女人啊，就是傻。你说，姨来咱家时，咱家算什么？又破又穷，没人能瞧得起。可她还是总觉得自己不好，总怕咱爹，把他当皇帝似的待了一辈子。"

到厨房清洗碗碟时，姐落了泪，朝他感慨。他也叹气，唏嘘起来。屋子里开始很安静，过了一会儿，爹好像下了地，紧接着，锣鼓家伙响起来。爹，他终于开始唱了。

《锁五龙》这出戏，他从前在上海教书时看过，当时是想买别的票没买上，才看了这一出。他不太喜欢这戏，尤其是单雄信这个人物，他觉得这形象太痛快、单薄，也太戏剧化，和他眼底心中大多数中国人的形象有些背离。

正兀自走神，他突然听见手机响了。掏出来，先看到长长的一大串数字，知道是国外的电话，便赶紧推门去院子里接。

"海涛，你什么时候回来？"

"我什么时候回去和你没关系吧？"他用冰冷的语调回应小房的哭哭啼啼。

"我现在还是你老婆呢，怎么没关系？"小房抽泣着，又耍起小性子来，"我今天和小田都谈开了，谈的时候我才知道自己是不能那么做的。海涛，我不想让自己这辈子都良心不安……你，你早点儿回来好不好？"

"别胡思乱想，我回去再说。"他的声音竟软了下来。挂了电话，他猛然意识到自己的立场，便又烦躁起来。然而，站在冷风飕飕的院子里，烦躁竟渐渐平息，变成了感慨——十多年的患难夫妻，要他突然就彻头彻尾地彼此仇恨起来，对他来说，是件多艰难、多折磨的事！

见罗成把我牙咬坏，
大骂无耻小奴才。
曾记得踏坏瓦岗寨，
曾记得一家大小洛阳来。
我为你造下了三贤府，
我为你花费许多财。

忘恩负义投唐寨,

花言巧语哄谁来?

雄信一死名还在,

奴才呀!奴才!

怕的尔乱箭攒身,尸无处葬埋……

    屋子里,爹还在唱,而且已彻底入了戏,不像刚开始那样,把声音含在嗓子里,温温地放不开。现在那声音正变得高亢、雄壮,可毕竟气力不济,许多音儿都被爹唱破了,他却也还在不管不顾地扯着嗓子吼。这吼声深深地感染了他,让他眼底灼热。他暗自思忖,只有在艺术作品中,爱和恨才会如此分明、直接、痛至心髓吧?归乡途中,一直在读的程抱一先生的《天一言》中描述京剧的句子又浮现在了他的眼前:"一抬腿,就算跨过了门槛;挥一下马鞭,就是在策马奔驰;佝偻了腰背,就代表时光流过了二十年……"可是,这分明、这直接和痛快,只是在方寸舞台的戏里啊,真实、琐碎、暧昧难明的日子里,谁不是在被改变?变得中庸,变得通达,也变得厚道……

    爹唱完了,好半天屋里没动静。他和姐正犹豫着,想是否该进屋看看,门却在此时被推开了。是姨家的儿子闺女,四个人全齐了,为首的正是小儿子。

    他一边打着招呼,一边和姐及客人们一起进到里屋。

    屋子里静极了,只能听见录音机里的磁带在咝啦空转着。爹低着头,站在地当中。披着的大衣就掉在脚边,他都没理会,依然直直地站着,似乎还热乎乎地沉浸在戏里,顾不上这现实冰冷的周遭。

    姨也没动静,还蜷缩着躺在炕上。这架势把客人们唬住了。

    小儿子回头急切地去看他:"哥,我妈她……她没事儿吧?"身后,姨的闺女不待他讲话,紧跟着捂着嘴就号哭开了:"妈,您可别吓唬我们啊!您要是就这么走了,让我们这些做晚辈的,心里可怎么安生……"

    他上前一步,想仔细看看,却见姨依然闭着眼睛躺在那儿,谁也不理。然而,恰恰就在此时,分明地,他看见,两行泪水正缓缓地、缓缓地从姨的眼角淌出来。

(原载《天涯》2012年第2期)

离 峨 眉

已经五天了——惠英一早醒来，脑子里先冒出这念头。

她坐起身，探头朝窗口望，发现外面果然下了雪。这会儿雪虽已停，天还恹恹的，一副灰头土脸不待见人的样子。略一愣怔，她猛地记起，刚才自己仿佛是在睡梦中听到了窗外簌簌的落雪声——我就是被那声音折腾醒的？真是没个享福的命！又是气，又是恨，惠英悻悻地又反身躺下了。

若在平时，在自己家，下雪即是命令，惠英一定会跳着脚起床出去扫雪。惠英一家四口，当家的身体不好；儿子呢，儿子怕是连扫帚在哪儿都不知道；媳妇？媳妇说话就要生了，可就算没怀孕，这事儿也从来就跟人家没什么关系。有关系的只有惠英，惠英不但得扫雪，还得赶紧扫，因为全家的早饭也够她一个人忙的。冬天农闲时还好，赶上农忙，山里的活儿，主力也是她。

想一想，四十七岁的惠英，活了这大半辈子，还有几遭像今早这样，醒了却赖床不起的时候吗？

惠英六岁时，家里遭了变故，她妈撇下家改嫁去了河口村，撂下奶奶和爹带着惠英她们兄妹四个过。惠英是家里唯一的闺女，可妈走后，谁会把她当闺女待呢？惠英早早地就跟着下地干活、料理家。二十出头，懵懵懂懂嫁了人，不过就是换个地方继续干活，去侍奉比爹和奶奶要难侍奉得多的公婆。四十来岁了，好容易把自己熬成了婆，儿媳妇却在一次吵架时跟她讲："告诉你，现在世道变了，谁家不是婆婆侍奉媳妇？"

惠英恨如此大言不惭的媳妇，恨这变化，更恨似乎已接受了这变化的丈夫和儿子。虽未因此撂下手上劳作，她却由此再难消除心底的不平，时不时地就要跟家人抱怨、发火、斗气……直到今年春节，正生着闷气的惠英跟家人说，她要来河口村。

"我妈当年撂下我们姐弟四个改嫁不假，可再怎么说那也是我妈，现在她病了，就我这么一个闺女，我不去谁去？"

惠英是等到吃午饭时全家人都到齐后，才把自己掂量好久想好的话小心翼翼讲出来的。边讲，惠英还边悄悄打量闷头吃饭的儿子、儿媳、丈夫，想看看到底谁会第一个跳出来反对她，念叨念叨她一走，家里可怎么办、儿媳妇要是生了可怎么办之类的话。甚至于，惠英话都到嘴边了，预备在他们反对时，讲讲自己这些年来的辛苦，讲讲平日里他们对她辛苦的种种不体谅。可是，没有，什么都没有，那顿饭直吃到饭尽菜光，也没一个人搭一声腔。

只是，当饭后弟弟惠麟来接她走时，丈夫才跟上低声问了句："那你几时回？"

"不知道！"她一声怒吼，把生生压到心底的怒气满满地全朝丈夫发泄出来。不过，话一出口，她突然又意识到儿子、儿媳都还在，尾音略一迟疑，再开口，已成了气急败坏的解释："那得看我妈怎么样，什么时候回来，我自己能知道？"

惠英就这样来了河口村住下，开始一天天心神不宁地数着日子。打着照顾自己妈的旗号，她的心却时时在因为自己当妈的身份而承受煎熬——我这一走，家里得乱成什么样儿呢？当家的胃本来就不好，可别连饭菜都吃不上一口热的啊；媳妇千万不要这两天就生了啊，我那儿媳又馋又懒，怀孩子怀得都胖成那个样儿，生的时候可别有什么差池啊；街面上要是有人知道我惠英这当婆婆的这个时候出了门，会怎么编排我……

天光大亮时，惠英又坐了起来，是觉得腰疼，想躺也躺不住了。可她还是没立即起床，因为，窗外已有人在扫雪、聊天。

那是她的弟弟惠麟，还有人家这边老头自己的儿子。

"我打小就没见过村里人唱戏，好像想不出……"这是惠麟。

"你是觉得咱村里人扮上，不会像电视里专业演员那么漂亮吧？那是因为你没留心京戏都怎么化妆。他们把脸描了彩后,头这儿,会用根带子扎紧,再往上一吊,眼睛一下子就有神了,脸上的肉也绷紧了,连眼睛带脸,整个儿都会变得鲜亮、光彩照人。"这是老头的儿子,他不但说,还比画,"尤其旦角,脑门、鬓角这儿还要贴一种用头发做的一寸来宽的片子,胖人往前贴贴,瘦人朝后让让;脸儿长的向下,脸儿短的向上,再加上眉眼、嘴巴也都又描又画的,基本上什么模样都能弥补,什么人都好看……"

"闲心不少!"惠英一把摔上厢房的门,也顺势把自己的鄙夷摔过去。

鄙夷撞出了两个大男人错愕的目光,齐刷刷地都朝惠英投射过来,直把个惠英惊得心怦怦乱跳。她赶紧把心里的火敛了敛,试图缩小打击面。"啊——惠麟,你哪儿来那么多闲心?"惠英又轻轻缀上一声。

然而这两个男人显然都已深受打击,直到坐下来吃饭,他们都没一个肯主动同惠英讲话。倒是惠英心里不过意,不时看着人家脸色搭讪,一会儿问问他们,昨晚陪宿,妈还好吧?一会儿又催他们多吃点,吃完好赶紧去歇歇。

老头子的儿子后来告诉惠英,他姐今天上午不过来了,因为她家那俩闺女年假结束,得回济南上班去了。吃过早饭,他就得开车去拉着姐和姐夫一块儿送那俩闺女去县城坐火车。

"行,行,那你们道上慢点儿,不用惦念家,家里有我。"惠英一迭声地表着决心,心情也豁然开朗。嘿,今天这运气不错,她想,最好他们能顺路再逛逛县城,下午也别回来!

惠英从心底讨厌他们,眼不见心不烦。尤其是那个姐,倒不全因为她和那姐吵过架。是的,她们吵过架,这次来,当晚她们就拌了嘴,然后,第三天时,又大哭大喊闹了一通,直到现在见面都还讪讪的。不过仔细想想,她们吵,争的不就是谁更对得起老人吗?想当年,惠英的妈好端端偏要抛下自己的丈夫和才五六岁的四个孩子,跑这边来跟老头过,给刚死了媳妇的老头那两个十来岁的孩子当后妈,直到打发这边的姐弟俩出嫁、娶媳妇。一晃四十多年过去,如今哪边的孩子更该尽孝?哪边的孩子更对不起老太太?这可不就是本糊涂账吗,是吵架能吵得清的?简直是笑话!

惠英觉得自己不是糊涂人。当然,她承认自己脾气是有些急,嘴巴总比脑子快,爱跟人争口舌。然而,她更知道自己孝顺、勤快,和周围的人相处素来讲本分、论规矩，不小气，更不贪人家便宜。街面上，把跟她吵过架的人都算上，只要是通情达理的，哪个背后不念她惠英的好？

和那姐的一通吵，反倒让惠英冷静下来。她由此细细琢磨过自己讨厌那姐、讨厌老头这家人的原因。

有件事，绕不过去。

那年她几岁？八岁？是了，应该是八岁，反正刚上学不久。有天奶奶悄悄对她讲："英，今儿不去学校了啊，一会儿帮奶拐上那篓子鸡蛋，跟我看看那个女人去。"

奶奶小脚，走路拄拐，就是不走路，拐也常在手上，不时还要高高地举起来，或狠狠地敲到别人身上去。"我打你这个窝囊废！"这是奶奶训惠英爹时常讲的话。"我打你，是让你记住，当老大天经地义就得让着小的。"这是奶奶在骂大哥。"你最小，出力少，好东西得让给你爹、你哥这些家里出力干活儿的人，知道吧……"

奶奶管全家，满家谁不怕？惠英自然是满口应承，心里揣了这秘密，她饭都没吃饱。

妈走时惠英还小，印象模糊，只是后来总听奶奶嘴里骂妖精，听爹难过时哭自己没本事留住人家之类的。哪想真去了河口村，见到了，她方知自己的妈既不妖，也不神，看上去只是个比惠英周围的大姨大妈们都要俊、都要和善得多的女人。女人额上搭条湿毛巾，病歪歪地仰脸靠墙坐着，见了惠英，眼一睁，泪长长地就下来了。她挣扎着过来把惠英揽到自己怀里，便再也不肯松手了。

惠英无端地也跟着女人一起抽抽噎噎地哭。软软地伏在这样的妈怀里，惠英觉得自己的心也软极了，她一刻都不想离开这样的妈，她一动都不舍得动。

"遭罪吧？"后来，她听到奶俯到她们母女耳旁，轻声问。

"妈，您能来看我，真是……"妈哭得更凶了。她挣扎要下地，拖着惠英，咚的一声，娘儿俩一起都跪到了地上。

"别，"奶的声音突然威严起来，"我大老远来一趟，就是想告诉你，遭这点儿罪不算啥，还早呢。你想啊，连自己亲生的孩子你都能扔下，造这样的孽，这辈子，你还想好？"

惠英觉得自己和妈一起陡然变得浑身冰凉,她不由自主地打起了哆嗦。惊慌地从妈怀里探出头来,她才发现满屋子不知何时只剩下了奶奶、妈还有自己,老头家的人不知何时全都不见了。而刚进门时跟老头家的人讲话和颜悦色的奶奶,这会儿端端正正坐在炕上,眼睛却像把刀子似的朝地下跪着的惠英母女这边剜来剜去,"惠英!"她突然又听到奶嗷的一嗓子,厉声骂她,"你这个小死尸的,还不赶紧给我过来!你也是当闺女的,可不敢沾上这种妖精!"

那次,直到走上回家的路,惠英都没能止住哭。她心里乱七八糟,也说不清到底是难过还是害怕。是奶哄好了她:"哭啥?今儿你立功了,到家奶煮个鸡蛋给你吃。"

她于是发现去时的那篓子鸡蛋还好好地提在奶奶手上。"几时拿回来的?"怕奶骂自己,她赶紧抢着去提篓子。奶便笑了,眉眼扬得高高,一脸的褶子全都亮地绽开了。"没这些鸡蛋,咱还能顺顺当当进到那妖精家里去?已经了事,咱还用把自己都不舍得吃的金贵东西留给那个妖精?"奶奶用神诡异地点拨她。

后来,奶奶张口闭口的一声声妖精,给惠英心底那个妈的形象打了底,可是却总忘不了自己亲眼所见的可怜巴巴的妈,忘不了妈那温软迷人的怀……她的妈和别人的妈没啥两样,也亲她、疼她,她确信这点。可她好妈,干吗偏要做妖精?这倒是惠英一直想不通的难题。

,随着惠英慢慢长大,在她周围,亲戚、邻居,提亲时去婆家看地方,迈进婆家的门……这么多年,时不时总有人跟惠英说起她的妈。惠也就不知不觉间,慢慢从众多的关于自己妈的说法中,认准了自觉最具说服力的一条,再面对众说纷纭时,总将之作为自己的见解抛出去:"彪呗,我那妈。怨只怨那个老头,成分不好,城里混不下去了,回来祸害咱乡下人。我妈是自个儿彪,才让那老头给灌下了迷魂汤!"

尽管长大后的惠英常常要当着别人面骂这边的老头,可其实说心里话,她对这边的老头实在没什么印象。有印象也是最近,因为村里搞开发,为争已过世的爹那栋老房子的拆迁款,二哥两口子突然张罗要接妈回去,四十来岁的惠英这才和妈这边又有了来往。年前妈犯病时,他们兄妹四个一起来过一次,但那次时间太短。这次住下来,惠英才算真正开始接触这边老头一家人。

她讨厌他们，看着就不顺眼。

都说老头年长惠英妈八岁，可一眼看过去，惠英的妈反倒像老头的妈。老头那一对儿女也是，都比惠英兄妹年长些，可人家看着比他们中的哪个都显年轻。其实只有老头子一个儿子是从外国回来过年的，老头和闺女生在烟台倒罢了，"文化大革命"还没开始，他们就因为成分不好，全家一起搬回原籍来接受改造，然后一直就没挪窝。都四十多年了，他们在河口村过的无非也就是乡下人的日子，吃的、穿的、用的，和惠英家有什么两样？可他们怎么就那么能摆臭架子？老的少的，言行举止，不知怎么搞的总带着个了不起、高人一等的德行，让惠英看着就厌恶，憋不住，总有火气要蹿上来。

一时饭罢，老头子走了，惠麟也去厢房补觉了。惠英拾掇停当，来来回回在妈屋门口张望了好几次，每次都见妈在静静地睡。最后一次，老太太竟突然亮亮地睁开了眼，把个惠英唬了一跳。正想上前问问妈想吃点啥，却听妈满脸含笑道："路那么滑，你过来干啥？"惠英愣了，一回头，只见老头一掀门帘，低头进屋来了。

这老头七十多了，腰不弯，背不驼，走起路来腿脚还挺轻快。"我听海涛说你今天好多了，赶紧过来告诉你，十点，空中剧院，《白蛇传》。"老头乐呵呵地一边说着，一边就奔了电视机去。

"喊，还有闲心看电视！"惠英脸上挂不住了。这次来，老头一直不在，他儿子说是因为妈这一病，老头自己血压也高了，让闺女给搬回她家去住了。可这会儿，老头怎么又突然跑过来？瞅着自己闺女儿子今天都出了门，跑回这边来发什么神经？"大爷，我妈可是饭都没吃呢！"惠英吵架似的冲老头嚷嚷。

"海涛不是说吃完了？"老头倒愣了，看看惠英，又去看老太太。

"吃了吃了，我一早醒了就觉得饿，海涛给下的面，我喝了一大碗。"妈跟老头解释，眉眼带笑，讲话的神情简直像个贪嘴的孩子在跟大人撒娇。转过头，妈又以这样的笑容来面对自己闺女："英，来，你也过来，坐着歇歇。"

惠英心里气，为自己为老不尊的妈，也为自己兄妹。

这次妈生病，惠英兄妹四人，只来了她和弟弟惠麟。妈清醒时，除了问问惠英撂下家里能不能行之类的，一直就没再怎么跟惠英讲话。当然，这点惠英可以理解，妈不是在生着病吗，不是和老头女儿讲的话也不多吗。可今天，妈看着明显比前几天都好些，好容易讲起话来，怎么张口闭口倒把个老头子叫得那么亲。每天陪夜的哪里只有老头子呢？她弟弟惠麟明明也是在的。以惠麟的性格，惠英就不信，下面给妈吃这桩事儿，就只是他老头子一个人的功劳？

惠英闷闷不乐地低头来到妈身旁，坐下来。忽然又听老头在问她是否知道白蛇传的故事，她便用鼻子冷冷地一笑，撇嘴正色道："这还有谁不知道吗？讲的不就是蛇精出来祸害人，后来让人镇到了塔底下的事儿？"

听话听音，老头约莫是咂摸出了滋味，白了惠英一眼，便把脸绷得紧紧的，再也不放声了。

妈倒不觉景儿，一味地还是满脸笑，只是话一讲出口，倒更像叹气："傻孩子，什么妖不妖的，还不都是人？你从前没看过这出戏吧？"

"我不看戏。"

"嘻，你啊，上有老，下有小，忙，哪儿有时间呢。"妈目光软软地上下打量她，"今儿闲，陪妈看，嗯？"

"唔。"惠英含糊地应了一声。她不敢直视妈的眼睛，长这么大，把她记忆中听到的妈讲过的所有话都加起来，都没今天早上这一会儿多。这两次来，妈都在生病，发烧，明白一阵儿糊涂一阵儿的，说句话的力气都没有的样子。可她今天怎么突然上来了这么大的精神头儿？惠英心里甚至有些隐隐的担忧，但她没说什么，只乖乖地扶妈坐起来，帮她把枕头立好靠稳，这才紧挨着妈看起了电视。

惠英平日只是偶尔看电视，但从不看戏。

不过，在他们村子里，上了岁数的老人喜欢看电视戏曲频道的倒真不少，惠英串门子时就常碰上。"咱村当年唱戏，挑大梁的是你妈！"偶尔还会有老人对惠英如此讲。惠英从不接茬，总是笑笑，当没听见，或胡乱扯几句闲话就赶紧走人。这可不是什么好话！惠英从小就知道，自己的妈，当年就是因为唱戏唱痴了，才抛夫弃子去给也好戏的邻村刚死了老婆的老头当填房，这是让惠英一家都在人前矮半截的事。这么多年过去，当着惠英的面提这些，是要倚老卖老装糊涂？还是要故意寒碜惠英？

惠英以为妈会给自己讲讲戏，可没有。幕一拉开，锣鼓家伙一响，妈的眼睛立即就掉进电视里去了。她看都没看惠英，只速度极快地拍惠英的手，口里轻呼几声："来了，来了，来了……"就再没了动静。

舞台上走来的是两个古装女子，一个白裙，一个青裙，这自然就是那两个蛇精了。

> 离却了峨眉到江南，
> 人世间竟有这美丽的湖山！
> 这一旁保俶塔倒映在波光里面，
> 那一旁好楼台紧傍着三潭。
> 苏堤上杨柳丝把船儿轻挽，
> 颤风中桃李花似怯春寒……

其实舞台上有什么呢？哪儿来的保俶塔、三潭？哪儿有杨柳、桃李？不过是两个蛇精在走来走去，在东指指、西点点。不过是她们眼里的光，一会儿倏然亮了，一会儿又噗地暗下去……可惠英却发现，自己的妈，只这会儿工夫，竟然就已中了那蛇精的蛊——妈斜斜地抻着脖子，仰着脸，目光也跟着蛇精在明明灭灭，眉头也跟着蛇精在舒舒展展，仿佛人家胡说八道的那些东西，她的妈一样儿也不差，全真真切切地看见了。

地下刚才还正襟危坐的老头，这会儿脸色也不再阴沉。老头脸上表情倒没妈那么痴傻，可他的手不老实。老头把手放在大腿上，倒扣，食指不时高高跷起，一会儿敲一下，又敲一下，时快时慢，时轻时重。再仔细看，老头这敲，似乎远远地和妈眉眼的舒展卡在一个点儿上，哦，不对，是电视里胡琴的点儿。是了，妈、老头，还有电视里那两个蛇精，他们的动作其实都是卡在一个点儿上的，他们，早已热热乎乎地黏成了一个人，只把个惠英自己个儿给抛下了。

"英——"惠英迷迷瞪瞪中听到妈在唤她，"困了吧？困了躺下睡。"

惠英本能地想拒绝，却张不开嘴，因为恍惚间，她突然感觉到，自己又遭遇了年幼时的一幕——被妈一把揽住，越揽越紧，还试图朝怀里拉。这让惠英的心怦怦狂跳起来，让她突然变得激动起来。想都没想，她就顺势躺下了。她可不想管那么多了，她不过是想挨着自己个儿的妈躺躺。自小她就羡慕别人家的母女如此，可她惠英何曾捞着过一回？妈很快又把自己盖着的被子朝她扯了扯，盖到她身上。现在，惠英大气都不敢喘一下，因为她知道，自己和妈，已经紧紧地靠在一个被窝里了。

惠英只觉喉头哽咽，赶紧把头低下，悄悄藏到被子里去。

她屏住呼吸，让自己不发出声音，更不敢动。然而，与此同时，她的心里却开始翻江倒海起来，难过、委屈，乃至怨恨，一点点地浮泛上来，劈头盖脸地把她淹没。

她想起自己小时候总捡哥哥的旧衣服穿，头上辫子也总编得乱七八糟；想起出嫁时，爹连床被子都没陪送她，更别说别的女孩出阁时带的喜饼什么的；嫁到婆家，不仅婆婆嫌她不懂针线，乳臭未干的小姑子都要笑她月信时不会关照自己；生孩子时她大出血，九死一生，身边却一个娘家人的影子都没有，坐月子，三天不到，她就自己下地洗洗涮涮……苦命的惠英，她吃了多少苦啊！背地里偷偷掉了多少眼泪啊！可就是这样，她还总是要被人指点、耻笑……这一切，因为啥？还不都是因为她没妈？但其实她哪里是没妈的人呢？她的妈，她好端端的妈，当初到底为什么偏要抛下她？

炕热，被厚，加上头又闷在被子里，惠英慢慢就迷糊了起来。她朦朦胧胧地不时听到电视里哐啷哐啷的锣鼓声、蛇精咿咿呀呀的唱戏声。不知过了多久，电视里的动静倒是没了，妈和老头又聊开天儿了。

"真是个天生的好青衣啊！刚一出场，就那么带架儿。按说，刚出场时，她修炼了那么多年来人间，正是最风光的时候，又是条爱扭来扭去的蛇，可你看她，唱、念、做，一招一式，都稳稳当当地端着自己，往那儿一站，浑身上下就没一丝烟火气，真像过去那种大宅门里出来的女人啊……"

"嘿嘿，我猜你就喜欢，才跑来告诉你。这就是程派的精髓，程派在表演上讲的就是以简胜繁，以静制动，以柔克刚……"

他们聊的，惠英不懂，可他们高高低低、东一句西一句的讲话声让惠英心动。惠英自幼就没有如此守着父母听闲话的经历，自己婚后跟丈夫也没这么讲过话——惠英的丈夫是个闷葫芦，加上惠英自己又性子急，俩人这么闲闲散散说上大半天话的时候几乎没有。更何况，惠英的妈和那老头聊的，还是和过日子八竿子也打不着的真正的闲话呢。

"现在这样的女人真不多见了，可能都进城了？可我记得我小时候，咱村里就有这样的,还不只是大户人家里有。"

"哼!城里估计也好不到哪儿去,也不止女人。现在的人啊,心眼儿都太活,还什么都不怕、不敬,遇上事儿,除了怨,就是恨。"

"想想我小时候也没正儿八经念过几天书,都是我爹一出出教我唱戏,跟着戏文识字、学道理。现在的人,比我们那会儿的条件好太多了,可都不必说论不论规矩的事儿,你只看她们,连走个路、说句话,女人该有的样子都不讲究……"

"咱海燕和惠英,这方面倒是都差些……"

这下惠英真醒了,没提防老头好好地讲着话,怎么就突然扯上了她,还有老头自己的闺女?她很恼火,恼的倒不只是老头。她自己在家也被人这样讲过,那是她的儿媳。吵架时儿媳骂惠英"一天到晚就像个汉子",把惠英简直都要气疯了。惹不起那个小娼妇,她就骂自己儿子。她的儿子,她自幼对母亲的向往有多深,生育后付出的心意就有多深的儿子,他竟然还替自己的媳妇说话。儿子说:"妈,她好个俊还算错?你又不是没年轻过。"——这真是没良心的屁话!惠英当然年轻过,她当然知道自己是女人,可要不是她这个当妈的硬撑着风里来雨里去,家里外头地忙活赚钱、拾掇,伺候他们吃喝祸害,还年轻?好俊?恐怕早见阎王去了!

然而,还不待惠英恼,她的妈早恼了。"不是,不是,"妈急得跟什么似的,"你看我,看我,真是的……"尽管讲话还在努力压着嗓子,但妈的话里已全是哭腔。"我这个人真是的,你看我,怎么一看戏就又糊涂了,又不知天高地厚了呢?呜呜呜,哥,别人不知道,你还不知道我?咱家里的人,就算有不好,那也是……也是我造的孽啊……"

"你呀,还生着病呢,怎么又哭?淑文,别哭了啊,看哭坏身子,我说错了还不行?啊……"

惠英能感觉到,是老头坐过来了,在劝妈。她没想到原来老头竟然也可以用这样的口气说话,没想到妈和老头原来是这样称呼彼此。这让她发窘,她觉得自己整张脸都呼呼呼地烧了起来,心里慌得很,又是害臊,又是羡慕,说不上什么滋味。

"文,如果说是造孽,那也不只是你自己,还有我。"

——老头音量并不高的一句话,让惠英的泪刷的一下就下来了。她有些发愣,甚至都有些怀疑自己的耳朵。老头是这样的人吗?四十多岁,已见识过乡村太多不堪情事的惠英,对可以如此讲话的男人,没有办法不打心眼儿里佩服。

"尤其我们惠英,我现在都记得她小时候可好俊了,摆弄我的胭脂、头花儿匣子,一个人能有滋有味地摆弄上整整一头晌。可现在,她变成这个样子,还不都是因为她一打小就没妈……"

妈还在哭哭啼啼地说着,惠英的泪也更凶了。她努力屏住呼吸,不想让妈和老头发现自己醒了。是啊,要是被发现了,惠英可怎么办呢?她该说什么?怎么说?她也有委屈啊,她委屈了这么多年,可现在她所有的委屈,她铁嘴钢牙地跟别人抱怨了这么多年的委屈,竟全没了着落——妈不像是妖精,老头也不像是会灌迷魂汤的魔鬼,那么,难道她惠英该怨恨的是戏?是那两条不老老实实待在峨眉山,偏要跑到人间来惹是生非的蛇精吗?

(原载《天涯》2015年第3期)

归乡记

  大厨老吴告诉我堂姐，阿剑出事当晚的确走得迟。"我都收工了，见他还在那儿发呆，就喊上他一起走。要不是我，他还不得更晚……"
  堂姐说，那天她好不容易才在滑铁卢车站附近找到那家中餐馆。堂姐循着人声，沿长长的楼梯下到地下室，面对门口正擦地板的阿姨自报家门，说自己是阿剑的同学。照明不良的地下室里，除那阿姨外，另有五六人，都只默默扫了她一眼，转而便各忙各的。只有那个叫老吴的过来招呼堂姐坐，并热热闹闹话说从头。老吴讲话时，目光频频四顾，积极向四周的人"拉赞助"，却无一人回应。然而，当他的话突然间卡在了这儿，满屋子的人却都像得了口令一般，齐齐地、直直地把目光向他扫射过来。

    回忆走过的路
    使我暗自惊心，
    为什么要这样曲曲弯弯
    弯弯曲曲浪费着生命
    如果走成一条直线
    岂不节省许多光阴

    现在我才明白
    原来步步都在向你靠近

>   要不这样弯曲地走
>   我们将永远地陌生
>   迅速一秒就不再有相逢
>   恰如两颗运行着的星星

那一刻，堂姐说她脑子里突然闪过流沙河的这首诗。这首当年由阿剑摘抄给她，用以表情达意的诗，她曾不屑，但那会儿却因念及此，让她感到自己的心正沉沉地、闷闷地、一下比一下更猛烈地被揉搓、击打。

那一刻，堂姐说她仿佛看到就在自己眼前，在这晦暗、憋闷的地下室里，神情恍惚的阿剑在老吴的吆喝声中站起了身，慢吞吞地攀上楼梯，穿过楼上餐厅，步入户外夜色，进出地铁……最后，在一个街道拐角处，不早不晚、分秒不差地走向迎面疾行而来的结束他性命的那辆黑色陆虎……

"他原是不该的……"堂姐喃喃地说。

首先，结束工作后再长途跋涉去休息并非阿剑的生活常态。之前他也和那餐馆的大多数打工者一样，就睡楼上宿舍，只是因为暑期来临，店里忙，老板才又新招了伙计，住不下，便给另辟了住处。至于为何出去住的是阿剑老吴等人，众人均不明说，可包括那三个后来者在内的众人，话里话外都透露过相同的意思：肯出去住的人，无非是在乎那多补贴的两镑钱。

其次，回新住处不仅有地铁，还有公交车。公交车虽慢，但直达，晚上人又少，上下车的站点也都方便。地铁却需换乘，途中一折腾，比乘公交也快不到哪儿去。而阿剑他们每日往返于新住处和餐馆之间，时间尚不足一周。起初他也是与老吴等人同行，是大上次开始，才一出门即撇了工友，径自直奔地铁站——"他说他的地铁票还没到期，浪费了可惜。"老吴后来到处跟人解释。

关于阿剑不该如此的其他理由就更多了。

他原本就不属于那儿。来伦敦，他是要留学深造，不是打工赚钱。

他早就该离开那儿了。书读完了，他的学生签证也于去年年底到期没再续签，如今是没身份，黑在那儿。

他其实早已准备好了要回国。三个多月前，他就已预订好八月底的回国机票，这是大家都知道的。不过，大家知道更多的，还有他为回国所做的准备：六月初就开始的夏季打折，他跑得最欢、门槛最精，买回簇新挺括的夹克、西裤、皮鞋,还有最为大家津津乐道的那块劳力士原装瑞士机芯18K金腕表——"回家嘛,总得置行头,要不怎么都讲衣锦还乡。"老吴对堂姐感慨,"等将来我赚够钱回国去,估计也是那样。如今,我怕只怕自己到时会没出息,不能像阿剑那样,该下手时舍得下血本……"

然而,这世上不该发生后来却发生了的事有很多,就像阿剑到底没能套上自己精心置办的一身行头如期回国一样,我那原本已在人群中和阿剑擦肩而过的堂姐,只因联系方式被阿剑抄在了随身携带的通讯录上,在这个夏天,竟跑来跑去,要为阿剑料理后事。

"他打工那家店一定用了不少黑工,反正一出事,连老板带打工的,都怕见警察。我们从前那几个同学呢,毕业一年多了,基本也都走了,就算没回国的,也都离开了伦敦。这种情况下,要是我再不管,说不过去吧?"堂姐跟我讲这些时,细声细气,一句一停,不断用试探的眼神细观我的反应,那神情仿佛是在向我请示,担心我会笑她多管闲事。可其实,我何德何能,胆敢干涉我的堂姐?

我堂姐刘洋人生得美,加之性情伶俐乖巧,学习成绩又一路大好,自幼便人见人爱,处处鲜花掌声。很长时间以来,堂姐一直是我妈嘴上总唠叨、总让我去顶礼膜拜的样板。上小学后,每年寒暑假我都会被别有用心的妈送去浦东孃孃家小住,为的就是要近距离观摩这位年长我三岁的完美堂姐。可要说起我对这堂姐的真正认识,还是开始于追随她来英留学之后。这些年,我一直和堂姐住在一起,综合我对堂姐热火朝天的感性体认以及冷眼旁观的理性辨析,若提纲挈领,一言以蔽之,我的结论是——这美人,是冷的。

是的,堂姐待人冰冷。比如,待阿剑。

初识阿剑,我便是在堂姐家客厅,见他们二人各自守着面前一杯红茶,相对而坐。

阿剑在絮絮地讲着他从前在上海工作时的旧事:刚开始上班不久,他便赶上了公司搞什么管理体系认证。先请专家过来给员工讲课,他严阵以待,听得认真、辛苦,却沮丧,只觉太过复杂烦琐,自己混混沌沌,无论如何都摸不到边际。可后来真正开始了评审,却发现人家专家原来不过就是抽一票业务出来,从业务最初的揽取方式入手,按业务程序依次进入筛选工厂、下订单、跟单、物流……各个环节,具体涉及哪个部门,部门和部门之间如何衔接，依次一项项梳理、审查、核实。"这其实真的是非常管用的好办法，后来我读书、做事、知人论世，常以此办法介入，每每事半功倍。"阿剑言及此，越发投入忘情，丝毫没留意到我堂姐的心不在焉，"刘洋，你不是说要慢慢了解我吗？我建议你也如此下手，在我身上，先找到一个具体的切入点……"

自唤出我堂姐的名字，阿剑开始急转直下——亢奋的肢体语言没了，像被抽了筋似的，整个身体慢慢绷紧，佝偻了起来……与此同时，他说出口的话语也变得含糊、细碎，疙疙瘩瘩，嘀嘀咕咕，慢慢地定格成了无言的、暧昧的笑。

我堂姐刘洋也配合着在笑——起初是长时间的眉宇舒展、嘴角弯翘、云淡风轻的笑，及至听到对方言及自己，头一低，长长的睫毛如同栖了一只毛茸茸的蛾子，好好地，突然受了惊，呼地一下猛然腾起，扑棱出阵阵隐约的烟雾，然后在那烟雾中速度放缓，招摇地、飘忽地画出一道长长的弧线，慢慢地坠落……堂姐的微笑总是那么多，也总是那么多义。或许在阿剑看来，那微笑中会有令他着迷的娇羞或怂恿的成分？不过，因见识过堂姐太多如此这般一对一面对异性诉衷肠的盛景，我却早已心知肚明，堂姐那会儿待阿剑的态度，不过可以等同于待她自己面前那杯红茶——仅在形式上存了点礼貌。

果然，那两杯红茶自始至终都没被二人真正触碰一下，一点点地凉去。直至后来，阿剑眼里闪着光、脚下驾着云一般起身离去，堂姐则终于放轻松了紧凑的面部表情，耷拉下眉眼，迅速起身，端了茶，哗的一下泼进水池，然后放水出来，三下两下一搅和，洗净了杯子和自己的手，赶紧上楼看书去了——她是一贯如此的，如此忙，忙得有秩序，也忙得见成效。

这次为阿剑的忙碌也同样如此，去的第三次，堂姐带回一个笔记本。

"我在阿剑的出事地点看到了阿剑老板摆放的鲜花，还有警方留下的寻找目击证人的告示。据说他们已通知了阿剑国内的亲人，他妈那边正忙活着办手续过来呢。我们这边如今的主要麻烦是阿剑没保险，不过他那香港老板人仗义，说愿意承担阿剑亲属来英的全部费用，只是要求我不要对外声张……"

"哦，"我对善后没兴趣，却对堂姐拿回的笔记本有兴趣，"这也是那老板给的?"我伸手便去抓。

但堂姐拿本子的手向上一晃,让我扑了空:"别跟别人说这日记。"她有些恼,却还是耐着性子作了解释,"我在阿剑宿舍看到的,没人知道我拿了……"说完,她乖乖把那本子递到我手上,一边递,还一边忽闪着大眼睛意味深长地盯着我——她太草木皆兵了吧?就算想讲,我跟谁讲去?可我深知这是堂姐要我务必坚守秘密的预先嘉奖,不禁伸手受了这奖,并一迭声嚷嚷出"当然""一定"之类的话,让堂姐宽心。

2004年8月31日

阴转多云

又要开始了,

开始一段全新的日子,

一段我心怀忐忑,直到现在都还在怀疑自己选择的日子。

但愿老天眷顾,但愿我有好运气,但愿我如愿以偿。

也许将来我真的不会对任何人提起这段日子,

但无论将来我多成功,或多失败,希望我都永远不会忘记这段日子。

新本子写汉字,

我要细细记下这段日子的点点滴滴。

将来,但愿写在这本子上的每个汉字都可以成为路标,

带着我,一个人,独自重返今朝!

一定要坚持记、好好记。

加油,阿剑!

这是那褐色软皮本的开篇,再往后翻,格式完全相同——每篇都分日期、天气、记事三个段落。所谓记事,都只有几行字,如"第一天上班,累,情绪压抑。觉得目前最难的就是接外卖电话,一碰上有人下单时讲话快,就紧张,越紧张越出错!"或是"大厨今天和黄太吵架了,他们用广东话对骂,要不是有人拉着,都要动手打人了。他们骂的什么我听不懂,却能感觉到他们之间的矛盾一定很深。下午休息时,楼面安妮悄悄告诉我,

黄太是老板亲戚,千万得罪不得。"

"我们毕业时,阿剑已误会我,早不跟我说话了,他的事我都是听同学讲的。我知道他也不回国,不过不是跟我一样要继续念书,而是找了一份工作,会再留一年。阿剑家境不好,读书时就利用课余时间去餐馆打工,这些我们班不少同学都知道。可这次他编了个离奇的故事出来,说他偶遇了一位成功的英国商人,去过中国上海,且欣赏他,才帮他找了份办公室的工。可谁能想到他是在撒谎?谁能想到他还是要去打餐馆的工呢?"

堂姐说完,就将那本子从我手上抽出,一边哗啦哗啦胡乱向后翻给我看,一边又对我说:"喏,记的都是他打工的鸡毛蒜皮。我在回来的车上大致翻了,没意思的,还我吧。"

去看阿剑父母那天下雨,我从学校回来被淋了个正着,只想着赶紧上楼洗澡,一进门却发现堂姐正在楼下餐厅等我,要我陪她一同前往。我没兴趣,但堂姐说:"总不能让人家觉得我在这儿连个朋友都没有吧?"

"可我是你妹妹!"

"不要,"她严厉地说,"你就跟他们说,你是我的好朋友。"

我于是同堂姐一起出去乘地铁,走了很久,在机场附近的一家酒店见到了他们。

他们三个人——阿剑的母亲、姐姐和姐夫,在自己住的房间里接待了我们。很小的房间,想必我们进门前他们已大致收拾了一下,却也不过是把被子胡乱卷了卷,杂物往一处堆了堆,整个房间依然显得逼仄、凌乱。我们被他们让到靠墙的一张床上,很局促、很拘谨地并排坐下来,陷落在满屋子浓烈的、我早已久违的方便面味道里,当然,还有久违的他们——穿着、方言、举止,丝丝缕缕,无一不在散发着我们熟悉的来自故乡的信息。

"他乡遇故知嘛。"开口讲话的一直是他姐夫。他是个活络人,没两句就和我们攀上同乡。他说他们家自爷爷辈就住上海,如今在闸北宝山路那里,又问我们家住啥地方,几岁,来英多少辰光……

堂姐显然不想多聊,主动张口先提阿剑。那姐夫的情绪便坏起来,脱口就嚷嚷:"一个大活人呀,他妈三十几岁守寡,吃了老多苦头,还让他出洋念了书,马上就该回报父母了呀,难道就这样子白白没了?"

他的不满主要来自没有任何经济赔偿,再就是来这儿两天了,主动过来看他们的仅堂姐一人。"学校呢？我们阿剑是来念他们的书，他们没责任？工作单位呢？下班路上出的车祸，就不管？怎么人人都好意思缩起脖子不露面？"

"你们没去警局？"堂姐问。

"他们不讲道理，捣糨糊嘛！难道就因为阿剑没走斑马线，就得白死？那么晚了，啥人过马路还会有板有眼跑去踩斑马线？"

堂姐试图向他们解释这边法律和国内的不同，说警局提供的路口监控录像已清晰显示了阿剑的违章，而那陆虎车的司机是按规定行驶，没超速，没逃逸，出事后也及时报了警，的确是没责任。何况，就算赔偿，也该由汽车保险公司赔，学校和餐馆是不可以掺和的；更何况，阿剑如今签证早已过期，目前在这儿属于非法居留……

堂姐想完整讲清楚这些并不容易，因为不时要被那姐夫打断。姐夫太能讲，且带情绪，有煽动性，搅和得一向伶牙俐齿的堂姐好几次都干瞪眼，瞠目结舌。慢慢地，堂姐的态度也显得有些不冷静起来。

我们起身说要走时，屋子里的气氛已明显紧张，可此话一出，那姐夫的愤怒顿时收敛了许多。他劝我们再坐坐，并说自己打算到使馆和华人、留学生组织去呼吁下，还想请个会讲中文的律师。又提到帮他们请来的那个翻译，说那人太老油条，只想着赚钱，多一句话都不肯讲，哪像堂姐这样讲良心——话里话外，他在暗示希望堂姐能陪他们出去跑跑。

堂姐皱眉，说自己这阵子正忙，没有时间。不过翻译她倒可以帮他们另请，林先生答应过，费用都可以负担。但律师，林先生可没提，她必得先去问问。

"那林先生怎么自己不来？要当活雷锋？"我们站起来，那姐夫也随我们起身，嘴巴一刻不停地还在严正抗议。堂姐不再解释，低头拖过我的手就走。

"别忘了你们也是中国人，这样对同胞，亏不亏良心？"

我们的脚还未及迈出门，那姐夫声情并茂的质问已经在我们身后炸响，炸得我越发惊恐，只牢牢跟紧堂姐，还试图去拉她的手。我这才发现，原来，堂姐的手冰冰的，也在发抖。

拐出走廊，我竟然发现阿剑的母亲和姐姐一直尾随在我们身后。

"不要送了，阿姨。"堂姐转身去握那缩着脖子的老太太干干长长伸过来的手。

"你们都是好小囡，好好读书，读完早点回家。这儿连规矩都不一样，你们怎么吃得消？"老太太眼睛一眨都不眨地看着堂姐，话讲得又慢又动情——她看上去比我母亲要老许多，头发半白，脸上，尤其是嘴巴上方，竖着细细密密一条条锐利、尖深的皱纹，让我触目惊心。她一字一句地讲完这仿佛已憋在心底太久的话，便抿紧嘴巴，不再开口了。但即便不开口，她也还是不肯放下堂姐的手，瞪着眼看她，眼里满满的都是体恤、担忧地看她——她在以一个来自我们故乡的母亲的身份嘱咐我们。这让我的鼻子发酸，想到她失去儿子这些天承受的煎熬，也想到自己那远在上海的、一天到晚为我们牵肠挂肚的日渐苍老的母亲……

送到门口，她便止步，佝偻着腰身，木讷、缓慢地向我们轻轻挥手。但她女儿依旧紧跟着我们，堂姐不停地同她客气，请她不必再送。她看上去是个话少的人，只歉意地笑，并不多言，直至走到一个公交车站点旁，她才在一张交通图前停下来，开始讲话——原来，她是要向我们打听乘车线路，请我们推荐些适合她的购物地点。

"好不容易才出来一趟……"边听我们指图介绍，她边为自己的行为很羞愧、很力不从心地作了解释。

第二天下午，堂姐又让我陪她去餐馆，于是我见到了传说中的老吴等人。午饭已过，闭了店，他们都凑在地下室里休息。

老吴原来是辽宁沈阳人，自报家门说是今年春节后偷渡来的。"姑娘刚上小学，咱就出来给她赚嫁妆了！谁让老婆给生了个本来就该娇生惯养的姑娘呢，有什么办法？咱可不像老李，明明养的是大胖小子，都能自己留洋出来上大学，他做老子的还不放心，还跟着出来。给儿子洗衣服、做饭都不过瘾，这不，还得偷偷出来打工，帮儿子赚生活费！"

老李是个瘦弱不堪的老伯，洞张着一张干干瘪瘪缺了颗门牙的嘴，伸手笑点老吴，说他天生一张惹是生非的臭嘴。

"不说不笑不热闹。"老吴也笑，又告诉我们这是他的第二份工。刚来时是在中国城给人剪头发，没干俩月，就被朋友介绍到这儿来了，来了就没再走。"我们这儿有个母夜叉，一天到晚胡搅搅，大厨都不知换了几个了！"老吴嘴里不干不净地开了骂，惹得众人纷纷笑他，说黄太不在，他才敢如此。老吴不服，又嚷嚷："关键是林先生人好。我不计较，都是看林先生的面子……"众人依旧笑，笑过之后，一个福建口音的阿姨叹着气，慢条斯理地点拨他："老吴，你怎么就知道老板不在乎黄太？开餐馆的，哪个老板不得养个黄太这样的角色才安心？"

"别的不敢说，阿剑的事儿，咱林先生办得绝对这个！"老吴并不恋战，高高竖起大拇指，把话题引向阿剑。大伙于是又七嘴八舌地讲阿剑，说阿剑在这里是被大家唤作"呆子"的，其实那是爱惜他，都觉得他一个文弱书生，为多赚些本钱回国创业，不得已才一天到晚混在他们这些年长且不懂英文的老人中间，着实不易。还说起相比如今的大多数年轻人，阿剑人老实、厚道。"别看他总没话，其实人家心里有数，有文化、有涵养的人，都是懂得让人、懂得吃亏就是占便宜的人……"又说起阿剑那姐夫，"老板也有老板的难处嘛，人家能想到的，都替他想到、做到了，他还不识好歹。你们是没见过他那天到这儿来收拾阿剑东西时的情形啊，哎哟……"方才点拨老吴的那个老阿姨朝我们闭眼、皱眉、摇头、摆手，一副旧事不堪重提的样子。

"在他眼里，我们都是资本家老板的爪牙帮凶！"老吴如此吼出一句，众人哗的一下又笑开了。

林先生是个矮胖、秃顶、戴玳瑁眼镜的中年男子。他双手各拎一个超市大方便袋快步走进来，并不把袋子交给起身试图来替他拿的阿姨，只把车钥匙给她，并用广东话嘱咐几句。众人已呼呼啦啦先后起身，都随那阿姨去了，没一会儿，又进进出出一趟趟搬回了些米、面、酒水来。

堂姐也赶紧过去，用英文跟林先生讲那天去见阿剑家人的情形。说到翻译、律师费时，她向林先生介绍我，说我那日同去，可当证明。

"没必要吧？"林先生突然脱口讲出普通话——虽口音有些怪，但却的确是普通话。他正一盒盒往面前的冰箱里塞冷冻食品，堂姐的话貌似很让他分心，每个盒子掏出来，他都是看了一遍又一遍，才慢吞吞放到那冰箱的上上下下不同地方。"刘洋，我相信你才拜托你，不需要这样。他们要多少钱，你直接说好啦。"林先生拖着长腔，费力地慢慢讲完这些话，便看都不看塑料袋里剩下的盒子，索性一把全掏出来，稀里哗啦都堆到了冰箱顶层，然后砰的一下用力摔上冰箱门——那门是玻璃的，满是尘垢、水汽，关起来，因看不清里面内容，越发显得混乱不洁，内容芜杂得正如林先生那张显然一直是在克制，其实却早已涨得通红的脸。

"林先生是广东台山人，80年代初随父母非法移民去的香港，后来又从香港来了伦敦。这些我也是看了阿剑日记才知道的，不过，知道归知道，算上这次，我只见过林先生三次，还是头一次听他讲普通话。"回来的地铁上，堂姐告诉我。

我于是再次表达对那日记的兴趣，堂姐竟同意了，直接就从随身的包里拎出来给我。"我以为这次会有机会悄悄放回去呢，没想到他们已经来过了。我，我想自己没资格保留这本子……"顿了顿，堂姐又昂起头，很严肃地对我说，"阿剑不恨我的，真的，后来他都想开了。不信你自己看，有一篇里，他提到过我……"

  2005年6月13日
  阴，下午有阵雨
    黄太今天简直让我都觉得不认识了。她带了外孙女来店里，那小姑娘一直在那儿乱搞，好几次我都想，完了，这次一定完了，黄太准该翻脸骂人了，可没有，一直都没有。黄太脾气好得都让我觉得恐怖，她一整天不管跟谁说话，声音都嗲得让人起腻。

    他们走后，厨房里两个老阿姨讲闲话，讲到黄太女儿如今生活的惨状，以及黄太当年嫁女的失算。我在一旁边洗碗边听，脑子里晃来晃去却全是刘洋的影子。我想起当初她讲的那句伤我最深的话："每个人性格中都有不同的侧面，恋爱时，人不过是在努力地表现甚至表演优点，是不足以让人相信的。"

    我想起自己当时被她的奇谈怪论给气疯了，朝她大喊大叫，还骂她变态。

    可现在想想，书读完了我都不回去，还舍不得放弃多赚点钱的机会，希望回去时能显得更体面些，能让别人都高看一眼。还有，这些天，我到处乱跑，给自己、给家里人、亲戚、领导、朋友买打折的东西，我这算什么呢？难道不是在为即将开始的表演做准备吗？

    刘洋如果知道这些，不知又会怎样笑我。

想想自己多可悲，多没意思。

那日记里只有这篇提到了堂姐。当晚，我一篇篇细读，读到这里，心情烦乱。

不过，最让我心绪难平、反复翻读的，还是写于去年冬天的一篇：

2004 年 12 月 25 日

晴转阴

林先生今天在家中请客，我和老吴等人过去帮忙。

圣诞节公共交通停了，我们都收拾完后也没能立即回来。林先生可能喝多了，和我唠叨了不少他自己的事儿。这些事情我从前影影绰绰都听别人说过，却是第一次听他本人讲。

他说，他从小就在餐馆长大，开始是在香港，后来到了伦敦。他父亲靠一间中餐外卖店供养了他们一家五口。一直到去世，他父亲都只会讲两句英文：一句是问客人要堂吃还是带走，一句是问客人要不要加辣。

他说他曾发誓长大后一定离开餐馆，后来读书也是读的计算机。然而转来转去，最后到底还是回来开餐馆谋生。

他说他从前最不喜欢父亲，觉得父亲土，还那么闷，一辈子都没什么朋友，也没什么话。一闲下来，不是自得其乐地听听评弹，就是守着老婆孩子吹吹老家：哪座山，哪条街……可 2002 年，他真的带父亲回了趟广东，父亲却哪儿都找不到了，糊糊涂涂，又是急，又是沮丧，难过得要命，没几天就吵着要回来，回来没多久就走了。

他说他是在父亲去世后才感到自己和父亲的亲近。这些年，他说他觉出自己也在慢慢变老，变得越来越像父亲。他说，他如今总有种感觉，觉得自己其实一直以来都是跟在父亲身后，走在一条和父亲相同的路上……他说，每次想到这里，他就觉得害怕，怕时间，怕日子，怕衰老。

他推荐我听了曲广东评弹。

是简单干净的弹拨乐器伴奏，一个老男人干干的、喉音鼻音都很重的哼唱。他后来把那些唱词一句一句解释给我听：

"思想起，故乡是真正好。一日过了一日耕，后来给子孙较清闲……思想起，谁人愿意离开我家乡。俺希望可以再回来，时间暂时你得等，咱中国人咱有忍性的人……"

现在，我把自己能记住的几句默写在这儿，依然忍不住落泪。

阿剑家人离开伦敦是半个多月后的事，那次堂姐没邀我同去送行，是被我恰巧遇上，央她带我同去的。

他们应该早就到了机场，我远远就看到他们——阿剑母亲怀里抱着什么坐在那儿，身边满是纸袋、行李箱。他姐夫、姐姐分立两旁，都在来来回回地走，像在翘首以盼。

他们盼的正是我们，原来买的东西有些需要在机场办退税。时间不宽裕，我便赶紧陪他们夫妇同去，留下堂姐一人，在抱着儿子骨灰盒的母亲身旁坐了下来。

我们耽搁得久，回来时时间已显得紧张，那姐夫人还未到，便连哇啦带比画远远地催母亲赶紧收拾东西去排队安检。走近些，我才发现原来阿剑母亲没反应，是因为她在与堂姐相对垂泪。他母亲手上，捏着那本日记。

"阿剑配不上你，他没福气……"阿剑姐姐不知何时也走了过去。一边轻轻拍着和自己母亲拥抱告别的我堂姐的肩膀，她一边声音哽咽地讲了这些话。

回去的地铁上，堂姐一直在默默拭泪。我试图安慰她，可啰唆来啰唆去，讲出来的无非是"别难过，等圣诞节假期，我们也可以回家了"之类的话。其实，在心里，我很清楚，说这些毫无意义——堂姐每年圣诞假期都会回上海，可她到底何时可以彻底离开这里回国去，那才重要，却依然是个未知数。

来英国前，孃孃曾特意交代我，要我帮她打探一下堂姐为何不愿返乡——有男朋友了吗？书越读越上瘾了吗？——种种猜测，在我来后不久就被一一否定，而我认为唯一可以完成这打探的堂姐讲给我的那句话，却不知该如何转述给孃孃——"现在海龟（归）多得都变海带（待）了，我现在这样子虽然也并不好过，可这该是我如今可以提供给自己父母的最体面的一种结局了吧?"

  郊外的地铁一会儿地上一会儿地下地穿行着,堂姐攥了把纸巾,一直在低头抽泣。她软软地靠在椅背上,勾着头,缩着肩,眼睛和鼻子早被折腾得软囊红肿、狼狈不堪。从小到大,这是我第一次看到堂姐在大庭广众之下如此不在乎自己的形象。

  "小时候,曾有好长一段时间我的梦想都是要成为一名电影明星。那时我有个模糊的认识,觉得想当演员必得有个先决条件,就是要有能控制自己情绪的本领,喜怒哀乐,可以收放自如。所以,不管遇上什么事儿,只要难过,只要想流泪,我就会赶紧去找一面镜子,对着镜子笑一笑,以此训练自己、战胜自己。拜这训练所赐,长大后,我觉得自己从未真正伤心过……"

  ——堂姐曾讲给我的那些话,此刻又在我的耳边响起,这让我的心情越发复杂。我丝毫也不怀疑,在那一刻,我的堂姐刘洋,她一定是真真切切地在承受着自己生命中巨大的、深重的悲伤。可直到此刻,写下这些文字时,我都还无法分辨得清,堂姐那会儿的悲伤是为了阿剑,为了自己,还是因为,她又开始思念远方的故乡,或亲人?

  (原载《十月》2015 年第 1 期,《长江文艺·好小说》2015 年第 8 期转载)

星　米

1

老林起身去开门的时候，我正装模作样地要开始扫地。谢天谢地，他终于背对着我了，我也就终于可以松口气，趁机打量一下他，还有他的餐馆。

我一眼瞥过去，正撞上丰沛、蓬勃的一束阳光如水一般泼洒进来。它是那样尖锐地刺痛了我的眼睛。我于是眯起眼睛，去看眼前这间半地下的、有些晦暗的小餐馆如何在转瞬之间变得灿烂、明媚：四散开的、十几个方方正正铺着雪白纸台布的小餐桌，餐桌两侧对置的印有喜鹊登梅图案的太师椅，高过太师椅的被塞了口布折叠成的喇叭花的小酒杯，小酒杯旁展开立起的塑封大菜单……这会儿它们都被浸泡在莹润可人的流淌的艳阳里，正变得明晃晃、亮堂堂，就如同在我心底骤然绽放开来的欢欣鼓舞。

这其实只是早春的伦敦，即便在正午时分，遭遇如此艳阳，也并不多见。这其实是我找到的第一份工作，就遇到了这个看起来还算不赖的老板，是不是也不多见？

"琳琳，你才十七岁，爸爸妈妈送你到英国去，是去读书的。赚钱是我们的事情，你现在没有必要去打工的啊。"

"妈，我来这儿一年了，今年九月就要离开伦敦，去卡迪夫读大学了，别人都打过工，我为什么不能？这也是一种经历啊。他们都说离开伦敦，打工的机会就不见得有这么多了。他们还说，没有打过工的留学，就不能算是真正的留学。"

这是我在MSN上做妈妈的工作，做通了。

"就你，去找工作？充其量也只能去个中餐馆，中餐馆多黑啊！到处血泪史啊！你可没必要以身试法，你要是愿意，不如有偿帮我洗个袜子什么的，找找感觉吧。"

这是我的秘密、我的同居男友，来自沈阳的志强对我出来找工作的态度。志强来伦敦五年了，现在在读硕士，比我大六岁。相比乏善可陈的我，他的确很强。他的生命里，有故事，有事故；有爱人，也有人爱。当然，他是我的唯一，我却不见得是他的唯一吧？我不知道，我只是知道，我们现在是在一起的，知道自己是在翻一本繁复的大书，每每翻阅，总能感觉到力不从心，却依然着迷，就这么溺着，不放下。其实，凡事我都很在乎他的意见，但在要打工这件事上，我多少有些固执。因为在心底，我觉得这会是对我也在渐渐强起来这一事实的有力证明。而且，现在，你看，有多好啊！我的固执有了道理，我遇见了贵人，不久，我就能用事实去反击志强的态度了吧？

我其实已经跑了半个多月了，是在找其他工作屡屡碰壁之后，才不得不锁定志强所说的中餐馆的。

"你没打过工吧？是独生女？你在哪儿读书？读什么？来多久了？住的地方方便吗？下班晚了敢回家？"

我那天是被一个颧骨高高的老太太引领着，侧过身子，攀着把手，踩踏着窄窄的、油滑的楼梯，呜呜噔噔下到位于地下室的厨房去见老林的。厨房在楼梯的尽头，是细窄的一长条，被锅灶、案板拥挤着拼摆得满满当当，估计人进去作业都需侧着身子。好在老林虽是高个子，却瘦得出奇。他站在缭绕的烟雾里，看起来有四五十岁的样子，驼背，塌胸，端着肩膀，又细又长的双臂乍开并举着，用劲儿颠着炒勺。炒勺里的火苗一蹿一蹿跳着，他的头发有些长，有一缕就遮在了眼镜上，也随之一颠一颠地点着。

高颧骨的老太太冲上前去，抢下了他的炒勺，一边大呼小叫地告诉他我是来找工作的，一边抱怨他又放多了油。

他向我点点头，走过来，扶了一下度数显然不低的近视镜，扫了我一眼，就似乎看清了我的底细，呼呼呼地就问了我上述问题。

我照实回答，有些迟疑。不是紧张，是感动。志强经常带我去打牙祭，比如唐人街的那家旺记，就是我们经常光顾的地方。曾有一次，我们在就餐的尖峰时刻落座，看见穿着黑衣的男女跑堂精干利落，各司其职。他们有的展开手臂，从肩膀开始，四个盛满饭菜的大盘子一字排开，游蛇般在人群里穿梭着，转眼就把它们准确无误地分别端到不同客人面前。有的则斜搭个大抹布、夹个托盘，扑向客人刚刚离席的一堆残羹剩饭，三下五除二，倒、擦、摆、摆，不到一分钟，就让那儿又恢复了能重新纳客的面貌……

"你觉得，你有本事赚这种钱吗？"志强问我。我看得心惊肉跳，却尽量不动声色，埋头用文曲星去查菜单上自己不认识的英文单词。我知道自己要熟记这些单词，找工作时一定会用得上。

可来老林这儿找工作，竟然全都没用上。首先，他用让我倍感亲切的普通话跟我讲话；其次，他讲话的内容和语气真的都不像我想象中的中餐馆老板，倒好像是同乡会上偶遇学长。

后来，他带我到楼上。"这是你工作的地方。"他说，"吧台后有笤帚，你扫扫地，我去把门打开。"

"你叫什么名字？"老林敞开了门，让阳光进来，心情很好地继续向我发问。

"林琳。"我说。

"哦，本家。"他随手从一个餐桌上拿起个高脚酒杯，走进吧台。在那里高悬着一个倒置的酒瓶，他举起酒杯轻轻一顶，瓶子里的就酒哗啦哗啦流出来，注满了他手里的酒杯。他转身向我举了举杯："这个周五就来上班吧。以后每周周六、周日两天，中午十二点开工，三点收工，然后晚上五点开工，到十点。可以吧，小林？"

"好的，林先生。"我可以压抑住自己兴奋的声调，却压抑不住兴奋的表情。

"不用不用，不用那么客气。"他又摇头又晃手掌，并顺势仰头，把杯子里的酒又注入了自己的嘴里。

"哈……"他长长地呼出一口气，似乎品咂不尽酒水的美味。

"小林啊，你只叫我老林就好了哦。"他笑眯眯地说。

2

我开工的第一天,竟然是情人节。这是我回家后在小台历上做记号时偶然发现的。我咬着铅笔头,晃荡起长发,笑出声来。这真是巧合,蛮有意思的。然而,紧接着,我又有笑不出来的发现了:既然老林决定录用我,为什么没说工钱?难道仅仅是忘了?

"这种活儿,工钱底限是多少?"我问志强。

"纠正你的说法啊,不是录用你,是请你去做。这个工种是有名称的,叫楼面,一般说来,请熟手楼面的工钱应该每小时不低于七磅吧?像你这样的生手,也应该不低于四磅啊。当然,工钱只是一部分,还有小费呢,有些熟手,干脆就谈好不要工钱,只赚小费呢。"志强抱着他的本本,又在作势写他的毕业论文。其实都半个多月了,他大都是开着论文的界面,却又东点西翻地去网上瞎逛,还以为我不知道呢,哼!

"你这么门儿清,是不是有过感性经验呀?"我按捺不住自己的好奇,探过头又去问他。

他对我的疑问一言不发,就好像什么也没听见。这是他对我纠缠他往事的一贯姿态,也是最能激怒我,让事态不可收拾的导火索。

在我用铅笔噼里啪啦敲打了好一会儿桌子后,他才极不情愿地抬起头,白了我一眼,不咸不淡地说:"好汉不提当年勇啦,我刚来时,在中餐馆切过半年洋葱。"

情人节那天的天气可不怎么样。雨水汪在烂棉絮状的云朵里,一阵风来,绵绵软软地洒落几许,一阵风过,却又会有太阳狡谲的脸隐约闪现,明灭变幻、阴晴不定,想来一定是在以此来暗喻、嘲弄地上凡俗的情人们的心态和姿态。

我那天出门前,刚刚结束了和志强的一场战争,心境苍凉。本小姐虽不是出身名门,但自幼家庭和睦、父娇母宠,虽不是一路鲜花掌声,但至少没人敢当面对我指指点点、出言不逊。要不是来这鬼地方留学,我几时能受这种待遇?

志强摔了门就走人了,留下我一个人在房间里抓狂,且越哭越发现这是自己的死穴,因为连找个发泄或分担的人都找不到。就在又恨又气的当口，我扫了一眼闹钟，才想起今天还要去开工。抹干眼泪，穿上大衣，临出门那一刻，我突然感觉壮怀激烈，仿佛是去慷慨赴难。

是因为我的情绪不稳定，还是老林的餐馆门面太小、没特点呢？我那天真的迷路了，发现自己怎么也找不到那家餐馆了。伦敦桥地铁站有四个出口，我后来就分别从这四个出口出来，努力回忆我找工作那天的情形。记得那天我是先看见一家星巴克的，然后从那个星巴克转角的胡同进去，就看见了老林家的店，可是今天为什么都找不到了？为什么看见什么都陌生、都没印象呢？

天上的雨一阵一阵地飘，我也开始感觉到饿了，肚子咕噜咕噜地叫——因为和志强吵架，我连中午饭都没吃呢。又饿，又冷，又累，我绝望了，开始还是默默地流泪，后来就忍不住哭出了声儿，一边抽抽搭搭地哭，一边就用袖子抹眼泪，茫然地围着地铁站一圈一圈地绕……

"你还来干什么呀？都快七点了！你懂不懂刚开始做就是在试工啊？就你这样的大小姐，谁敢请啊！"

高颧骨的老太太在吧台后面站着，见我走过来，劈头盖脸地就朝我喊开了。

我觉得自己压抑了一天的愤怒终于找到了发泄的出口。我把心一横，梗着脖子，也朝她喊："你喊什么呀？我才不稀罕你那几个钱，我就是来告诉你们的，我不想干了。"

"哦，不想干了，还用下着雨特意跑来告诉吗？你打个电话来言语一声儿就是了。"吧台边的门帘一闪，原来是老林来了。他今天竟然穿了件马褂儿，挽着宽袖子，走起路来晃晃悠悠的。"徐太，楼下开饭了，你先去吃。"他低头朝老太太说。

徐太白了我一眼，又举起手，指指点点地冲老林喊："林家明啊林家明，这就是你请的人啊，小小年纪就晓得冲我老太婆大喊大叫。"

"她就是个孩子，你犯不上和她生气吧，啊，徐太？"老林弓下身子，去拍小个子徐太的肩膀。徐太脖子一软，无力地仰天长叹一声"现在的孩子啊，真的是不懂规矩"，就摆摆手，走开了。

老林转头来看我，见我在抽抽搭搭地哭，他倒笑了："哎，哎小林，你有什么好哭的？这点儿委屈还值得掉眼泪啊？我告诉你，要是哭能解决问题，我早就水漫金山了。你没看见,今天晚上我什么都准备好了,连自己的行头都正点,可是你看,都到现在了,我还是连一单生意都没有呢。"他弯着细长的手指,从肩膀处扯着自己的马褂儿,轻轻向上一提。那衣服显然太肥,被他提起,越像是空落落地挂在衣服架上,飘飘荡荡的没着落,很是滑稽。

我这才意识到自己是站在正值饭时的餐馆里。对比我上次看到的陈设,这餐馆显然是为情人节做足了功课,每张餐桌上都点起了小小的蜡烛,还摆放了娇艳的玫瑰。吧台上有烫金的告示牌,上面醒目地写着:本店特推出情人节套餐。一部台式录音机也正在工作,音响指示灯明灭闪烁,音乐婉转低回,是 Bobby Soul 那标签般的嗓音,在深情地唱:Only you……

3

徐太一会儿就回来了,嘴里还嚼着饭,就嚷嚷说已吃完了,说自己是来上面看着,该轮到老林去吃饭了。

老林问我是否也要去,我实在是饿,就低了头,跟着去了。

楼下厨房的旁边原来还有一间屋子,也有酒柜、吧台,和稀稀拉拉几套桌椅。墙壁被刷成安静的鹅黄,而高悬的灯泡却洒着晦暗的昏黄,照见墙上旧得泛黄的唐寅的《落霞孤鹜图》、朱端的《烟江远眺》等一类闲适、散淡、令人恹恹欲睡的中国画,也照见在沉闷中静静围坐一起吃饭的我们,人影憧憧。

"这是厨房张师傅,这是新来的小林。"老林扒了一会儿饭,才想起给我们介绍,很突兀地来了一句。

张师傅是个黑壮的中年人,深眼窝、高眉骨,典型的南方人长相。他已吃完,却没走,在那儿闷头枯坐。他没说话,只朝我点了点头。我也就点点头,学老林的样子,权当刚才声情并茂说要辞工那件事并没发生。

我那时的心思全在饭上,其实无非就是一碗白饭、一碟盐水花生,和一大盘红烧烤麸。做烤麸,我妈拿手,可离家一年多了,别说吃,我连见都无缘了。还有就是围桌就餐这种形式,更是让人浮想联翩。我低头无言吃饭,恍惚间,仿若坐在自家餐桌旁,坐在爸爸妈妈面前,兀自精骛八极,心游万仞。

肚子填饱,心就活泛了。我放下碗就问老林:"林先生,你这一间,是用来开茶馆的吗?"

老林已吃完,正瘫坐在椅子上吸着烟,听了我的话,觉得很好笑似的朝我咧了咧嘴:"什么?茶馆?哈,你在伦敦还看见过有做茶馆生意的吗?我这里啊,原来是打算开酒吧的,不过没开起来就是了。"看来,酒吧没开起来这件事,对他的雄心还是打击不小的,因为说到这儿,他的腔调已变得没了底气。不过,他的底气在讲完这一句后就迅速恢复。他突然坐正了身体,对我说:"小林,今天是你开工第一天。吃完饭,赶紧上楼去吧,把徐太换下来,她该收工回家了。"

我当即起身,咚咚咚就上楼去,一路上心里都在愤愤不平:哼!这个老板一定觉得我是没见过世面的小屁孩儿,很好笑吧?可是,难道他自己不好笑吗?挂了一墙印刷品的写意山水去卖洋酒,穿起大马褂儿给情人节造势,还放那首已早就让周星驰恶搞得臭透了的《Only You》,哼!不过,当然了,对工钱这个敏感话题不置一词这件事,是他可笑,还是我可笑,目前尚不清楚。

可上楼去又有什么用呢?也不过就是站着,因为没有客人。

虽然我甜甜地喊她阿姨,徐太也老大不高兴。她临走把菜单甩给我,说让我尽快熟悉菜名。

"你不是第一次打工吗?那就不要只看英文的菜单,抽屉里有个小本子,上面写了菜的中文名字,你也要熟悉熟悉,能和英文对上才行。因为客人来了,用英文点了菜后,你可是要用中文写出所点的菜名,传给厨房张师傅的。"老林上来了,径自走到门口去,站在大玻璃门前,看着夜色中行色匆忙的人们,发了一会儿呆,并没回头,背对着我就开始指导工作。

我翻抽屉找出中文菜单,心想,老板到底就是老板,真是不一样,连后背都长着眼睛。

可是刚看第一个菜名我就迷糊了。星米?哪道菜叫星米?于是我只好拿着菜单,过去请教老林。老林回头在英文菜单上指了一下:"喏,就是这个嘛。"

"Singapore Fried Noodles,"我念出英文来,更加疑惑,"这不是新加坡炒面吗?"我指着英文菜谱上的配图照片问他。很明显,看着就是一盘炒面的样子。

"不是面,是米粉。"他扶了扶眼镜,很认真地向我解释,"这其实是星洲炒米的简略叫法。当然，星洲炒米其实也并不是起源于新加坡，在新加坡你根本就找不到。它其实是香港人发明的，在香港和海外的唐人街最常见。不过，现在新加坡也有类似这种用咖喱粉来炒面加工而成的食品，当地人却叫它香港炒面。"

"哦，原来它身世这么复杂，那你们就这么简单地把名字缩略了，也太匪夷所思了吧？"

"哎，你这个小孩儿，我们是谁？有什么权利缩略？这应该也算是小范围内的约定俗成吧。我讲的你不要不信啊，有时间，你可以请教请教徐太，她是三十几年前从新加坡来这儿求学的学生。"他又好气又好笑地看着我，镜片后面笑意盈盈。他随手拖过身旁餐桌边的一把椅子，一屁股坐下来，还扬扬缩在宽大袖子里的手，示意我也坐下。

我当然要坐下来，而且还心花怒放地坐下了。看来，这个老板喜欢抬杠，和我一样。

"其实约定俗成就是颠扑不破的道理，最起码在没有定规之前，这样比较方便。走的人多了就成了路嘛，是不是？呵呵。"他的情绪高涨起来，"这种例子其实很多，比如，扬州炒饭就诞生在扬州吗？京都排骨就源自于北京？都不是，对不对？它们其实大多是老广发明的，当时估计无非就是想讨巧，想在菜品名字上生拉硬拽，牵强地加些中国符号而已。不过这些菜品经香港传到了世界各地的唐人街，老外们买了账，渐渐地，倒成了中餐的标志性符号了。可是，就像你说的缩略得没道理一样，炒米炒面虽然算是对中餐偷懒的缩略，可这种缩略就能代表得了博大精深的中国饮食文化吗？"

我频频点头，为他的博大精深。"可是，林先生，我在唐人街吃饭，也见过这道菜，菜单上都写成新加坡炒面或星洲炒米，没人写成星米啊？"

"这只是一些中餐馆里的习惯叫法啊。你看，你的工作是要用英文听顾客点菜，然后写成中文给厨房，为什么？是因为厨房的师傅们不懂英文。他们大多是黑工，是偷渡客或偷渡客的子女，有些还更惨，连汉字也不识几个，所以菜名就要尽量缩略，字越少越好、越简单越好。比如——"他拿过我记录中文菜名的小本子，从胸前口袋里掏出一支钢笔，然后画了一个圈，又写了个茶几的几字，抬头问我："小林，你猜猜，这两个字代表什么菜？"

他得意地面对我的莫名其妙，摇了一会儿笔，才拖着长腔揭开谜底："柠檬鸡！"

"啊？画个圈儿就是柠檬啊？我看倒更像鸡蛋呢。"我咋舌。

"所以说约定俗成就是颠扑不破的道理嘛。我刚来的时候，在中餐馆打工，我们老板就要求上面的楼面把菜都写成类似这样的符号，传到下面厨房里来。"

"啊，林先生，您也打过工啊？那是什么年代？"我有点兴奋。

可是，老林说话的兴头似乎已过去了，对我的惊讶不置一词，像没听见一样。

静了一会儿，他突然又站了起来，淡淡地说："小林，收拾收拾就收工吧，差几分钟就十点了。"

他说着就往门口走去，刚开了门，又回过头对我说："对了，小林，你的工钱明天给你好吧？反正你明天还来开工。以后一周一清，你刚来，一小时算四镑，可以吧？"

我有些猝不及防，更有些不好意思，为自己曾经的小人之心。"林先生，我……其实也没有干什么活儿啊，就来吃了顿饭……"

他干干地仰头一笑，对我点头："不能这么说吧，反正你是冒着雨来开工了。没顾客上门，是我当老板的没本事，又不是你的错。"

4

"说一个人好与不好，是不能仅仅凭感觉的。"

志强和我讲这话的时候，我们正在厨房里忙活着，打算吃火锅。洗菜、切冻羊腿、和调料，我声情并茂的聒噪伴随着我们的准备工作一起逐渐升温。后来，当我们终于能并肩站在灶台前，看小铁锅里的火锅汤喧响着，咕嘟出几个奶白的泡泡来，眼瞅着就要热气腾腾地开锅时，志强突然冒出了这么一句评论，瞬间就把我讲话的兴致打击得彻底凉了。

"我一直在说老林是个好人吗？"我朝志强瞪眼睛。

"这半个月来，是的。"他见怪不怪地坏笑。

半个月了，我其实也就打了四天工，老林还不是都在，我就开始定位他是好人啦？以前，我妈对我的定位是：想知道我这个人心情如何，看我的嘴巴就是了。因为高兴时，我总是哇啦哇啦说个不停，而情绪低落时，我就成了哑巴。这么说来，这段时间，我一直都在"哇啦"老林是个好人？如此看来，我真是不成熟啊，沮丧！！

"你想想描述老林的关键词吧。"志强向我建议，或者说他又给我提了个继续这个话题的头儿，希望我的聒噪和好心情能一同再次起步。然而我却沉默了。"这是个好主意！"我暗自想。毕业论文把志强憋得一筹莫展，他却的确给我认识一个人提供了好思路。

可是，若描述老林，我都会选择什么关键词呢？

1965年出生在上海，从小被寄养在奶奶家里。80年代初期到北京读名校，理工科，流体力学。在企业工作两年后，又读研，毕业后到研究所。90年代初留学来英，后来留了下来，娶妻生子，虽然也断断续续读书，据说读博是读的社会学，但并没有读完……

老林的这些信息，我是从徐太那里一鳞半爪、东拼西凑听来的。她说自己是老林的表姨妈，是老林最初来英时投靠的对象。她偶尔会讲些老林从前的事情，但仅限于梗概，且最终都会让绕向相同的句子，来标榜自己的远见卓识。"你看——"徐太拖着长腔对我说，"他刚来的时候，就是住在我餐馆的地下室里啊。他那时就和我说，最不喜欢餐馆，一定要尽早离开，可结果怎么样呢？到头来，还不是要靠做餐馆来讨生活。"徐太讲这话的时候，手总是在忙活，或者在叠台布，或者是在包装龙虾片。她的说话语气和干活儿手法一样，云淡风轻，机械娴熟，褪尽感情色彩，一张一弛，有理有度。可以想象她这感慨一定是对着许多人不止一次地发过了。那么，她也对老林发过吗？我不知道。因为老林不能说是个不喜欢讲话的人，只是他讲的话，似乎都是和自己没有直接关系的，和自己的实际的日子总有些阻隔，有些距离。

然而这些也只是老林的自然信息，这样的描述，既没有色彩也没有温度。

小铁锅里开始热浪滚滚，我们的战斗力已然不足，投放食物的速度已跟不上锅开的速度了。肚子似乎要饱了，可嘴里还是感觉不过瘾，我又去舀调料，这次狠狠地放腐乳。吃火锅是志强新近的伟大发明，它几乎无需任何厨艺，而且去趟唐人街就能买到几乎所有的调料或替代品。它轻而易举地就让我们重温了在国内吃饭的感觉，比去餐馆还地道。这里餐馆的中餐还是以粤菜口味居多，偏甜，我一直不大适应。虽然妈妈是上海人，但我从小生长在北方，咸才是一切味道的根本——这一点是在我身处异乡后，才逐渐发现并重视起来的。

被结结实实地鞠了一下后，我又美美地喝了一口汁稠味厚的汤，闭上眼睛，感觉它慢慢地沉潜入我的体内，顺着食道滑入胃囊，一路流淌着，荡漾起热烈的电流……突然，一个面庞渐渐清晰了起来，是红润的、泛着光亮的中年男子的脸，戴着高度近视眼镜，微微眯起眼睛，自得地高高挑着眉毛，向后仰头。他俨然历经无限沧桑的长者一般，对我说："小林啊，你要知道，这世上错位的事情很多啊……"我抿嘴笑了，呵呵，看来吃饱了才是一切的基础。我知道，自己终于找到了一个描述老林的关键词。

"你说，如果一个男人酗酒，都会让你产生什么联想？"我问志强。

"你是说老林吧？"志强对我卖出的关子很不屑，"连刘禹锡都说，'暂凭杯酒长精神'呢，贪杯的人一定是在自己现实的生活里找不到感觉，才去酒里寻找浓烈、烧灼、芬芳啊，嘻嘻。"

尽管志强的说法让我怀疑他就是个十足的酒鬼，但我还是同意他的看法，因为关于这一点，我和我那做心理咨询师的老妈有过探讨。老妈说，酗酒在医学上的名称是酒精依赖，实际上酒精依赖者经常处于中毒状态，因为酒精是一种亲神经物质，对中枢神经有抑制作用。所以酗酒其实就是依赖饮酒后的那种松弛、温暖的感觉，来消解现实生活里的紧张和不安。

当然，妈妈和志强虽风格不同却异曲同工的解释，只是针对酗酒，并非针对老林。酗酒是老林生活中的常态，可是他以此来消解怎样的紧张和不安呢？目前还没有人和我解释这些。

"餐馆生意惨淡呗，肯定是因为这个。"志强试图首当其冲来解释。

"应该不会。我听徐太说，他还有一家餐馆，生意火爆得要命。这家店生意不好，是因为刚开不久。"

"那就是身处海外，总有难言之隐。"

我点头，这还差不多。来英一年多了，我的生活圈子里除了老师就是同学，且大多是老外。去餐馆打工，如同打开了一扇窗，让我看见了许多如老林一样有故事的人。他们的故事里一定有许多生活的秘密吧？鲜活茁壮地生长，却在我的书本上鲜见。

"你知道我喜欢看人物传记，记得以前看过一本书里说，评价一个男人有两个关键点，一个是看他死亡的方式，一个就是看他娶了个什么样的女人。"志强笑嘻嘻地再次发言。

我愣住了。看着志强吃饱喝足离开灶台,在餐桌前坐下来,袅袅地燃起一根烟,我的思路也随之漫溢着飘摇:这家伙是不是因为思路太乱才写不成论文啊?不过我还好,我的工可以一直打到今年暑假,老林还有他周围的人的故事会逐渐在我面前展开,我还会捕捉到描述他的新的关键词吧?

5

现在这年头,大多数人难道不都是"只作寻常床簀死"吗?老林的死亡方式估计我是无缘得见了,那么,那个他娶作妻子的女子,我早晚还是有机会幸会的吧?

谁能想到呢,仅仅是在我第五次开工时,老林生命里那个重要的女子就登场了。她虽是悄然来去,却是先老林的妻子一步。

空无一人的餐馆里,我笔直地站在高高的吧台后面,挨着时光。

那个女子已经跨过敞开的门,慢慢地向我走来了,越来越近了,直到最后,站在我的面前了,我却还是浑然不觉。我那时不会知道,事后,我将会经常回想起这个与她相遇的午后,为此而百思不得其解,是因为她太过娇小,还是太过安静呢?那天,她来到我的面前,如同无时无刻不在飘洒消逝的时光,暗香浮动,喑哑无声,悄然漫过正在兀自出神发呆的我。

"对不起,你们现在营业吧?给我看看你们的菜单好吗?"她缓缓地开了口,让我瞬间惊觉一个穿厚厚格子呢大衣的东方女子,正双手按在吧台上,对我讲着英文,把我吓得啊的一嗓子就喊出了声。

她显然也被我吓住了,但只有表情的反应,并没如我一样一惊一乍。她安静地接过我递过去的菜单,扭头向餐桌走去,来到一张靠窗的餐桌旁,慢慢脱去大衣,搭在椅背上,然后拉出椅子坐进去,把手拄在胸前,趴下来开始看菜单。

我用目光一路尾随她,脑子迅速跟随着反应。她是哪儿人呢?我的一位喜爱闲聊的老师曾有一次发表宏论,说他判断来自远东国家的学生国籍,最保险的就是根据他的着装格调。可是,这个女子的着装可没提供什么明显答案。她应该是在这里时间不短了,着装已呈现出正风行的国际化趋势,和老外并无二致。可是要说在这里住久了吧,她刚才的英文讲得可不太好,生涩、僵硬，还试图含含糊糊。

"就给我这份牛肉汤面吧。"她举起菜单，偏过脸对我说。这回，她开始讲中文了，尾音高挑，是标准的京腔。点好了餐，她的注意力开始转向餐馆，饶有兴趣地左顾右盼，一会儿抻长细细的脖子，一会儿又眯起眼睛，研读经典一般，看着、琢磨着，一个又一个物体，过筛子般地过她的眼。

餐馆墙面用作装饰的日式浮士绘版画，摇荡在门前风里怡红快绿、参差对照的小宫灯，吧台一侧老林手写的"暂不接受信用卡"的付款提示……不大的餐馆，各种元素斑驳陆离。原本它们都是被牵强地汇聚在一起，历经了时光，早成了真正的背景，不再被人注意，可这会儿却全被她逐个拆分开来，细细密密地、一样一样地、角角落落地寻找着、发现着，玩味着，筛了个仔仔细细。

一会儿，我把她的面端来了，她就开始吃面，用筷子一根一根地挑着，滑落了也不在意，看也不看，漫不经心地吃着。她似乎没什么食欲，似乎来餐馆原本就不是为了吃，只是为了赏鉴风景。

她不会知道，这会儿，她自己其实也是风景，在被我赏鉴。

我也不会知道，若干年后，我将感谢这段经历，只因它给我的赏鉴风景提供了独特视角。我将从这里看见风景的一个侧面，这个侧面许多人或者无缘遇见，或者习焉不察。若干年后，我将会得意地想：若你没有看见过一个女子吃饭的样子，能算是真正见过她吗？而看她吃饭最合适的位置，我觉得就是她能对你视而不见，当你是没生命的背景。比如，你的身份是一个她需要付费来让你端饭给她吃的餐馆服务生。

我站在吧台后眺望着她，看见她的身体陷落在椅背上摊开的厚厚呢子大衣里，白皙的脸陷落在挂起的双手里，而神思则陷落在餐馆里似乎有了生命的陈设里。在这铺天盖地、庞大嘈杂里陷落的她，骨架娇小玲珑，然而却并不瘦弱，越发显出皮肤白皙、浑圆可人，肉嘟嘟的。她有着典型东方人的五官，眉眼都细小平淡，组合起来却宽展疏朗。仔细看去，你还会发现有精致而不露声色的淡妆，晕染出两颊醉酒般的红润和眉宇间熠熠的光晕流转。

"你们这里的生意不会总这么冷清吧？"现在，她的面已冷，筷子已搁下，而周围风景估计也都已轮番筛过了。终于，她的注意力开始向我转移了。

"我只是每周六、周日来，顾客都不多。听厨房里的人讲，平时也差不多。"

"哦，这里平时连楼面都不请的吗？你们这儿加上厨房一共几个人啊？"

"是啊，厨房还有张师傅和徐太。张师傅也和我差不多，只上周五和周六的班，平时嘛，厨房由老板掌勺，楼上由徐太来照应。"

"徐太？"她皱眉质疑，用手软软地托起浑圆的下巴。我得以看见她白胖的小手上并列排放着五个可爱的小圆坑，而修长的指甲则莹润剔透，还精致地描绘了层层叠叠红艳艳的蔷薇花，在阳光下，热辣辣的分外抢眼。

我正待走上前再次搭腔，身后却是脚步凌乱，还伴着"小林啊，小林"的呼喊，砰咚砰咚，转瞬即至。不必回头，正是徐太。

"小林啊，一会儿收工后，你赶紧打扫卫生，老板娘今天晚饭要来这儿……"徐太的声音在发现这女子后戛然而止。想必她是想当然地以为点汤面的客人早就离开了，才这样气势汹汹、大呼小叫的吧？这会儿猛然撞见，表情就有那么一瞬的僵硬，但很快，她讪讪地朝那女子谄媚一笑，就飞快拉我走开，开始指点起搞卫生的重点。

等我再次抬起头时，那女子已然离开了。有五磅纸币被压在了面碗下，正在风里哗啦哗啦地翻飞着。她只吃了碗汤面，竟然还给了小费啊？

"徐太，刚才那客人，你认得吗？"我问。

徐太缩了头，又开始习惯性地用手指指点着，朝我嚷嚷："她是个生客呀，我怎么可能认识呢！我的大小姐啊，你是来这儿看西洋景的吗？怎么只知道贪玩呢，你晓不晓得，今晚，老板娘是要来的啊！"

我气呼呼地跑过去收拾餐桌，越想越是满腹狐疑。这个女子本来就是有点蹊跷啊。

是的，我那会儿还是不知道的。她太年轻了，顶多也就三十岁的样子，我还无从想象，她会是个和老林的故事有关的人。我无从知道，那天其实仅仅是她的出场，她还会再出现的，以安静的姿态给老林的故事带来不安静的进展。

当然，我不知道的事情其实还有很多。不久以后，我还将知道，就如同她今天这样悄然无声地来到我面前一样，她也是这样来到老林面前的。那时候，他们还彼此陌生，一个走进餐馆吃饭，一个经营餐馆为生。他们差一点就擦肩而过，然而在一个有阳光的午后，那女子宿命般地走进了老林的餐馆，也就由此闯进了老林的生活。

6

"老板娘是什么样子的啊?"我一边拖楼梯,一边问在一旁擦楼梯扶手的张师傅。

"我也没见过,可能是个很能干的人吧。听说老林的另外一家餐馆在一个火车站里面,做快餐,特别忙。开了这家店,他就总来这儿了,那边的店全是他老婆一个人打理的,据说还领着个才七岁的孩子呢。"

"徐太一定见过的吧?她一定知道。"我自作聪明。

"嘘——"张师傅做手势示意我收声,回头看看,确信徐太不在附近,才低声道,"那个婆娘说自己是老板的亲戚,谁信呢?你听到过老板叫她姨妈吗?"

"嗯,这倒是的确没听见过。"我若有所思地点头,此言不虚。

晚上五点半,我刚来到楼上把灯打开,把营业的牌子挂出去,老林就来了。

"小林,小林,今天晚上很重要哦。"他一进门就弓着腰,搓着手,大踏步迈着麻秆般的大长腿,在餐馆里晃来晃去,反复打量着自己这片小天地,一会儿去把墙上的浮世绘壁画扶扶正,一会儿又去蹭蹭我已擦过的窗玻璃,很兴奋的样子。"来来来,小林,"他说,"我们把这两张桌子拼在一起,一会儿要有七八个人来吃饭,都是国内旅行社的老总,来这里谈项目的,我们要接待好。"

"不要紧张啊,小林,一会儿晓菲就来了,她会帮你的。"布置好楼上,老林扭头要去下面厨房,临走突然扔下了这样一句话,把我听得有点发愣。门帘一闪,他又回来了,偏头把脸探进来,得意洋洋地笑道:"小林,忘记告诉你了,晓菲就是我太太啊,一会儿就来了。你将会见识到,在这里真正干餐馆的人会有多棒!"

目送老林驾着亢奋的云朵远去,我开始越发紧张,手足无措地在吧台里东翻翻西看看,走来走去。就我这种三脚猫水平的服务员,要接待国内对餐饮服务最在行的旅行社老总,并同时接受老板娘检验,能行吗?我可怎么办啊?

"小林,小林,快,快来接一下,接一下,新炸的春卷。"没过多久,老板娘就终于出现了。哐哐哐,一路从楼下厨房小跑上来,人还没见到,早有字正腔圆、热气腾腾的呼喊先声夺人。我掀开门帘，她已冲到了我的面前，险些撞个正着。她跳着脚，咯咯咯咯地朝我笑着，把用餐巾纸包着的两个滚烫的春卷举到了我的面前，显然是拿来给我吃的。

"我是老林的爱人，姓方，你就叫我方姐吧。"回到吧台，她一边看着我呼呼呼地吹着春卷趁热吃，一边和我聊天。多大了，家是哪儿的，什么时候来的，念什么书等等，她边含笑讲话，还边伸手抚弄我的衣服，很亲切熟络的样子。

我叫她方姐姐，加了一个字，增加了称呼的含糖量。我说："方姐姐，你讲话怎么这么好听啊，怎么像播音员似的？"她又咯咯咯地笑了，很随便地说："我像你这么大的时候，还在部队呢。算是搞专业的吧，转业前是海政的话剧演员。"我这才恍然大悟，耳边浮现出从前看过的一些摄制于 80 年代初的老电影里的声音，还由此推理出她高大魁梧的身段和气宇轩昂的五官也是典型的高大全人物形象，估计就如同她的声音无需借助话筒一样，五官形象也不必太依靠油彩。

"来，小林，我们把桌子重新摆一下。"我还以为她在全心全意和我聊天，其实她却是可以一心二用的，聊着天就已发现问题了。

我跑过去，和她一起把老林摆好的桌椅重新再摆过。她边拖桌子边和我解释："我们没有必要把最好的位置让给他们，这些人在国内会比着讲排场，到了国外，就会比着展示他们因陋就简的适应能力，来标榜自己的见多识广、气度不凡。"

"方姐姐，你当演员多风光啊，干吗要出来呢？"我这个人真是有点没数啊，一高兴起来就乱讲话。其实这句问话刚出口，我就后悔了，因为想起了上次问老林什么年代打过工，他只作没听见时的情形。

可老板娘却显然比老板大度得多。她似乎也被我的问话搞得一愣，但马上就咯咯咯地用那种发声科学，却在效果上没什么感染力的笑声来开了头。她说："你一个小姑娘懂什么啊？过日子，哪有那么多风光的事儿啊。我出国前就已转业到地方了，到了个大企业，干工会，可以说是百无一用，后来，才被我们领导发现最适合开会学习的时候念报纸。那时候啊，一开会我就得念报纸念到口干舌燥。"

现在，说到这里，她似乎又口干舌燥了。她摆摆手，笑着转身走进吧台，随手拿起个杯子，扭开水龙头接自来水喝去了。

"晶晶，好孩子，你来了呀。"她的声音突然变得温婉柔和起来，放下水杯，弯下腰，还轻轻地拍着手。

我这才发现一个头发扎成两把小刷子的小女孩，不知何时已站在了吧台旁。

她抱起孩子，来到我面前。"叫阿姨。"她说。然而这个皮肤异常白皙的孩子却是非常羞怯的。她大大黑黑的眼珠骨碌碌地转来转去，却不肯叫人，略略咧了一下嘴，就把小脸儿别过去，藏到母亲的怀里去了。

"她叫晶晶啊，是在这儿出生的吗？"我只能抚弄孩子的后背来表达亲近。

"是啊，在这儿生的。一直是我们自己带的，忙的时候就跟着我们在餐馆里。"方姐姐的声调开始偏低，表情也有些黯淡。不过，虽然抱着孩子，她面对的却还是餐馆，她的眼神在对餐馆的凝望中重新坚定起来，再次底气十足地向我解释，为什么刚才要那样调整餐馆桌椅的布局："小林，你知道，餐馆就是这样的，要是一个客人也不上门的话，就都不上门；可一旦有了一桌吃饭的，就有了人气，路过的人看见，就有可能进来，慢慢地，上门的就多了。今天晚上，有了这桌预订，或许我们会忙起来呢。"

她的确经验丰富。她预计的不错，那天晚上，餐馆里第一次热闹非凡。

7

一个合格的演员需要具备什么样的素质？或者说，一个人，做职业演员做久了，会具有什么样的素质？

那天晚上，我一直在琢磨这个问题。受妈妈影响，从小我就是个电影迷，初中时还参加过少年宫小剧社的演出。我喜欢翻看家里那些与此相关的书籍，好像曾看过斯坦尼斯拉夫斯基一类的大师就提到过这样一个观点吧？他说，一个合格的演员在表演时需要能"既成为别人，又保持自我"。那天晚上，方姐姐的言谈举止就让我全然忘记了她的身份是老板娘，或者是一个正在餐馆里提供服务的人。"她真是个好演员。"在忙碌的间隙里，我欣赏着她，在心里默默感叹。是的，她真的是个好演员，不是曾经是，而是骨子里就具有好演员的天分！

那晚,她把他们一家在海外的生活夸张地、半真半假地表演给那些旅行社的老总们看。她的天分体现在,她的表演让老总们梦里不知身是客,眼神和思绪全被她的表演牵引,并深深入戏,唏嘘不断,高潮迭起。而最绝的还是,她的表演真切、自然、清水出芙蓉,却也还并不忘我。她能融入角色里,却又能天才地和自己的角色之间保持着适当距离,能够始终适时、适度地占据自己应该占据的表演区域。她一直是在走动着的,虽然这走动会让大多数人浑然不觉,只会发现她总是出现在最该出现的位置;她一直是在表演着的,而倒酒、上菜,以及解释为什么还要给已喝得太多的老总们倒酒,还有解释为什么菜上慢了或口味不够正宗地道等等的工作也在与此同时有条不紊、不动声色地进行着。

"我呀,我现在就好比是一个村妇。在伦敦十几年了,可连语言关都没过,所以根本就出不了门。不过,现在总算熬出来了呀,因为孩子渐渐大了嘛,买个东西什么的自己就能干了。领着孩子去呗,我出傻力气,她出聪明的耳朵和嘴巴。平时我除了来餐馆厨房帮忙,就是闷在家里。其实在家里也没意思,还不如来餐馆干点儿活痛快呢,因为我连电视都看不懂。前几天我看电视,呀!这个人怎么这么熟悉啊,哎呀,那不是萨达姆吗?他怎么了呀?怎么那副样子呢?赶紧地把孩子喊来,孩子在电视前站了一会儿,就告诉我,妈,是萨达姆让人执行绞刑了……"

"哈……"老总们全笑了,咕咚咕咚,杯中酒也就都豪爽地一饮而尽了。其中一个西装革履的女老总,笑得前仰后合,都流出了眼泪,笑过之后,却是满面同情:"嗐,在海外多不容易啊,你们当时是怎么出来的啊?"

"我先生偏要出来做学问嘛!结果呢,唉,娶了我这么个不争气的老婆!他一个书生,养家不容易啊,逼得没办法,才开了餐馆。比起那些到处都是的香港人开的中餐馆,我们这儿的生意实在,却不会出什么花头。你知道,文人做生意,总是艰难。生意不好,也雇不起人,菜都是他自己烧,因为会有些老外上门,才请了小林来。小林还不到二十岁,还是个孩子呢,就离开父母,跑这么远出来读书,却还得打工多赚些生活费。"她满面愁容地朝我看一眼,我正在听一个老外点菜,听见了,赶紧配合,冲众老总含笑点头。

方姐姐是我在生活里遇见的第一个职业演员。我的幸运在于,有机会观瞻到了戏开场前,她没登台时的真实状态,所以我才得以幸免,没有和那些喝得晕晕乎乎的老总们一起入戏。我在忙碌中一直支棱着耳朵,捕捉她即兴发挥的精彩台词，并试图分辨哪句是夸张的实情，哪句纯属为了助酒兴或博取同情。后来，我突然有了一个发现，其实判断台词的真假，有一个最简单的办法，就是留心去看老林的反应。那天晚上，众老总落座不久，就有老外三三两两上门，所以方姐姐悄悄告诉我，由她来负责中国人，我去负责老外。而老林呢，他在老总们进来时，和大家打了个招呼，然后就在厨房和餐馆之间跑来跑去，忙活着张罗上菜。他对太太的台词大体有三种反应：一是赶紧低头，绷起脸，面无表情；二是干脆离开，躲在楼道内无所事事，闷头吸烟；三是只有在讲到他亲自烧菜的时候，他的表情才轻松得意，甚至还有两次指点起菜品，讲解做法，配合着太太表演起了双簧。

　　同情弱者的心理，当然不仅仅是那些志得意满的老总们才有。在这种心理驱使下做出的反应相当单纯，无非就是流露情感，或尽可能地提供些实际帮助就是了。授人玫瑰，手有余香。提供帮助者无论是提供了情感还是物质，他们的心里都会是无比舒坦的，因为这行动本身就足以彰显他们自身的强大、优越、慈悲和善良。而这一切高级的需要，如果你仅仅在花钱吃一顿饭时就顺便得到了，那是何其幸运！

　　那天，快十一点了，老总们才意犹未尽地离开。到底是见多识广，他们醉醺醺地结账时，还能非常认真地按照账单所显示的消费额度支付了百分之十的小费。结账时，老林在一旁一个劲儿地说："不必，不必了，我们这里不收中国人的小费。"可他们还是众口一词地坚持："应该的，应该的，入乡随俗嘛！"

　　呼呼啦啦，老林夫妇送众老总到餐馆门口，他们纷纷情深意长地去和老林握手，有秩序地执手相望红脸。其中一位老大型的老总，用力握住老林的手不松："林先生，再坚持坚持吧，困难总会过去的！咱们国家不是越来越强大了吗，出国旅游的人不是越来越多、越来越有实力了吗！我们这一趟在欧洲考察，只有最后，来到你这儿才真正让胃舒服了、心舒服了，找到家里人的感觉了。我也是个小人物，没别的本事，但请你务必放心，今后，只要是我们公司带团来伦敦，一定会让客人专程跑到你这儿来用餐。我们一定会看着你渐渐好起来的，好不好？有没有信心？"这个老总显然是经常这样情深意切地代表大大小小各级组织去各处给人家献爱心、送温暖习惯了，措辞、表情都得心应手、通达顺畅。然而老林可是不大在状态，他局促地低着头，不停地点着，点着，嘴里含含糊糊地应着，应着，脸比明显喝高了的老总们还要红。

而方姐姐则一直站在老林身后,双臂自然下垂,交叉握着放在腰部,低头含笑奉陪,并不多言。

那天晚上我一结算,哇,一晚上营业额竟有六百多磅。当然,功劳不仅仅出在老总们身上,老外也没少跟着凑热闹。不少老外都好奇地注视今晚本餐馆特为众老总烹制的水晶肘子、红烧小排一类的菜品问东问西。我解释说,那才是地道的中餐,而你们熟悉的炒米、炒面、古老肉一类的中餐,充其量也就是中餐里的快餐,中国人对此的兴趣就类似于你们对麦当劳的兴趣。有一对来旅游的美国夫妇,兴致勃勃地让我上了盘肘子给他们,吃得赞不绝口。虽然油太大,他们没吃几口,却还是把剩下的宝贝似的打包拿走了。两个荷兰小伙子则对众老总喝的、老林现去唐人街中国超市买来的孔府家酒来了兴趣,听我解释说是用粮食酿制的高度烈酒,就执意要点一瓶,抿了一口就朝我翻白眼、做鬼脸了。而无论肉还是酒,我们的菜单上其实根本就没有。结账时,我去问方姐姐,她略一沉吟,就把价目写了出来,当然是天价。

"小林,太晚了,你住哪儿啊?我们送你回去吧!"方姐姐对我说。

收拾完了,我和张师傅、老林夫妇一同出来,坐进了他们的宝马车。

大家都累了,上了车都瘫坐着,没人吭声。抱着早已睡熟的孩子的方姐姐突然探头对老林说:"咱们近,先去咱们家吧,你和孩子先回去早点儿睡,我去送他们。明天上午,这边估计也没什么事儿,你去我那边店里帮忙盯一盯。我要去一下移民局,去给那边的大厨办理劳工证明。"老林开着车,茫然地注视着远方,没说什么,只用鼻子哼了一声。

车在老林家门前停了下来。是座三层的白色小楼,门口花园里的草坪修剪得整整齐齐,星星点点的白色球形灯环绕着房子,在夜色里静静发出柔和温馨的光晕。这地段位于地铁二区,虽是普通居民区,但价格应该是不菲的。

然后去送张师傅。远远地,就看见一个个子高高的女人抄着手走来走去,见我们的车过来,就开始偏过头朝这边张望。"你太太还没有找到工作吗?"方姐姐问。张师傅赶紧向前错了错身子,抻起脖子回话:"我们这种人,黑在这里,工作也不敢大张旗鼓地去找啊。不过,您知道吧,我家阿平人却是很好的,很勤快,又能吃苦……"

"我知道的,张师傅,但我们也有难处啊。现在你们这边店里生意实在不好,等慢慢好一好,我当然是要请阿平来店里做的。"方姐姐说。

她一定是很累了,而且也口干舌燥了,那晚在车上,她讲话都是有气无力的。等张师傅下了车,我们就一路无话。到了我租的房子门前,她强打精神对我笑笑:"小林,你行吗?要不要我送你上去?"

我谢过她的好意,推门下车走了。回到房间我才注意到,外边有车灯在晃着,就推开窗子,发现她的车竟然还在。于是,我探头朝她挥手致意,并看着她闪了闪灯,发动起车子安心走了。

8

"小林,你下周二晚上有时间吗?来参加我们的聚会吧?"第二天晚上,我又开工,正在楼上干站着,老林上来了,照例又喝得面红耳赤。

"下个周二?什么聚会啊?"

"难道你的日历上没有中国的农历吗?下周二就是农历的二月初二啊。今年是我开餐馆的第七年,从第一年开始,我就每年都领着员工聚餐一次。最开始时,就是在中国年当天。可你知道吧,中国年前后,中餐馆的生意都特别好,所以后来就不断改,改到初二、初五、元宵节,一直到了二月二啦。二月二其实也很好啊,尽管我国南方称它社日,北方称它是龙抬头节,各有不同习俗,但的确都算是重要的传统节日。而且这个节日是由上古时期人们对土地的崇拜而产生、发展来的,很适合我们这些背井离乡的人聚在一起惺惺相惜啊。"老林长长叹着气,表情却是豪情万丈、无限神往。

"好啊!我周二下午有课,不过晚上没事儿,下了课我就直接来。"我的情绪也随之高涨。

"我们的惯例是可以带家属哦。有家的带家人,没家的带朋友。"老林又缀了一句。

这次,我却低了头,翘起脚尖,用鞋子轻轻踢地板,什么也没讲。

是啊,志强算是我的什么人呢?那天下班,我回家,坐在夜班巴士上,望着窗外夜色阑珊,思潮翻涌。

从小到大,在我的周围,没有人认为我是个脾气不好或小肚鸡肠的人,可为什么我展现给志强的却是这副嘴脸?我越来越频繁地不停挑起事端,抱怨、争吵，然后在他的劝慰下再和好、再争吵……且不要说他的感受如何，就连我自己都看轻自己、厌烦自己。他不好吗？冷静想想，答案是否定的。我的心总是会在想起我们初相遇时变得无比脆弱和柔软。那也是早春时节，房东突然说要装修房子，另作他用，限我到期搬走。可直到到了期，我的下一处房子还是没租好。微雨的街头，我背了两个包，拖着大箱子，到处寻觅出租房屋的小广告。他背着双肩包从一条小巷里走出来，匆匆忙忙地已经过去了，又站下来，回过头等着我走过去。"你是中国人吗？"他只低头用中文问了一声，我就哇的一声哭了。我说，我走不动了，我想要回家去……

爱是什么？是两个生命间相互的取暖和照耀，是彼此关照、相携生长。这观点，我在和志强初相遇以及故事开始的时候渐渐感知，并幸运地得以验证。然而仅仅经历了半年多时光的打磨，它就变得面目全非了。尤其是最近，我的预科生活就要结束了，不久我就要向大学发申请了。如果按照我最初来时的计划，我要去读的大学在威尔士的首府卡迪夫。暑假结束后我就要去那儿吗？那我和志强就要分手吗？就算不分手，天各一方后，我们的故事会走向何方呢？

车在穿行，我的头靠在冰冷的车窗上，看见窗外的风景一会儿迷离一会儿清晰，明亮的灯火时而如同璀璨耀眼的明珠，时而又遥远缥缈起来，盛开成层层叠叠朵朵朦胧的光晕。那是夜晚忧郁的眼睛在打量我吗？它看见蜷缩在大巴士上正无声哭泣的小小的我了吗？它看见我现在正努力学着像一个坚强的人那样，无法自制地让眼泪不断涌出来，然后又默默地不断用手悄悄擦抹了吗？

回到家，志强还在抱着他的本本做用功状。我尽量轻描淡写地把去老林餐馆聚会的事情说给他听，他沉默了一会儿，低着头，并不回头看我，闷闷地说："琳琳，要我怎么说，你才能明白呢？我是不能和你去的，就如同我一直也不带你去见我的朋友一样。我们的故事是不应该见人的，这对我和你都有好处。"

我忙把脸扭过去，并紧走几步，出门奔卫生间而去，那是因为我的眼泪一下子又汹涌起来了。

锁上卫生间的门，我终于可以让自己稍微舒服一些，低低地哭出声来了。志强到底是年长的，他就是比我要明事理一些。他说的是对的，我们的故事的确是见不得人的。我现在终于明白了，为什么我总是要抱怨、总是要吵架呢？其实，或许我们两个人都没什么不好，不好的是不该有这种见不得人的关系。是这尴尬的关系让我在成长岁月里逐渐建立起来的道理，都不再能成其为道理，让是非好坏都没了标准，变得暧昧模糊，让幸福的感觉始终伴生着自责、犹豫，而五味杂陈。

不错，在这里，我周围这样的故事的确并不新鲜。可这种故事，几乎都没有什么好结果，没有人能最终走到一起。当然，即便明白这是没结果的故事，一定也会有人能安享这种故事的幸福，那应该是因为，他们比我聪明、比我潇洒，然而我却是不行的，我没有这个能力。

洗漱完毕回了房间，我也没和志强吵，我觉得自己虚弱得就如同一张在风里翻飞的小纸片，连发出声音的力气都没了。我默默上床去睡，去面对自己的漫漫长夜。

是的，那天晚上，经历了一次又一次泪水的冲刷、淘洗，我终于能明白并接受这个事实：我和志强注定是要分开的，早早晚晚。

9

人世间的折磨，莫过于"易舍处舍，难舍处亦得舍"。爱人、亲朋、乡土、故园，以及那曾经的、终于懂得去珍惜却已不再的稀疏平常……从小到大，这一路走来，一个人到底会与多少美好的人和事失之交臂？而失之交臂后的我们又走向了何方？一如既往到底是不是我们前行的方向？

那晚，在老林家二月二的聚会上，我就看见了这样一群让自己的生活突然转弯的人。差不多有三四十人吧，他们分别是老林的同学、朋友、雇工，以及同学的同学、朋友的朋友等等。他们齐聚一堂，在老林家的餐馆里。楼上的餐馆和楼下曾用作酒吧的房间，都拼起了长长两条大桌子，摆满食物和餐盘、酒水，大家各取所需、各找去处。

酒精对有些人是催泪弹，而对另一些人，则如同点了他们的笑腰穴。那天晚上的惺惺相惜很是生动。虽然嘉宾们年纪最长的有六七十岁的样子，年轻的则是如我一样的80后，但清一色全是素有安土重迁传统的中国人。在不同的年代，他们以各自不同的动因背井离乡，抛下的不仅仅是故土和旧人，有的现在还有妻儿老小或男女朋友仍在国内留守。他们正分别处于千里相思或相忘江湖的阶段。故事真伪各异，心情版本不同，但在这个聚会上，他们都各得其所：有的在滔滔不绝地抨击时政、愤世嫉俗；有的在表情生动地向新相识演绎自己的传奇，引得阵阵唏嘘或嬉笑不断；有的则三五成群、勾肩搭背地扎堆喝闷酒。当然也有如我一样东张西望、到处乱窜，偶尔也心不在焉或感同身受地随声附和上几句的找不到位置的闲人。

物以类聚，人以群分。去晚了的我，在人群里窜来窜去，不一会儿就觉出端倪。原来，这楼上正渐渐变成80后的笑闹场，而楼下则已成为年长者的小据点。我最终还是拖了把椅子在楼下坐了下来，想就近倾听这些沧桑长者的故事和观点。

"有许多植物的名字就非常有意趣啊，你细想想，浮萍、思乡草，还有更绝的，我迷恋这个名字：落地生根……"

这当然是老林，原来他的惺惺相惜里还包括对植物名字的探讨。他含着笑，却是皱着眉，头和高举微弯的手一起，缓缓地一荡又一荡……在他的身后，依然是山水古画，黑山白水，飞瀑凝泉，这会儿都在那些为聚会而特别多加的明晃晃的节能灯映照下，褪去了平日的昏黄，变得鲜活生动，越发映衬出再次穿起宽袍大袖马褂儿的老林那份气定神闲，古风浩荡。

"过日子就是这样的啊，哪能全遂人意呢？家明刚来的时候，不是我不帮他，我也有我的难处啊。你知道我当年嫁给徐先生，先是委委屈屈地做小的。我那时候年轻气盛，家明虽是来投奔的外甥，可这种事情如何能对他直讲啊？他那时吃的苦头太多，我知道，他现在心里也还是怨我的。好在他成了家后，慢慢变得好多了，小方这个人还是蛮好的，明事理，识大体。要不是因为小方，不可能家明新开了这个餐馆，我就巴巴地跑过来，无偿帮他渡难关。"

"嗐，静姝啊，你还是老脾气啊！其实，你当年书读得也好好的，突然一下子就退了学，接着又嫁了人，我们这些做同学的，一直都很替你可惜，都真的很不理解啊。"

静姝？我偏过脸去，看见徐太正和一个盛装的老太太头碰头凑在一起。老太太的烈焰红唇此刻已惋惜成扁扁长长的一条横线，紧紧地抿在她松弛干瘪的尖下巴上。

"我这些年，尤其是徐先生去世以后，可能是年纪大了，总喜欢琢磨自己从前的事。嗐！我这个人，从小家里就穷，当年千辛万苦到伦敦来，原是一心想要好好读书的,怎么突然就嫁了人,把从前的心思全断了呢?我现在才算终于晓得了,我就是穷怕了啊!贪恋那点儿小钱,本来不过想打打工,多些生活费就好了,可这里的钱总是好赚些,我又不惜力气,总是不满足,心就从读书的事情上跑开了。渐渐地,每天接触的环境和人都变了,自己也就变了。我现在老了,也不怕丢面子,这是实话,你不要笑我才好啊。"

"静姝啊,你不要这样讲话。其实啊,我觉得有许多来海外时只是过客,可后来到底留下来的中国人里,这样的情况的确是有的。而且这事情还不仅仅是当年发生在我们这一辈身上。我现在的房子,二楼和三楼就都租出去了,都给来这儿上学的中国孩子住了。有两个,在我看来,就是你说的这种贪小钱的心理,恋在这里不想走。我再说句不中听的话,你说,本来都是来读书的你外甥夫妇俩留下来,是不是也多多少少有点这种心理作怪呢?这种事情,有些人是没想明白,有些人呢,是想明白了也不要讲。而你,静姝,你这样痛快讲出来,我从心里敬佩你。嗐!我们已经年纪大了,总不能老在这里吧?要说我,从来这儿那天开始,我就从来没想过自己会留下来,可是,就这样犹豫着、掂量着,不知不觉这么多年就过来了,时间不经过啊!嗐,不要说我们,就是你外甥,来这儿也有十几年了吧?"

"是啊,他今年结婚都有十年了。"

徐太缩着脖子了,仰头感慨。突然,她眯着眼睛笑了,然后就站起身来,走过去拍了拍正摇头晃脑引经据典地和别人争论什么的老林肩膀:"家明,家明啊,记不记得今年是你和小方结婚十周年啊,你要敬她一杯酒才好啊。"

"哦。"老林站了起来,显然是喝得太多,都有些摇晃了,却还依然拿起酒瓶倒了些红酒在自己的酒杯里,然后夸张地收腹、挺胸,单手把酒杯举过头顶:"我现在要敬方菲女士一杯酒。我要对她说,我的人生有四样至尊宝:老酒、老狗、老友、老妻。"

"哈哈……"大家都笑了,然后都热烈鼓掌,并朝角落里看去,原来方姐姐是坐在那儿的,正和一个女人在聊天。这会儿她听见了,并没站起来,却也在咯咯咯地和大家一起笑。笑过之后,她突然拉下了脸,皱起眉头说:"老林啊老林,这是咱们家的一级机密啊,你怎么能把我在你心里占据的是最末一位这个事实,大鸣大放地广而告之呢?"

大家再次哄堂大笑,还有人伸手去拉老林,要他给太太赔礼。方姐姐也咯咯咯地笑弯了腰,伏在正和她聊天那个女子的肩头上。那女子也在捂着嘴笑，还转回头，抻长脖子朝老林这边张望。

我也和他们一起微笑，突然感觉到，在张张的笑脸里，坐在方姐姐身边的那个女子有些面熟。再次仔细去看，看到了她搭在椅背上的格子大衣，我才猛然醒悟：是的，是她，是那个来餐馆吃汤面看风景的女子。她到底是谁啊？她和方姐姐是早就认识的吗？她们在聊些什么呢？

10

我在各色人等关于"老妻"的笑闹声渐渐零落后，向那女子走去，目光盯着她的背影，直直走到她近前，再扭头，把身体转向她的对面。"方姐姐，我一直在找你呢。"

"小林啊！你也来了啊，真好。"方姐姐站起身来拉我的手，我则去勾她的脖子，然而注意力还纠缠在那女子身上。此刻，在我眼角的余光里，她正模糊成亚麻色卷发的混沌色块，因为我的到来，这色块开始了晃动，那是她在慢慢低下头来吧？

"你在聊天啊？方姐姐，这是你朋友？"我问。

听我发问，方姐姐果然就给我介绍起那女子来。"来，陈娜，给你介绍介绍。这是小林，小林是河北人，在这里读大学预科。你第一次来我们这个新餐馆，所以才不认得小林，她每周末都在这边做楼面的。"那女子不得不站起来，朝我点点头，明显有些不大自在，搞得我也有些不好意思起来，就没说我曾见过她，她曾来过这儿"微服私访"的事。

"小林，我打包票，你一定会喜欢陈娜的。她手可巧了，会画指甲呢。"方姐姐说着就把陈娜的手拖过来，展示给我看。

她把一双小巧丰腴的手并排展开，宽展、修长、半透明的指甲上，这次描画的是丛丛的兰草，留白处还贴了几粒小水钻，虽有些夸张，却也很配她今天的这件桑青色缀满亮片的小毛衫。

"姐姐，你也在伦敦读书啊？"

"不是。"她明显底气不足，只摇头，看都不看我一眼。

"那你就是已经工作了？"我伸出手指，仿佛很善于判断似的指点着。

"不。"这次她的声音更没底气了，就轻轻发了个唇音而已。

"哦,那我就知道了,你一定是陪读。"我按捺不住好奇,继续讨人嫌。

"你说的都不对。"这次她的声音终于有了点底气,可这底气显然是由不满的情绪填充而成。她悻悻地白了我一眼就猛然收手,握成拳头抱在胸前,极目远望去了。

我一脸无辜,扭头去看方姐姐。可是,她一定也在反感我的冒失了。她的视线只和我在空中交织了那么一瞬,轻轻一碰,就飞快弹开了,悠悠画着弧线,也移向人群观望风景去了。

这个陈娜这也不是,那也不是,难道和张师傅他们一样,是偷渡客啊?我暗自心惊,看来人真的是不可貌相!

"小林,小林,你要不要吃奶黄包?"我回头,看见张师傅正向我招手。我每周两天在这里开工,吃张师傅做的饭,他知道我干吃不胖,从不拒绝美味零食诱惑,最爱各种小甜点。

我跑过去,那里不仅仅有甜点、水果,还有白酒和烟雾,五六个人黑黑地凑在角落里围坐,都缩着脖子,在吸烟。刚才还聊得热火朝天,可见我走近,他们却无比警觉,一下子都没了动静,斜了眼睛瞥向我。

张师傅喝得有点多,很兴奋。"小林啊,今天晚上我很高兴啊,我认识了这么多朋友呢!"他说,"咱们这边餐馆人少,你看吴师傅、刘师傅他们都是在老林那边的餐馆做的,我们是同行啊,哈哈!"

我朝各位师傅哈腰点头,师傅们也朝我点头招呼,纷纷局促地笑着起身。这来自我同胞的憨厚、淳朴的举止和表情,自从来这儿之后,我已多久没见了?

"小林啊,这就是我老婆阿平,你就叫她姐姐吧。"张师傅的话音刚落,一个高个子、短头发的女人从他背后闪身出来。我忙笑着说自己记得阿平姐姐,那天夜班,方姐姐载我们回家时,在他们家小区门口见过。

阿平是爽利的女人,讲话时嘴巴里如同滚动着奔跑的风。"他们吃香烟,我们不要坐这儿。"她一把拖过盛奶黄包的小盘子,拉我到一边桌子旁坐下来。

她先打听我是哪里人,然后有些傲慢地淡淡一笑:"哦,是小地方啊。我是个上海人,从我爷爷那一辈就在上海了,一直到我这一辈,都是在大工厂里做工的。现在像我们这样子真正的上海人已经不多了啊,大多都是那些小地方来的外乡人。"

"阿平姐姐,你没有孩子吗?你和张师傅都出来了,孩子怎么办啊?"阿平姐姐有关自己出身的态度刺激了我的想象,一下子竟然找到了上海滩上包打听的感觉。

"我儿子上初二啦,是姥姥帮忙带着呢。嘻,他不喜欢我们出来啊,我走的时候,他赌气,送都不要送,可我们出来,还不是为了他吗?来时我就想好了,最多干四年,我们一定要在他上大学前把钱赚够。"

"你们能来这儿,也是要花很多钱的吧?"

"是啊,当然得给中介钱的喽。老张比我早来半年多,他那一批好,花得少,等到了我们这一批,多花了一万多呢!你不会以为我们这些人没见识吧?我还去了法国巴黎呢!我们这批五个人去签证的时候,理由是服装厂去法国参展,还随身带了不少样品呢。我们是从戴高乐机场下的飞机,然后去了个大酒店,很阔的。住下后,带队就让我们把护照扔进下水道,毁掉了。过了两天,又乘飞机来了伦敦,确定我们已安全到达后,带队才和我们一起给家里打电话,通知家里给中介支付余款。"她说着,声音不高,语速极快,一停一落间,漫溢出见过世面的扬扬自得。

"阿平姐姐,你这里是怎么了?"我向前探着头,指点她的脖子处。那里斜着一条颜色新鲜的疤,随着她的讲话,一抖一抖的。

"嘻,"她只轻轻叹了口气,转瞬就又是一副大无畏的表情,"刚来时,老张领我出去玩,坐那种没有门的红公交车。快下车时,我没有抓好把手,结果司机一个急转弯,就把我甩下去了。司机和乘客都蛮好的,立即就送我去医院处理伤口了!不过还是我胆子太小,没敢住到出院就偷偷溜了,我就是怕自己没身份,让移民局发现了可怎么办啊?当时想,反正是养,回家也一样。其实最重的伤在这儿呢。"她低头撸起裤子,我看见她白生生的腿上,一条粗壮、扭曲的疤痕长长地从脚踝一直爬到膝盖,许多部位还虬结起紫红的肿块,让人触目惊心。

"那是七月份,天正热,我又是疤痕肤质,总长不好,后来都化脓了。多亏我来时,老张就告诉我别的都可以不带,药一定是不能少的。可我胆子小,怕带太多了过境时让人起疑心,就都带了最贵的新特药。"

我俯下身去看她的腿,感觉自己的心一下子缩紧了,泪水瞬间就模糊了我的眼睛。在伦敦街头曾有许多红色的双层巴士,它们有个美丽的名字叫"马路主人"。据说它们诞生在上世纪40年代,大多在繁华的商业街穿行,没有门，可以让乘客自由地跳上跳下。而想让司机停车时，则可以去拉那古老的铃铛。它们和大本钟、白金汉宫一样，一直是伦敦街头标志性的景观之一。去年年底，政府宣布要取缔"马路主人"时，曾引发市民们沸沸扬扬的讨论，我们老师那时还在语言课上组织我们分组讨论呢。我有狂热的恋旧癖，曾为此慷慨陈词。那时候我还不知道，在这道赏心悦目的风景里，还有可能会发生阿平姐姐这样的血泪故事。

"阿平姐姐，你以后再也不能穿裙子了呀……"我无法控制住自己，声音哽咽。

"傻孩子，"她苦笑着，用手去抚摩我的肩膀，"我这个年龄，穿不穿裙子都没人有兴趣看了。"

她和我一起坐下来，长长地叹口气，让身体滑下来，深深地向椅子后背仰去："你知道吗，每当我想家、想回国时，我都会对自己说，我将来一定要补偿自己，回去后第一件事情，就是要去做美容，从手指开始，做脸、脖子、肩周……要做全套的！"她说着，眼睛就放出光来，声音和情绪也一起高涨起来。

而坐在她对面的我，却是感慨万千，目光开始向千姿百态的人群游移。夜深了，有些人已散了，剩下的人，分帮分伙更加明显了，褪去刚开始时寒暄的热闹，这会儿，各组都在情投意合地絮絮畅谈。

可今晚，在这个屋檐下，他们还有什么本质上的不同吗？无论贫富贵贱，他们都是让自己的生活拐了弯的人，当他们因前行而决定放弃的时候，也如阿平姐姐一样承诺过别人或自己一定会补偿吧？

然而，他们想到过吗，在这世上，还存在有真正的补偿这回事吗？

11

志强决定要回国去了。

经过前一阵子的闭门静修，他终于完成了自己的毕业论文，打印并装订好，送到学校了。他说春天正是找工作的好时节，要回国去碰碰运气，如果有合适的机会，毕业后就选择回国；如果没有，回来后，就需要再找个学校，考虑继续在英国读书的问题了。他的签证直到年底才到期，这给了他充分的选择和犹豫的时间。

"不过,我一定会在暑假回来的,不仅仅是要参加我的毕业典礼——那也是你要离开伦敦的时候,我会和你在一起的,我一定要送你离开这里。"他固执地说行李少,不需要我送,我们就在楼下分了手,临走前,他如是对我说。

我们就这样天各一方了。他一定很忙,临走前他就说过,回家后可能上网会不方便。他刚到家的时候,我收到了他一封报平安的邮件,然后就音讯全无了。

开始我还矜持着,管着自己,不去联系他。可感觉不到他的存在,我每天都胡思乱想,有时就发邮件给他,讲讲我这里的琐事,可他一直没有任何回音。我每天都无数次地收邮件,希望能有意外的惊喜,然而收获的却总是心寒和失望。他找工作,不需要发电邮吗?他放心自己交出的论文吗?他不需要和这边的学校保持联系吗?他不可能不上网的,也不可能没收到我的邮件,可为什么一个字都不肯写给我?就如同我意识到我们无法维系这种见不得人的尴尬关系一样,他一定也意识到了吧?他这种态度,一定是在为我们最终的分手做铺垫吧?

读书、工作、为人父母,我们每个人都是在独自面对自己的命运。我们上路时,脚步原本都不是迈向彼此的,所有心的相契原本都是途中偶遇。能改变我们前行方向的相遇,这一生也微乎其微吧?而我和志强,不过就是曾同林为鸟,大限来时,我们是注定要各自飞离的吧?

然而,一天,我突然在自己的电脑里发现了一张他旧日的照片。是我们相识前的照片,我曾说过自己喜欢这一张,他不知何时竟然放在了我的文档里。

面对着他的照片,我的心怦怦怦狂跳不止,做贼一般,不敢去面对那照片上他的眼睛。我觉得他是在远远地、洞察一切地看着我,我感觉到自己曾一度以为已足够坚强的心瞬间柔软起来,头脑发热时支撑自己的有关注定、途合等种种的念头也在瞬间轰然坍塌。那天,我面对他那张照片,无声地泪流满面,我问自己,我们一定是要分开的吗?我们能分开吗?

天气一天天地转暖,我却感冒了。预约了社区的医生,按时去看了病,可吃了他开的药,却没什么效果。倒是张师傅给了我些他从国内带来的药,很见效,就是药劲儿太大,吃得我总犯困,一天到晚蔫蔫的。

每个周末去开工，午餐和晚餐有之间有两小时的休息时间，吃了饭就无事可做。从前我还会到餐馆对面的小公园去看看书，可最近总睡不够，上课时精力都不足，更别说在人来人往的公园看书了，就索性放弃。

我最终发现了个好办法，在吧台里摆上一长溜椅子，再铺些垫子，就可以凑合躺下。躺下来，望见头顶贴了壁纸的天花板，右边是高高的吧台，左边是酒柜的案子，我盖了条大台布被围在其中，窄窄、满满的感觉，让人觉得心里安生。

于是，就这样打发掉我的午休时光。每次开工的下午，我都会这样浑浑噩噩地小睡，一直到那个秘密来临。

"我不管，反正你不能这样对我，不能这样不冷不热的！我给你发信息你也不回，打电话你又总是忙，还不耐烦。"是个女人的声音，在哭哭啼啼地指责、抱怨。声音不高，气势倒不低，吵醒了我，让我知道有人进来了，正在餐馆里艰难地对峙着。

"我真的是很忙，没回信息，那也一定是因为当时不方便。如果你觉得我不耐烦，估计一定是当时正有事情。"

天哪，这竟然是老林的声音。可那女子是谁？

"我们才刚开始，你就这样对我？那，那以后会怎么样？"

"陈娜，我们还会有以后吗？"老林的腔调是一如既往的飘忽怅惘。

"啊，你在说什么？我不想和你这种人讲话，你真让人恶心。"

哐当一声，陈娜摔门而去了。老林依旧没动，我却开始紧张，祈祷老林一定要从门外的楼梯下到厨房里去，不要走吧台这边的楼梯，不要发现正躺在这儿的我。

然而老林的脚步还是渐渐近了，并且在我这里停了下来。"小林！"他轻喊，等了一会儿，清了清嗓子，他又在寂静中冷冷地说，"小林，你不要装神弄鬼啊！"

紧张和恐怖猛然攫住了我的心，我不敢睁眼睛，大气都不敢出，只是感到四周的家具正黑黑沉沉地向我挤压过来。我委屈地想，我并没想偷听啊，谁让你们那么不小心。这种见不得人的话，去哪里讲不好，偏偏要到这儿来呢，到底是谁在装神弄鬼呀？反正现在来看，被吓坏了的可是我。我终于无法自控，嘤嘤地哭出声来。

老林在我的哭声中叹了口气，没再说什么，咚咚咚地下楼去了。我的哭泣却并没能停止,并且心中又突然冒出这样一个念头:完了,我在这儿的工一定也打不成了,我一定会被老林找个莫须有的罪名辞退掉的。

<h1 style="text-align:center">12</h1>

然而,接下来什么都没有发生。接下来,我打工的日子波澜不惊,一如既往。店里的生意依旧如此,不死不活,老林的表情也依旧如此,不阴不阳。

可我的心情却无法一如既往,我开始越来越习惯捧着我的小台历发呆,无时无刻不在为时间的流逝而心焦。考试的日子越来越近了,考试过后,紧接着来临的还有分别,和这个城市、和在这城市里结识的人的分别。这么久了,志强依然没有任何消息,他到底是怎么了?他还会回来吗?惶恐和担忧如同这个城市春天里密集的细雨,潮湿、温柔,总会毫无预兆,突然来袭,让我的心都仿佛密密匝匝地爬满了青苔,满满当当,堵得透不过气来。

一个周末的傍晚,我去餐馆开工。电话响了,我去接。这个时候的电话,我想当然地以为是要预订外卖的。

"请问,老林在吗?"是个女人的声音,讲的是普通话。

"哦,他在楼下。不过我们老板吩咐过,如果是找他本人,请你打他的手机,因为这部座机在营业时间里是叫外卖的专线。"我解释。

"他手机关机,你去帮我叫他来。"那个女人阴郁、恼怒的声音,唤起了我的记忆,因为就在不久前,配合这声音响起的,还有哐当一声摔门而去的脆响。

"小林,是你吧?我是陈娜,你还记得吧?你知道的,我是老林他们的朋友,没问题的,你帮帮忙,叫他来听电话,好吗?"她的语气开始缓和、客气了起来,然而说话的内容却没有客气,"你就告诉他说,是我,陈娜打的电话,对他说,不接这个电话,他是会后悔的。"

我只得到楼下去找老林,心想,不管怎么讲,老林得去接这个电话,千万不能因为不接电话而后悔。可是,我该怎么和老林说才合适呢?

"林先生,你能不能帮我个忙——是一个叫外卖的电话,他的英文口音很怪,我实在听不懂他在说什么。"

目送老林上楼去接电话之后,我故意拐进了卫生间。折腾了半天,确定上面的确没了声音，我才上去。

楼上餐厅里，老林正坐在一张餐桌前吸烟，背对着我，呆呆瞪视窗外。

我悄悄溜进吧台，开始意识到紧张。刚才我一心想让老林上来接电话，编出那个谎言时，心里还有些得意，可现在却发现自己有多傻了。是啊，如果说上次无意撞上老林的隐私却被他说成是装神弄鬼那件事，还算是委屈了我，那这次撒谎让他接电话，难道不就是名副其实的装神弄鬼吗？

"小林，你过来坐。"

老林声音不高的一声喊，惊得我一个哆嗦。我过去，却没坐，低着头嗫嚅："对不起，林先生，我刚才撒谎，是，是因为……"我停下来，因为看到他正瞪着眼睛摆手制止。"不用解释，你坐下。"他冷冷地说。

"小林，你都知道什么？你跟着瞎掺和什么？"老林的声音突然提高了，还用手敲起了桌子。

他的态度激起了我的愤怒，我的犟脾气也上来了。我说："林先生，我希望你能明白，上次只是因为我感冒了，在吧台后面休息，我根本没有窥探别人隐私的兴趣。而这一次，我不得不撒谎来让你过来听电话，是因为她说，你要是不接这个电话会后悔的，我是怕事情太重要。"

"什么？你说什么？她是这么对你说的？"

"是，她说让我告诉你，不接这个电话，你会后悔的。"

"喊……"老林皱起眉头，把脸向一旁偏过去，从牙齿间挤出一口长气，一副不屑的样子。"这个女人，她疯了……"他恨恨地说。

然后，他就没了声音，眉头紧锁，闷头吸烟，忘了我的存在一般。

"小林，我送给你一句话，会让你一生受益的。"过了好久，老林才突然又开始讲话，并且随着讲话站起身来，缓缓踱步向我走来。那时候，我已经回到了吧台里。我站在那里，看见老林的眉头已然舒展，想必是经过深思熟虑，已经解决了自己的问题，就有了精力和兴致对我进行成长教育："一个人，最不可取的态度就是自作聪明。你知道为什么吗？因为你永远无法真正了解一个人，哪怕这个人就在你周围，你自以为对他有了些理解和判断。"

他说着，手斜插在裤兜里，瘦高的身体晃晃荡荡、来来回回踱着步。想必此刻的他，已全然忘记了自己的身份是个餐馆老板，正站在自己门庭冷落、生意惨淡的餐馆里。他非但没有面对这间餐馆不成功的尴尬，更没了刚才接陈娜电话后的失态。他现在的角色是个施教者，尽管是一厢情愿，却胸有成竹、志得意满。"你在我这个餐馆里工作四个多月了吧？我是长辈，应该多教给你些事情，很惭愧，我做得不够。"

他低头思过，转瞬又猛醒："不对！我应该还给你讲过有关中餐名字的事情吧？这其实也是同样的道理啊。星洲炒米、京都排骨等等这样的名字，的确是代表不了中餐的，但为什么在许多老外眼里它们就是中餐呢？那是因为人都喜欢偷懒啊，喜欢缩略啊，喜欢自作聪明啊。你觉得他们傻吗？其实人有的时候就是这么傻，看到或听到一星半点，一知半解的，就会自作聪明，要多可笑有多可笑。人都是可笑的，无非程度不同而已。而真实的情况，就如同加缪所说的那样：每个人都生来孤独，人与人之间没有相互了解的可能。"

对名人名言的引用升华了他的思考，却也败坏了他的情绪。他颓然长叹，又转身回到餐桌旁坐下，面对窗外吸烟去了。

我站在吧台后面，看着他的背影，心情也在瞬间沉落到冰点。我不喜欢他的说法，太过冰冷和苍凉。可是，我们周围的人和事，它们真实的情况到底如何呢？冰冷和苍凉究竟是不是它们的底色？

13

这次的成长教育，其实就是我最后一次见到老林了。一周后，当我再次来到店里开工时，坐镇主持工作的已经变成了方姐姐。

"我从这个周三就转到这边来了，以后也会大多在这边。这边的店开了快半年了，总没起色，总得想想办法。"方姐姐正在忙活着折纸，手一刻也没停，边折边和我说。

"这是什么呀？"我拿过她正折的纸，原来是打印的我们餐馆所提供的菜品名字和价格。"当时考虑在这个地角儿开店，就是因为这附近的中餐馆不多，堂吃是一部分，外卖也很重要。可现在，两方面都做得不好。"方姐姐一边示意我和她一起折纸，一边对我解释。"等一会儿收了工，我就要去附近散发这些广告喽！"她扬扬手里正折的纸，咯咯咯地又笑了，很得意的样子。

"方姐姐，带我去好吗？反正收工后要一个多小时才开晚上的工，我也没事儿。"我说。

"好啊,那我们就一起去。"听到我说要和她一起去,她似乎很开心。

在我们的餐馆周围,其实有很大一片居民区。我从前都是急急忙忙来开工、收工,中午休息也就是去去公园,对那儿不熟悉。而那天,我和方姐姐一人拿着一沓我们的小广告单,挨家往门洞里塞。我们一路向小区深处走去,得以静静地观瞻起这里人们的日子。

正是周末,马路上、院子里的草坪上,都三三两两地有些人。有人在整理庭院,开着锄草机锄草,修剪着花木,呜呜呜轰鸣着喷洒出阵阵浓郁、宜人的草浆气息;有人则在庭院里闲聊,撑开绿苫布的大阳伞,坐在下面或悠然把酒临风,或嘻嘻哈哈、手势丰富地争论着什么,而一旁还总有小孩子不时追逐着尖叫,嬉戏着跑来跑去……蝉噪林愈静,鸟鸣山更幽。在这和谐、静美的画面中,所有的喧嚣、欢腾似乎都变成了对悠闲和从容的生动注解。是啊,虽然浮云蔽日、老树浓荫,虽然这是在雨水来临最没先兆、最频繁的伦敦春天,但又能怎么样呢?这毕竟是在自己庭院里,毕竟悠闲和从容的底气是牢牢生根在他们每个人心底的。

"小林,你知道吗,这就是最初我喜欢伦敦的原因。你看,这里其实距离商业区,距离车水马龙、人声鼎沸就几步之遥,可却是另一片天地,那么安闲,那么享受。"方姐姐看着风景,有些忘情,轻轻对我说。

"是啊!"我也深有同感。我说:"我最初来的时候,走进居民区也很有感触,因为总感觉这里和我从前的想象大不相同。这里的马路竟然那么窄,红绿灯都那么矮。每家每户院子里的植物,几乎没有什么名贵的品种,都是些草本植物或灌木,但都蓬蓬勃勃,就跟我们那儿的乡下似的。但我现在也开始喜欢这种味道了,多自然、轻松,多舒服啊!"

"是啊,这种感觉让人舒服,更让人向往。你知道吗,我们最初穷的时候,一碰上难事、烦心事,我就喜欢往马路深处的居民区里走。我就看着这样的日子对自己说,没有过不去的坎儿,我一定能挨过去的,总有一天我们会从马路上退下来,退到这样的日子里去。可是你看,"她扭头看看我,自嘲地一笑,"到现在了,我们还如同拉磨的驴一样,被套着呢。现在,有了退下来的条件,也没舍得退下来,还在大马路上打拼呢。"

"方姐姐,你知道吗,我真的很佩服你,我觉得,做生意,你其实比林先生要有办法的多。"我的话脱口而出,然而她那边却没了声音。她加快了脚步，走到我的前面去了。

"我们是不一样的，他的命好，可以有闲心去琢磨别的。我是不行的，一心只想养家……"过了好一会儿，她突然又开始讲话，而且还是在回应我刚才的话。原来她的心思还纠缠在我那句话上，可显然这纠缠令她不愉快。她说着说着，声音就突然高起来，然后就有些哽咽，顿在了那儿，没能再继续下去。我留意到她的眼中竟然还有泪光闪烁，她当然是不想让我看见的，把脸慢慢地偏向一边去了……

第二天是周日，我正忙着给两个老外结账，突然听见有人在敲门，一抬头，呀，竟然是阿平姐姐！她两只手都满满地提着荣业行超市的大袋子，正站在门口朝我笑呢。"你忙啊，小林，收工了我再找你玩。"她打了招呼，就噔噔噔跑过门口的小楼梯，到楼下去了。

收了工，我下去吃午饭，发现今天吃午饭的竟然只有我和张师傅夫妇两个。

"徐太的女儿今天要回来，她就先走了。我和老板娘去超市买东西，那边店里临时有事儿，她又怕这边店里忙不过来，就把我送到这边来，自己回那边店去了。你看，我来了，我们家老张就过节了啊。我从进了门，就让他歇着了，今天中午的菜都是我自己烧的呢。小林啊，你尝尝哦，我烧的菜其实不比老张烧的差哦。"阿平姐姐还是老样子，嘴巴不停，手也不停，一个劲儿地往我碗里搛菜。

"阿平姐姐，你已经找到工作了啊？"

"咦，"她有些奇怪，扭头去看张师傅，"这么大的事，你没有和小林讲？你没把我放在心上啊！"她朝正低头吃饭的张师傅撇了撇嘴，"我上班都有两个多月了呀，就是在老林那边的店里。老板娘说，夫妻两个在一个店里做不好，所以就让我去那边了。"

"哦，那边累吧，阿平姐姐？"

"不累，我这个人，就是能干啊。开始只是让我在厨房帮忙，后来，老板娘看我脑子灵光，就让我帮忙传菜，不总闷在厨房里了，我现在也常常要往餐馆里跑的啊。"阿平姐姐表情得意地说着，略略停顿，更得意的表情就又来了。她的眼睛一瞪，亮闪闪地放出光来，诡异地笑着，趴到我的耳边来："小林，你晓不晓得老林为什么再也不能到这边店里来了啊？"

"为什么啊？"我停下了筷子，去看她。

"因为那边店里，这个周二发生了大事情啊！"她的眼睛瞪得更大了，声音兴奋得都有些变调。

"阿平啊，你不要讲人家的闲话好吧？"一直在闷头吃饭的张师傅突然抬起头来，闷闷地插了一句。

"你嚷嚷什么？我这么大的人，这点小事情不懂啊？跟小林讲讲能有什么啊！"

阿平姐姐一本正经地生着气，用眼角的余光去瞪张师傅，直瞪得他彻底放弃了参与，继续埋头吃饭为止，她的表情才渐渐缓和了下来。她白了一眼张师傅，把头再次扭向我，然后再次慢慢地向我趴了过来……

14

"我那天从厨房到前面餐厅时，老板娘和那个陈娜小姐其实已经谈了很久了。你知道我们那边的店，是在车站里，客人总是断断续续有的，所以从上午十点开了门，就一直要到夜里才关。不过，下午四点钟左右是最闲的时候，人是最少的，陈娜也就是在那个时候去的，和老板娘一起远远地在坐在一张餐桌前讲话。她们说什么，我们是听不到的，而且刚开始也真的没当回事。餐馆当班的楼面阿静说，那个陈娜，他们都是认识的，因为从前常来吃饭，只是这半年左右来的次数少了。

"可是突然，那个陈娜哭了起来。老板娘在一旁，很恼火的架势，压低嗓子好像在教训她。你也知道老板娘那张嘴，总是厉害得不得了，得理不让人。那个陈娜一定是做了什么亏心事，坐在那儿也不抬头，只是听着，哭着，后来就不听了，捂着脸哭着走了。可她这一走却不得了，因为老板娘自己却开始哭了，开始还是坐在那儿哭，后来就趴在桌子上，呜呜呜哭得很响。这可怎么是好？老板娘一直是个明白人，她这个样子，店里生意还要不要做？大家都傻在那里，都不敢上前。我当时也在，厨房里没什么事，我拿着拖把正拖厅里的地面，看见这情形，我就上前去拉她。我说，要是不舒服，你就早点儿回去休息吧。她可真是明白人，只这一句，她就起来了，大体收拾了一下自己，把店里的事情安排停当，就说要回家去。临走，我去给她送钥匙，还听见她在车里打电话，是给老林打的。我听见她话讲得很冷、很硬,说:'林家明,没那么多重要的事,都放下,马上回家去!'还说:'你还问我?你做了什么见不得人的事,自己不清楚?'"

"那个陈娜,到底是干什么的啊?"阿平姐姐讲得绘声绘色,我却还有疑问。

"她呀,"阿平姐姐眯起眼睛,扬起眉,不屑的神情显而易见,"哼!我们的确是没签证,黑在这里,可我们靠力气赚钱,有什么丢人的。她倒是有签证,可她才算真正的丢人,丢咱们中国人的脸。你知道她是怎么来的吗?她是结婚来的呀!就是在国内的时候,通过中介找个洋鬼子,嫁过来,许多女人都是来之前真人都没见过面就嫁掉了。这样的女人还不少呢!当然,都是些小地方的人,都没见过世面。"

"陈娜好像是北京人吧?"我问,因为我想起来她一口标准的京腔。

"哪儿啊,都是她自己吹牛的,根本就不是。老板娘是北京人,据说,刚认识的时候,还以为她俩是同乡呢,她也不否认。只是时间久了,还有不穿帮的吗?她开始还吹牛说自己是学生,说是在这儿读书后嫁的人呢,可时间久了,大家就都知道了。她呀,跟那个老外根本就不行,据说早已经散了。"阿平姐姐的音量不高,却在一句一句停落之间裹挟了不少语气词,长长短短的气息在唇齿间穿来穿去,很壮声势。"你现在知道老林为什么不能来这儿了吧?阿静他们和我讲,其实从前陈娜总去那边店里的时候,他们就看出不大对劲儿了,估计呀,她就是奔老林去的。老林这个人嘛,坏是不坏的,就是有点儿傻。"

阿平姐姐低头浅笑,突然又抬起头来,用筷子指点起已吃完饭,正吸烟的张师傅,一副意味深长的娇嗔:"这就是你们男人的傻。"

"这么说,老林和方姐姐是要分开了?老林不来,是被驱逐出境了?"

"你呀,真是傻孩子!"我的疑问刚出口,阿平姐姐就朝我瞪起了眼睛。她用筷子来点我的头,笑道:"夫妻间的事情,哪有那么丁是丁、卯是卯的?老板娘呢,慢慢也就消了气,这一页就翻过去了。老林呢,就好像小孩子逃学啦,偶尔心思溜走了,出个轨什么的,也是有的,但早早晚晚得收了心,乖乖地回去。回去过日子啊,这日子总还得往前赶着过的呀。"

阿平不再看我了,她一定是感同身受,想到自己的日子了。她沉默,其实是在比照自己的日子吧?看起来,她的日子似乎还算清晰、规整,没有什么让她烦心的,所以此刻她能以一派从容淡定的表情沉浸在自己的日子里。她沉默着，渐渐地，笑意开始从沉默中泛了出来，泛出了一片安贫乐道的味道来。

可我的日子呢？

半个月后，我如愿收到了来自卡迪夫的录取通知。通知里还夹了一张附页，我从落款名字上认出，这是我最初决定来英时，在国内该校的招生会上见过的一位老师。他在信中说，因为我的预科不是在本校读的，建议我早些去学校报到，以便尽早了解学校和专业要求，尽早做些必要的准备。

我真的就要走了吗？可是，志强为什么还是没有任何消息？

考虑再三，又过了一周左右，实在等不及了，我终于拨打了志强他们学校的电话，报上志强的学生证号码。我说是他的一个好朋友，想知道他们的毕业典礼何时举行。电话被转给了秘书贝思小姐，她对我的问题感到很惊讶："对不起啊，小姐，我们这里今年的毕业典礼半个月前就结束了呀。强他们那批的典礼是在这个月15号的上午，也结束了啊。"

我呆了，有些语无伦次。我问贝思小姐："那强本人是否来参加了典礼呢。"

"当然了，亲爱的。"可能感觉到了我的失望，贝思小姐的语气越发温和，"强本人来了，而且他的父母也作为他邀请的嘉宾，专程从中国来出席了他的毕业典礼呢。"

"你也是中国人对吗？"贝思小姐见我半晌无声，就问我。

我说："是的，我是强的好朋友。他曾说过，希望我能参加他的毕业典礼。"

"别难过，亲爱的姑娘。"贝思小姐开始安慰我，"我们这个学校，今年毕业的国际学生不多，中国学生只有三个，强是唯一的男孩子，所以我是有印象的。强给我留下了很好的印象，热情，好沟通。和他联系的时候，因为他是个国际学生，而且论文交上来后就回国去了，我还担心过沟通不畅的问题。可他很好，确定参加典礼、邀请人员名单、办理各种证件，他的邮件回复非常及时、细致，对我的工作帮助很大。你看，他这么优秀的人，没有顾及你的感受，忘记了邀请你来参加典礼，一定是有原因的，如果你难过，他一定也会不开心的，你说对吗？作为好朋友，我们希望在他人生的许多重要时刻能和他在一起，可如果因为各种原因没能这样，我们也不该难过,好吗?真正的好朋友是在心上的,我们和好朋友的心是最近的,是在一起的,这更重要,你说是吗?"

我点头说好,谢过善良的贝思小姐,放下了电话。

15

那天晚上,我失眠了,半夜又起来开了电脑。妈妈在 MSN 上和我打招呼:"你那边应该已经很晚了吧?怎么还不睡啊?"

我告诉妈妈,我要收拾东西,这几天一直在为离开这里做准备。妈妈很快就回了一句:"是离开让你难过了吗,孩子?"

我一阵鼻子发酸,就问妈妈:"你说,人与人之间到底有没有相互了解的可能?"

妈妈呼呼啦啦一下子发了一长串大笑脸的表情,末了,她问我:"你是要怀疑我这个专业人士的职业意义吗?如果人和人没有心灵的相通,彼此都无法了解,那还要我们这些心理医生干什么?"

"你是遇见了什么想不明白的事情吗?"过了一会儿,妈妈又问。

见我依然无言,妈妈开始了长篇大论。她说:"我们每天在自己的日子里,总会接触到许多不同的人,分享到一些他们的故事,可大多数时候,这只能算是一种张望。因为我们只是看到了对方人生里的一个侧面,或一个段落。这就好比我们去看戏,戏其实都是有全本的,可你只看了其中的一折,或者,就算是你有幸,看的是这戏的精华,是从其中浓缩、精选出来的一出折子戏,满是华丽转身、此刻真情,但它们因为是不完整的,所以也不可能完全真实。而你自己却有可能越入戏就越纠缠,就越会有更多的不解、怀疑,甚至心灰意冷。我们从事心理医生这个职业,就是要尽可能地去找到每个人戏剧里的过场,去找他故事里的起承转合、因缘结果。"

"就算找到了这些,你们会发现什么?"

"傻孩子,我们会发现人和人之间了解的可能,发现爱和宽容,发现不同的有关幸福和痛苦的理解,其实并没有太大的不同。"

我的泪水又下来了。那一刻,它不再是抱怨和委屈,那一刻,我是如此真实地感受到了心的温暖和安宁。我告诉妈妈,我要去睡了。这几天我一直是在以各种方式和周围进行告别，明天还有最后一场。车票早已订好，明天以后，我就要离开。

和这个城市的最后一场告别自然是在餐馆里。我一周前就跟方姐姐讲了要离开的事情，这次再去开工就有些不同。尤其是吃中午饭时，他们还特别加了菜，而且竟然有两道，是我平常最喜欢的。

"小林，以后你就吃不到我烧的菜了哦，不要想我们哦。"张师傅笑嘻嘻地开宗明义。

"我走了，就你们三个人了吗？会再有新人来吧？"我边吃边问。

"不请了，不请了，这样子就蛮好。要是忙不过来，我还可以晚一点回家嘛，反正现在这儿的生意也还不好。"徐太一迭声地说。

方姐姐也点头。"是啊，暂时就我们三个在这里，等生意好一点再说。我呢，就在这里，让老林去那边店里。他说的是对的，那边比这边忙，也累，是该他这个大男人去做的。"

"这便是他的自知之明啊。"徐太缩了脖子长叹道，"他几时正式去开工？"

"下周就开始了。这段时间他也没闲着，晶晶要上学了，他一直在带她找学校。现在学校找好了，他就和我讲，要去打理那边的店。"方姐姐的语气没了以往的大将气度，回应得急促匆忙，似乎是在为老林辩解。

徐太也有些慌乱，立即扭头，小心翼翼地直视方姐姐，语气也随之急促起来，也似辩解一般："我刚才说自知之明，不是别的意思，是因为我发现，论起做生意来，你小方才有能力打前锋，他家明出出苦力、守守业也就好了，你们两夫妻原本就是最好搭档。"

方姐姐又咯咯咯大嗓门地笑了："徐太，你这就真是抬举我了。倒回去十年，谁会想到我还能开餐馆？一直以来，我都是对数字最不敏感的人。嘻，现在想来，凡事无非都是一点点地逼迫出来的。"

收了工，我正在公交车站等车，被人拍了下肩膀。"小林，我一直在等你。"

我连忙转身，一个长发长裙的女子，正在安静地注视着我。我有些发蒙，仔细看去，才认出是陈娜。虽见过她两次，但都是盛装出场，这次她却是一脸倦容、素面朝天,难怪我猛然间没认出她来。

"我请你去喝咖啡,好不好?"她还是如此,讲话总夹杂轻轻浅浅的气声,弱不禁风的样子。

"太晚了,我要回家。有什么事在这里说就好了。"我和她一起向后退,退离等车的人群。

"我不是坏人,小林。"她面对我,沉吟了一会儿才这样说。

"当然了,陈娜姐姐。"我向她点点头,表示同意。是的,我想,我当然是没意见的。这世界上可能会有真正的坏人,但我还算幸运,目前为止没遇见过。好人倒的确不少,但也并不能排除在有些时候,好人的心上会生长出魔鬼来。这一点,或许我自己也概莫能外。

"你今年多大,小林?"沉默一会儿,她再次寻找话题。

"十七。"我说。

"哦,才十七,多好啊。"她的表情轻松起来,看来年龄是个能让她有感而发的话题,"你多幸福,才十七,就能出国来上学,来见世面,让生活里有那么多的色彩。可我呢,我三十岁之前,都是在一个小镇上,你懂得小镇上的日子要怎么过吗?就是你凡事都得按部就班,就是要一切都和别人一样。如果像我一样,略略有些不同,那麻烦可就大了……"

"可是,色彩也不该建立在别人痛苦的基础上吧?"我没等她讲完就打断了她,因为我看到她讲着讲着情绪就有些失控。

"你果然和她们一样,把我当坏人!"她的情绪这会儿失控了,简直就是歇斯底里。她气愤地瞪着我,眼里瞬间溢满泪水。"我告诉你,小林,我来找你不为别的,只是想知道老林现在在哪里。我和老林之间,没你们这些人想得那么龌龊,我们之间什么也没发生,是我自己不好,才把这事情搞得一团糟。老林夫妻两个都是好人,我只是想找机会和他们道个歉,可他不接手机,人我又找不到。"

她说着,开始渐渐泣不成声,抽抽噎噎地缩成一团。于是我上前去扶住了她,她就软软地靠在了我的身上。她可真是小巧,个子还没我高呢,不过,好在她还不算瘦,勉勉强强算是有了些成年人的轮廓。

看见她仿若柔弱无骨,伏在我肩头啜泣,裙子和长发在风里瑟瑟发抖,我猛然意识到她和细细高高的老林原来在外形上有如此参差、滑稽的对比。谁能想到这样的两个人之间会有故事发生呢?这对比让我想起了那个著名的红玫瑰和白玫瑰的故事，就想，现在的她，在老林眼里是什么样子的呢？是拍在墙上的一抹蚊子血？还是长在心口上的一颗朱砂痣？那一刻，我的脑子里突然晃过志强的建议，他曾对我说，不能仅凭感觉轻易地说一个人好与不好，建议我去寻找描述老林的关键词；还有评价一个男人其实有两个关键点……

"陈娜姐姐，你别难过，林先生前段时间是有事才没来。从下周开始，这边的餐馆有方姐姐在，那边的餐馆，林先生会在。你想找谁去道歉，就去找谁吧。"看见她终于不哭了，拿出手帕来拭泪，并用眼角不断扫视四周，开始顾及自己的形象了，我才对她讲了上述话，然后转身离开。

为了节约开支，我预订了最便宜的火车票。离开伦敦的时候，天刚蒙蒙亮，我一个人拖着大箱子，一出门就被清冷的晨光裹挟，感觉到孤单无孔不入，实在而具体。

"我们是不能分开的。"这是一次我和志强吵架时，他对我讲的话。现在，它突然又冒了出来，再次把我击中。"世间好物不坚牢，彩云易散琉璃脆。"尽管曾那么美好，那么果绝，那么艰难，可到头来我们到底还是分开了。而现在，再次回望，我发现自己只是懊悔当初的抱怨和争吵，竟然已能认同志强是对的。是啊！如果爱一个人到头来变成了不断地折磨对方，变成了彼此的麻烦和负担，那为什么还要自欺欺人地继续？人这一辈子总有许多事情需要去应对，总有更多的事情比爱一个人要紧迫得多、重要得多。他年长于我，自然更懂得生之艰难，然而，其实我们都是一样的，没有太多的不同。他要经历和面对的，迟早有一天，我也要不同程度地去经历和面对，不会有太大差异。也正因为如此，我们才能彼此懂得；因为懂得，才感同身受，才会疼惜。

下了巴士，要进入车站大厅了，周围的人才开始渐渐多了起来。人们在忙忙碌碌地赶路，忙着迎来送往，进入或离开。我回转身去，和这城市道别，然而却发现自己是矫情的，因为城市其实依然是老样子，并不会因为我是愉悦还是伤怀，而做些许调整。此刻，在我的眼前，晨光熹微，城市还在甜甜酣睡，一派安稳、从容。在我打量它的时候，它也在安静地把我打量。

于是我无声地和这个城市的一切告别，在那一刻，我才第一次发现，原来，离别竟然也可以如此温润静美。

(原载《青年文学》2008 年第 5 期)

图书在版编目（CIP）数据

声铺地/方如著.—济南：山东文艺出版社，2016.5
（文学鲁军新锐文丛）
ISBN 978-7-5329-5214-4

Ⅰ.①声… Ⅱ.①方… Ⅲ.①中篇小说—小说集—中国—当代②短篇小说—小说集—中国—当代 Ⅳ.①I247.7

中国版本图书馆 CIP 数据核字 (2016) 第 050538 号

声铺地
方如卷

山东省作家协会 编

主管部门	山东出版传媒股份有限公司
出版发行	山东文艺出版社
社　　址	山东省济南市英雄山路 189 号
邮　　编	250002
网　　址	www.sdwypress.com
读者服务	0531-82098776（总编室）
	0531-82098775（市场营销部）
电子邮箱	sdwy@sdpress.com.cn
印　　刷	山东临沂新华印刷物流集团
开　　本	680 毫米 × 1000 毫米 16 开
印　　张	15　插页/2
字　　数	240 千
版　　次	2016 年 5 月第 1 版
印　　次	2016 年 5 月第 1 次印刷
书　　号	ISBN 978-7-5329-5214-4
定　　价	35.00 元

版权专有，侵权必究。如有图书质量问题，请与出版社联系调换。